乌尔都语民间故事集

海德尔·波赫西·海德利 著

孔菊兰 译

哈迪姆·塔伊的故事

中西書局

图书在版编目(CIP)数据

哈迪姆·塔伊的故事 /（印）海德尔·波赫西·海德利著；孔菊兰译. —上海：中西书局，2021

（乌尔都语民间故事集）

ISBN 978-7-5475-1625-6

Ⅰ.①哈… Ⅱ.①海… ②孔… Ⅲ.①民间故事—作品集—印度—古代 Ⅳ.①I351.73

中国版本图书馆 CIP 数据核字（2019）第 192334 号

乌尔都语民间故事集

HADIMU TAYI DE GUSHI

哈迪姆·塔伊的故事

[印度] 海德尔·波赫西·海德利　著　孔菊兰　译

责任编辑　孙本初

装帧设计　黄　骏

出版发行　上海世纪出版集团
中西書局(www.zxpress.com.cn)

地　　址　上海市陕西北路 457 号(邮编　200040)

印　　刷　上海肖华印务有限公司

开　　本　787×1092 毫米　1/32

印　　张　11

字　　数　170 000

版　　次　2021 年 1 月第 1 版　2021 年 1 月第 1 次印刷

书　　号　ISBN 978-7-5475-1625-6/Ⅰ·194

定　　价　48.00 元

前　　言

《哈迪姆·塔伊的故事》,又名《聚会的点缀》。根据故事内容,本译本采用前者书名。《哈迪姆·塔伊的故事》是乌尔都语著名传奇故事,流传很广,作者是海德尔·波赫西·海德利。1801 年,作者应东印度公司之邀完成了《哈迪姆·塔伊的故事》一书的编译工作,并于当年正式出版。他在同一年还把著名的民间故事《鹦鹉故事七十则》改编成现代乌尔都语,取名《鹦鹉故事》[①],于 1803 年正式出版。在 1801 年前,乌尔都语散文体尚未正式形成,传入次大陆的只有伊斯兰教苏非派编写的传播神秘主义的小册子,之后才有了海德尔·波赫西·海德利等精通乌尔都语的作家改写、翻译、编译的大量传奇故事、民间故事,这些故事有的取

① 汉语译本由中西书局于 2016 年出版。

自印度故事，有的来自西亚的阿拉伯，还有的来自波斯。其特点是通俗易懂，以宣传伊斯兰教神秘主义思想为主。这一时期大约出版了60余部类似作品，仅海德尔·波赫西·海德利一人就编译了11部，其中6部为传奇故事。因此，海德尔·波赫西·海德利对早期乌尔都语文学做出了杰出贡献。

《哈迪姆·塔伊的故事》与《鹦鹉故事》一样，是海德尔·波赫西·海德利遵照古尔·格拉斯德[①]的要求，使用莱赫达语编译出版的。“这部传奇故事是何人用波斯语撰写的”[②]，至今仍无法准确考证，但有一点可以肯定，阿拉伯语的《哈迪姆·塔伊的故事》最先传到波斯，之后由进入南亚次大陆的波斯传教士带入印度。海德尔·波赫西·海德利在翻译的过程中根据自己的风格加以改造，增添故事，甚至“多处按照自己理解而编译，增添故事情节，其目的是让鉴赏者获得更多愉悦”[③]。因此，“如果把这个故事说成是一本再创作的故事，并不过分。而且从这个角度看，海德尔·波赫西·

---

① 当时他来到南亚次大陆，创办福特·威廉姆学院，编写第一部乌尔都语语法，为乌尔都语在南亚次大陆的发展做出了贡献。

② 乌尔都语版《哈迪姆·塔伊的故事》序第9页。

③ 乌尔都语版《哈迪姆·塔伊的故事》序第9页。

海德利的《哈迪姆·塔伊的故事》与他撰写和编译的其他传说故事不同,更富有特色”①。

《哈迪姆·塔伊的故事》主要情节是:一个叫哈迪姆·塔伊的也门青年,一生下来就是一位虔诚的穆斯林。长大后,他更是只替真主行道。慷慨、宽容、勇敢、无私是他的最大优点。有一次,哈迪姆狩猎时,遇见一位深受爱情折磨的王子,王子钟情的姑娘胡森·巴努提出七个难题,如果王子找不出问题的答案,姑娘就拒绝嫁给他。哈迪姆非常热心、慷慨、侠义,答应为这位王子去寻找答案。在寻找答案的路上,他遇到很多困难和艰险,几次险些被野兽吞噬。尽管如此,路遇有人或者动物需要帮助,他都义无反顾,甚至割肉喂狼,滴血饲狐。他在帮助别人的时候,也得到过别人的回报。他跋山涉水、深入虎穴、赴蹈火海,穿越人迹杳然、飞鸟罕至的大荒漠,历经十年七个月零九天,逐个揭开七个秘密,解决了胡森·巴努公主提出的七个难题,帮助王子娶到了如意新娘。故事穿插着许多神话故事,仙女、魔鬼、妖孽接连出现,美人鱼、人面孔雀、象蹄虎爪的半人半兽的怪物比比皆是。哈迪姆同他们打交道,在人

---

① 乌尔都语版《哈迪姆·塔伊的故事》序第9页。

与神的世界间穿梭。故事的主题思想，是要通过哈迪姆的故事告诉人们，为他人做好事、为他人忍受痛苦、做善良和诚实的人，总归能得到好报；做坏事、不守信用会自食其果。同时告诫穆斯林，要相信真主的威力，真主会使一切不可能变为可能；除了相信命运之外，作为人还要有毅力，才能克服一切困难；等等。《哈迪姆·塔伊的故事》中的男人被描绘得十分英俊，哈迪姆长相俊美、身材魁梧，受到女人的爱恋，风流韵事不断。而故事中的女人一般都是男人保护的对象。我们看到作家努力把哈迪姆塑造成穆斯林的典范，但是同时告诫说：哈迪姆不是一个完人，他在行善的过程中，有时也会因为欲望而迷失方向，最终都是真主默默地帮助他，因此他行善的过程也是修行的过程，同样也是传教的过程，他使为数不少的人皈依为穆斯林。

故事通过哈迪姆的旅行，展现了中世纪西亚的部分阿拉伯国家、古代波斯以及南亚次大陆人民的生活环境、宗教信仰、社会习俗、生活方式、价值观念等，并且展现了这些地区的自然风貌、人文景观和经济状况，各地人们的谈吐举止、仪表服饰、饮食习惯也栩栩如生呈现出来。由此可见，这些故事传入波斯后，在流传中被添枝加叶，传入印度后又吸收了印度文化色彩。从艺术上看，作家采用了故事套故事的写作手法，也就是连环穿插式的方法，这一点很像《五卷书》，增加了故事的可读性。《哈迪姆·塔伊的故事》在南亚次大陆家喻户晓，其中的许多小故事广为流传。比如《哈迪姆寻找大鸟蛋》《哈迪姆与樵夫》等，故事中的一些名言已成为谚语，流传至今。哈迪姆这个人物已成为穆斯林的典范，只要拿哈迪姆作比喻，其意一定是慷慨、宽容、侠义、善良、虔诚的人。

在“一带一路”倡议受到世界瞩目的今天，要了解南亚次大陆穆斯林的文化，我们不妨读一些他们的古典名著，此书的翻译就是建立在这个想法上的。

译文力求既忠实原文，又通俗易懂。但是，由于《哈迪姆·塔伊的故事》出版在两个世纪前，中世纪浓厚的宗教氛围在故事中处处可见；另外，当时的乌尔都语文学创作还处于初期，书面多使用古乌尔都语和古波斯语，这都给翻译带来很大的困难，因此疏漏和错误不可避免，诚恳希望读者能予以谅解。

孔菊兰

2019 年 7 月

目　录

哈迪姆·塔伊的故事

楔　子

真主啊，赐给我叙述的口才，
让我把故事叙述得沁人心脾。
赐给我丰富多彩华丽的词藻，
让我的思绪充满精深的哲理。
给我的文笔插上驰骋的翅膀，
让我在修辞海洋中自由遨游。
赐予我一杯紫色的琼浆玉液①，
让我抒写哈迪姆·塔伊的故事。
听者称之为标准的乌尔都语，
也称为精粹的乌尔都语海洋。

① 指墨汁。

这个故事曾是前人用标准的波斯语创作的。现在恰逢奴席那汪[①]的时代，在幸运吉祥、杰出伟大的特别顾问，无比高尚的大不列颠王国省督韦尔斯利侯爵[②]（愿您恩泽永存！）的统治下，在出身高贵的约翰·吉尔克里斯特[③]（愿您永远幸福！）先生的吩咐下，现在，我名叫赛义德·海德尔·伯赫西[④]，笔名为海德利的德里人，在当政的贵族的建议下，在老老少少的支持下，受庇护的我，于伊历1216年，也就是公元1801年用莱赫达[⑤]语翻译了这个故事，并取名为《聚会的点缀》[⑥]。在翻译过程中，我常常因为自己的爱好，看到合适的地方便增加一些内容，但我的本意是使故事丰富，读者阅之心情愉悦。

---

① 奴席那汪（531—579），波斯帝国萨珊国王科斯洛埃斯一世，以公正和强大在伊斯兰世界闻名。这里指这个时代很公正。

② 理查德·韦尔斯利（Richard Wellesley，1st Marquess Wellesley，1760—1842）英国政治家，威灵顿公爵的兄长。任马德拉斯邦督和孟加拉总督时（1797—1805）大大扩展了英国的殖民帝国。

③ 约翰·吉尔克里斯特（John Gilchrist，1759—1841），苏格兰语言学家，在印度斯坦语（Hindustani）方面很有建树。

④ 作者对自己的称呼。

⑤ 乌尔都语的雏形，也可以说是早期乌尔都语。

⑥ 《哈迪姆·塔伊的故事》又名《聚会的点缀》。

从前，也门有一位塔伊族的国王，他高贵威武，财富满盈，有庶民一万八千[①]；军队效忠于他，可谓兵马强壮。他同叔叔的女儿结亲后，就盼望能有一男半女。

托真主的福，没过多久，他的妻子诞下一个脸颊似太阳的男孩。听到这个喜讯，他把学者、星象学家、占卜家、朋友等招呼到面前，对他们说："你们都充分发挥自己的聪明才智，查看各种经典书籍，或去占卜，看看这个孩子的命运如何。"

他们经过一段时间的查阅和研究，最后得出的结论都是：王子吉星高照。他们还说："陛下！我们利用自己的知识得知，王子将成为世界的君主，他的一生只为真主做事，他的名字会像天上的太阳一样璀璨夺目，直到世界末日的到来。"

听到这里，国王心花怒放，他叩谢真主，并赏赐给他们无数的珍宝。他给这个孩子起名为"哈迪姆"。他吩咐心腹说："你们立即宣布圣旨，在我的王国，只要是今天出生的男孩，从今天起，他们就是王宫的仆人，养育在王宫里。还要把他们的父母召进宫来！"那一日，

---

① 此书出版于1802年，当时的乌尔都语散文还处于第一阶段，距今日成熟乌尔都语还有一定的距离，出现逻辑混乱也在所难免。译者在翻译过程中，主要尊重原文，有时会根据情节需要稍作梳理和改动。在此说明。

这个国家里共有六千个男孩出生。听到这个圣旨，父母们便忙着把孩子送进王宫。

最后国王还差人请来了六千个奶妈，让她们喂养这些男孩。其中有四个奶妈专门负责给哈迪姆哺乳。但是奇事出现了，每当专门挑选出的哺育哈迪姆的四个奶妈要给他喂奶时，无论怎样轻拍他，给他唱摇篮曲，爱抚他，他都不张嘴，甚至连眼也不睁开，头根本不往奶妈的怀里钻。

国王得到这个情况后十分焦急，对大臣说："快把那些智囊叫来！"

智囊们来了，对国王说："陛下，未来是哈迪姆的时代，他不会独自吸吮乳汁，他要等到其他孩子被喂饱后才会张嘴。只要他活着，他是不会独自一人吃喝任何食物的。"

果然，等给那些孩子喂完奶后，哈迪姆也开始吮吸奶汁了。他从不哭闹，不单独吃喝，也不会昏昏欲睡。断奶后，他和六千个孩子一起进餐。

当哈迪姆在真主的庇护下长到 14 岁时，他开始向世人施舍父亲积攒的财富。每当他看到穷人、饥饿者或衣衫褴褛的人，就会送给他们钱财和衣物。有时为了给穷人分发食物，忙得不分昼夜。狩猎时，他会先活捉后放生。他从不训斥或责骂人，如果哪个牵马人有抱怨，他就会自己牵着马的缰绳，而且会给牵马人一些报酬，如果牵马人还不答应，他就会好言相劝。他从不主张威胁恐吓人，不仅他自己不这样做，他也不允许别人这样做。

仁慈的真主还给了哈迪姆一副俊朗的面孔，无论是男人还是女人，看了他都会倾倒。当他焕发着青春的脸庞上长出了胡须时，他显得更加貌美和成熟。这时他经常劝导别人："人都是真主的创造物，看看真主的威力吧！真主造就了一万八千个世界；看看他（真主）的美德，叩谢真主吧！请在勇敢和闻名遐迩中度过自己的一生吧！"就这样，他的美貌、美德和勇敢传遍了大街小巷。凡是耳闻者，都情不自禁地从嘴里发出"好样的！真了不起！"的赞叹声。很多人前来相见，之后满心欢喜地离开。

有一天，哈迪姆来到森林里打猎，遇到一头咆哮的狮子。他看此情景心里想道：如果我用剑砍向狮子，这头不会说话的野兽就会受伤，或者死去；但是如果我放过狮子，我就会没命，狮子一定会扑向我，吃掉我。他在权衡利弊后作出决定：如果狮子吃我的肉，感到鲜美，这是再好不过的事，我下一辈子会得到好报，狮子也会填饱肚子。想到这里，他朝狮子走去，对狮子说：“哎，狮子！我和坐骑都在这里，选择你喜欢的肉吃吧！填饱肚子后，想去哪里就去哪里吧！”

没想到狮子却低下头，来到哈迪姆的跟前，卧倒在他脚下，用眼睛去触碰哈迪姆的脚底。哈迪姆说：“哎，狮子！让你饿着肚子离去，不是我哈迪姆的本意，如果你不吃我，我的马也在这里，你就吃了吧！之后回到森林里！”狮子仍不作声，低着头走开了。

总之，哈迪姆和自己的同龄人们住在城里，不断地做着善事。

故事缘起

从呼罗珊[1]城救出商人波尔泽赫的女儿胡森·巴努
从森林里得到无数珍宝
门尼尔·夏米王子爱上了胡森·巴努
哈迪姆帮助门尼尔·夏米王子

传说呼罗珊城的国王鲁苏赫德有数不清的骑兵，这些骑兵每日跟随在他左右。他为人正派，十分公道，从不论人的地位高低。[2] 当时，有一个名叫波尔泽赫的大商人，十分富有，人也气宇轩昂。他把物品通过经纪人卖到其他国家，自己却悠闲地待在国内。他十分崇敬鲁苏赫德国王，国王对他也十分尊敬。波尔泽赫到

---

① 重要的古代名城，在今伊朗东北部。

② 乌尔都语成语，字义为：把豹和山羊放在同一岸边喝水，转意为：无论地位高低都得到一样的待遇。译者在这里用了转意。

了暮年，没有儿子来继承他的家业。他膝下只有一女，名叫胡森·巴努，于是，他的万贯家财将由当时只有 12 岁的女儿来继承。之后，他把女儿托付给国王，自己命归西天了。

国王待胡森·巴努就像亲女儿一样，从不觊觎她的万贯家财，把波尔泽赫留下的一切都交给了她。胡森·巴努很快长大成人，她明白事理，而且聪慧善良。一日，胡森·巴努把奶妈叫来，对奶妈说："仁慈的老妈妈！世界就像气泡，不会长久，它的消失是早晚的事。我守着万贯家财，独自度过一生也没什么意义。最好我能把这些家产用在崇敬真主上，如此我就可以远离世俗，不嫁人，而是要把时间全部用来向真主祈祷。所以我问你，我要怎样摆脱这些财产，之后全身心投入到我想做的事中？你给我出出主意，你说什么，我都会接受的。"

奶妈用双手在胡森·巴努头上做了驱邪礼仪[1]，说："哎，我的心肝！你提七个问题，写在纸上，贴在家门上，并写明，谁能回答出我的七个问题，我就接受谁。

---

[1] 长辈用双手在晚辈的头上转一圈，再把手放在自己头上，这是南亚地区一种习俗，表示把你的一切灾难转移到我身上。也可以理解为祝福别人。

第一个问题是：为什么‘看见了一次，就想第二次’？

第二个问题是：为什么‘做善事，投入水中’？

第三个问题是：为什么‘不对任何人做坏事，做了就要自食其果’？

第四个问题是：为什么‘说真话的人永远心静如水’？

第五个问题是：如何揭开‘声音山’的秘密？

第六个问题是：如何找到另一枚犹如水鸟蛋大小的珍珠？

第七个问题是：如何揭开‘旋风澡堂’的秘密？”

胡森·巴努听了奶奶的话甚是欢喜，她暗自高兴地想：他能是谁呢，能解答这样七个问题？之后，她每天沉浸在叩拜和祈祷中。

有一天，胡森·巴努坐在阁楼上看着楼下熙熙攘攘的市场，这时一个从长相和装束看都不俗的修行者映入眼帘，只见他带着四十个弟子走来。他的脚并不沾地，随从把金砖铺在他脚下，他踩在金砖上走。看到这种情形，胡森·巴努心里一阵狂喜，她对奶奶说：“老妈妈！这个修行者看上去是个大师，看他走路多么气度不凡啊！”

奶妈说："可不！他是国王的比尔①，名叫阿拉扎格。他每个月去王宫三四次，国王有时也去找他。这个世上，到现在还没有能与他相提并论的宗教大师，他非常虔诚。"

胡森·巴努听罢马上说："如果你没有异议的话，我要招待这位大师。把他叫到家里，麻烦他为我祈祷一下，让我跪拜在他脚下。"

奶妈说："我的至爱，这是怎么说的呢，你永远吉祥高照！你想做什么就做吧！不要担心。常言说得好：'眼睛看着舒服，心里也就满意。'"

总之，奶妈找到一个人让他转达口信：如果大师哪天能来，将使她的家蓬荜生辉，这样她至少能得到今世和来世两个世界的最大财富，也能实现自己的愿望。这个人去了，拜见了大师，讲述了胡森·巴努的愿望，并说："大师要怜悯小人物的心情。"大师同意了，他说："我一定去，因为穆罕默德的圣训就是这样教导我们的，如果有人背离它，就要下地狱。但是今天我有事，明日早晨一定去。"

得到这个消息后，胡森·巴努让人做了各种美食，

① "比尔"有伊斯兰教神秘主义圣徒、宗教导师等意思。

准备了干果盒和甜点。此外，又在几个船形盘子里为大师放上丝绸和金丝缎，还有金银细软。第二天大师来时，她要把这些都放在大师面前，谦恭地拜倒在大师的脚下。天亮了，那个修行大师带着自己的四十个弟子，按照老规矩——脚踩金砖来到胡森·巴努家。有诗句为证：

让我如何对你说他的美德呢，
他表面上是人，实际在弄权，
让我看看他的灵魂的深处吧，
他比魔鬼之王撒旦更胜一筹，
他不怜惜孩子也不在意老人，
他就是杀人不眨眼的刽子手。

胡森·巴努将镶金的地毯从门廊铺到客厅，大师踩着华丽的地毯径直来到客厅，坐在豪华的宝座上。侍卫们把盛满珠宝的船形盘子端来放在他面前。他无论如何也不接受，还说：“这些东西对我有什么用？”然后他进了内室，看了看衣裳，也不喜欢。他走进大厅，宽大干净的白布上摆放着很多甜点和干果，各种美食应有尽有，还有一个个装满金币的容器；各种装饰品让人目不暇接，就连地毯都比国王用的还要优质，镶金的帘帐被金银线做的细绳系在前厅的门上；防潮布篷[①]在金刚钻的柱子上发出烁烁的光芒。侍从们各个珠光宝气，优雅华贵，他们恭敬地拿着镶金的水壶站在大师跟前，帮他洗过手，恭维道："我们的小姐希望大人用些糖果。"听了这话，那个骗子开始吃了起来。他边看着用金银制成的器皿边吃着，每吃一口，都在心里思忖：商人波尔泽赫真是个大富翁，他身后留下的财产简直可以与国王比拟。我应该在今天晚上把这一切拿到家里，权当是外快。想到这里，这个(被诅咒的)坏蛋勉强再吃了几口便停住了手。之后，他的贴身侍卫拿来了所有的镶金香炉，他把香精抹在自己胡须和袍子上，并查看了每一件器皿的工艺。最后，他为胡森·巴努祝福几句便离开了。

天黑了，胡森·巴努家里的仆人因为整天忙于伺候这个该死的家伙而精疲力竭，天一黑都毫无戒备地睡着了。他们既没有关门，也没有把东西收拾起来放好。大约夜半时分，这个人面兽心、魔鬼本性的土匪带

① 因为夏季炎热，夜晚人们多把床搬上屋顶或露台上睡觉，这时需要放置防露水的雨篷。

着他的四十个贼来到胡森·巴努的大宅子，席卷了所有的金银器皿和财物。少数还醒着的人，也被这些土匪给打伤或打死。

胡森·巴努站在阁楼的窗前探头看去，认出了那个家伙。她懊悔地说："这些该死的家伙就是那个丑陋的修行者和他的同伙，可谁能把他绳之以法呢？"

胡森·巴努彻夜在懊悔中度过。清晨时，她吩咐人把死者和伤者放在床上抬到皇宫门前，要国王做主。她凄惨地大声呼喊着："快给我们做主啊！我被抢了！"

国王听见大殿门前的喧哗声，问道："这是谁呀？谁欺负她了，她在伸冤吗？"

有人报告国王说："陛下，商人波尔泽赫的女儿胡森·巴努让人抬着两张床来了，床上有几名伤者和几名死者。她哭诉道：'如果国王怜悯婢女①，就让婢女来到你面前，当面申诉。'"

听到这里，国王把胡森·巴努叫进来，询问起来。胡森·巴努先向国王致敬，说道："祝陛下万寿无疆！王国永远公正公平！昨天婢女请那个修行者来家做客，他却对我下了手。夜半时分，他带着四十个大盗偷

① 胡森·巴努自称。

袭了像我这样无助的人的家，伤了二十多人，打死三四人，抢走了约一百多万卢比的金银珠宝和财物。他对弱者施暴，真主该让他名誉扫地！”

听到这些，国王火冒三丈，说：“哎！无知者！不要信口开河了！你怎敢污蔑这样的大师，他把世俗世界的一切都视如粪土。”

胡森·巴努接着说：“陛下，不要把这样的异教徒称为大师，他比魔鬼撒旦还要恶劣。瞧您说的，这正是：

他无论如何不是人，
他是魔鬼，是撒旦！”

这话更加激怒了国王，他说：“来人啊！在我面前把这个该死的女子用乱石砸死！让她得到惩罚，以警示他人，看还有谁胆敢对大师说这样无礼的话！”这时有一位德高望重的大臣站起来，对国王宝座施吻足礼后说：“陛下，她就是那位商人波尔泽赫的女儿，您常常伸出爱怜的手抚摸着她的头，并赐座在自己身边。今天您要赐死她，那些奴仆们心中对您的仁慈所寄予的信任，以及您对自己子民的恩惠就会付之东流。而且每一个人都会担心，以后陛下可别像今天对待这个女孩那样对我们或我们的后代。这样会使他们与您疏远，说不定得到机会就会逃跑，离您而去。可以肯定地说，他们会伙同土匪，同陛下您作对。要陈述的事实，我都说了。下面就看陛下您的决定了。”

听到这些话，国王说：“哎，智者！看在你的陈述和波尔泽赫的面上，我饶她不死。不过她今天得离开这个城市，被驱逐出境。她家里的金银细软、珍珠翡翠等一切财产，哪怕是根草，都没收充公！”

国王话一出口，军队立即来到胡森·巴努的家，把她赶出家门，并没收了她从父亲手里继承的所有财产。可怜的姑娘净身走出家门，只带着奶妈，在杳无人烟的旷野里蹒跚着。她边走边对奶妈说道：“仁慈的老妈妈，我怎么会犯这样的错误，落到如此的下场？”

奶妈把她搂在自己怀里，为她驱邪，并安抚她说：“孩子！命运的逆转，谁也没办法，忍着吧！如果得到真主的眷顾，那所有的一切就会失而复得。”

就这样，胡森·巴努哭泣着，和自己的奶妈漫无目的地走进一座森林，坐在一片树荫下。她三四天滴水未进，恍恍惚惚地在这棵树下睡着了。睡梦中，她梦见一位长者，浑身透着正气，白衣素裹，手中握着一根绿色的手杖，脖子上挂着念珠，穿着木屐，站在她面前，说:“孩子！不要难过！不要害怕！他[①]是仁慈的,他会让你再次得到原来的一切,对他来说这不是什么难事。这棵树下埋着七个王朝的宝藏,这就是真主为你准备的。现在你站起来,挖出这些财宝来使用,心里想着真主!”

胡森·巴努说:“我是一个弱女子,如何能挖出这些宝藏？又怎么能掌控住这无数的宝藏?”

长者说:“你用一根木棒把土拨开,然后就看看真主的威力吧！看他是怎样解决这个困难的。”

胡森·巴努惊醒了,她对奶妈说了梦中看到的情形,然后和奶妈一起使劲地摇晃这棵树的根,又用一根树枝轻轻拨开土,果然看见了装满金币的七口井、一百多个盛满宝石的箱子,其中的珍珠就像水鸟蛋那么大。

胡森·巴努看到真主给的这些宝藏十分高兴,她叩头感谢真主,对奶妈说:“哎,老妈妈！你马上进城一趟,把家里的人都带来,再带些吃的东西。”

奶妈说:“我怎么能把你一个人留在这里,去带他们来？如果是其他什么人,我不担心,但是,我不放心

---

① 指真主。

你，怕再出什么事。”这时奶妈的儿子高噶兄弟①伪装成游方僧来到这里，一见到胡森·巴努，便跪倒在地施吻足礼。胡森·巴努把他扶起来，两人相拥。胡森·巴努哭着对他说：“放心吧！真主赐给我数不清的财宝，现在你拿一些去用，到城里把我的情况告诉亲戚们。请一些好的建筑工匠，我要建一座富丽堂皇的大宅子。我还要建一座名为‘夏·阿巴德’②的大城市。不过现在不要告诉任何人这个想法。”

高噶兄弟拿了些钱来到城里，把那些四处乞讨的亲戚和仆人召集在一起，带他们来见胡森·巴努。大家看到胡森·巴努都十分高兴。他们就近搭了一顶大帐篷住下。之后，奶妈的儿子得空再次进城，去找建筑工匠，并对他们说：“你们再帮我找一些工匠到森林里，我要你们给我做事。”这些人欣然接受了，带着他们的同伴来到胡森·巴努的驻地。之后胡森·巴努又给了他们很多奖赏。他们开始做工。

六个月后，他们就建造出了一座美丽的大宅子。这时，胡森·巴努对他们说：“现在你们就近为自己也

① 意思为由同一个奶妈喂养的兄弟或姊妹。译者在这里作了音译。

② 意思为伟大的居住苑。

建一座华丽的大房子吧。”他们说：“没有国王的允许，建这样大的房子不妥。”于是胡森·巴努穿上男装，收拾妥当，骑着一匹阿拉伯骏马，让听差的走在前边，带着盛满珠宝的盒子和孔雀形的红宝石进城了。

国王知道有一个商人的后生前来觐见，而且已到大殿门前，便吩咐道：“要热情地把他带到我面前！”

侍卫们立即十分客气地把胡森·巴努带到国王面前。她站在觐见庭，行觐见礼，然后把珠宝盒放下。国王看到她十分高兴，慈爱地问道：“你来自哪个城市？为何来到这里见朕？你叫什么名字？”

胡森·巴努双手抱拳说道：“我是商人的儿子，父亲大人在乘船快到一座城市时，不幸死于船上。鄙人的愿望是能继承父业。今天命运使我有幸来到这里，现在只期望余生能在陛下的庇护下在此地度过，因为被召觐见是今生来世两个世界的福分，是最大的财富。我只求陛下允许我在一个森林里住上些日子，在那里建一座城，取名为‘夏·阿巴德’。”

国王听到这些话，觉得十分悦耳，赏赐给她御袍，说道：“哎，年轻的善人，你没有父母，从今天起把我看作是他们吧！你想做什么就做什么！想去哪儿就去哪儿，不要有顾虑，想拿什么就拿什么！”

胡森·巴努千恩万谢后说:“陛下,如果您把我这个奴仆看作和王子一般,再给我封一个爵位,会使我声名鹊起,但我不想高攀。”国王觉得她说得有道理,为她起名“皎月”。然后国王说:“哎,高贵的儿子,那座森林离这里很远,我想以自己的名字在都城的附近建一座新城,你可以住得离我近些,这样更好。”

胡森·巴努说:“陛下,那儿虽然没有人烟,但很诱人。此外,在都城附近建一座新城是有悖礼数的。我只想请陛下派些工匠们去森林那里,尽快建出一座新城。”于是国王下命令,让工匠都尽快到达那里。此后,胡森·巴努每月都要去几次王宫。她还每日奖赏工匠们,让他们快点施工,不要拖拉。这些工匠不分白天黑夜地忙活在建筑工地上。

此后两年时间里,在那座“夏·阿巴德”所在的地方,一座新城在荒野上拔地而起。新城竣工后,胡森·巴努赏给工匠很多钱财和衣裳,打发他们走了。之后她开始不间断地去见国王。

一天,胡森·巴努去见国王,国王当时正想去见那个面似圣贤、心比魔鬼还狠的大师。看见胡森·巴努来了,他说:“哎,孩子,今天,我想我们俩一块去见那个有着长者风范的善良的人,收获今生来世两个世界的福分。因为拜访世纪救世主[1]也是一种从世俗世界解脱的途径。我们去吧！”

胡森·巴努说：“陛下，一方面，拜倒在这样的大师足下，可以得到今生来世两个世界的福缘，另一方面，能同国王同行是我的福分，我又怎么能拒绝和失去这次机会呢？”但是她在心里想：看这样魔鬼般的人，真是违背教义，但是又怎能拒绝国王呢？必须跟他一起去，哪怕他的家对我来说是坟墓。

总之，她和国王一起来到那个大师的家。国王作了介绍。她早因“皎月”闻名遐迩，就一直低头听着国王的夸奖，嘴里低声嘟囔着：“对我一切的褒奖，都是对那些金银珠宝的夸奖。难道我不是那个波尔泽赫的女儿，被你们赶出都城，被抢走了一切财物？”

这时国王站起身来，同那个大师告别。胡森·巴努双手合十地说道：“如果大师能光顾寒舍，将是鄙人的荣耀，也是您的仁慈和长者风范的体现。”

那个人面兽心的魔鬼答道：“小伙子，我一定去。”

这时，胡森·巴努对国王说：“我的宅子离都城很

---

① 救世主：又称为济世者。这里特指伊斯兰教神秘主义苏非派大师，中世纪时被认为是世界拯救者。

远，大师去那里会辛苦。还好，这附近有一座适合国王住的大宅子是空着的，它曾是商人波尔泽赫的。如果您能去那里，赏脸在那里住上几日，那些财产岂不是发挥了自己的作用了？”

国王问道：“哎，高贵的儿子，你从哪里得到这个消息的？”

胡森·巴努说：“这个城里的很多人都在传说着，很多人知道它的来由。”

国王说：“哎，皎月！我将那座大宅子送给你吧。”听到这里，胡森·巴努立即致谢。之后，她带着自己的人走进那座大宅子。她看到墙皮因为失修而脱落，泪水不禁涌出眼眶。她吩咐仆人说：“你们尽快修缮这座宅子。”说完便走了。

一个月后，胡森·巴努让人把宴会所需的物品都送进大宅子里，自己随身带着装着金币的盒子和用金银丝线纺的锦缎、一尊金猫头鹰、孔雀石以及很多无价之宝。她让仆人待在大宅子里，然后独自来到王宫。她双手合十，说道：“陛下，鄙人想在波尔泽赫的大宅子里住上几日，这样可以经常到王宫里问候陛下。而且明天我要招待大师。”

国王说：“很好，这事你自己说了算，并且把我的王权也看作是自己的吧！”

胡森·巴努站起身致敬，说道：“我得到的仁慈和栽培全是托您的福，我将对国王肝脑涂地。”

她告别了国王，回到自己的老宅子里，继续为宴会做着准备。她吩咐一个仆人：“你去那个修行者那里，对他说：‘我这个恭顺者诚恳地期待，如果大师明天光临寒舍，我会遵从您的一切吩咐。’”

那个仆人去了，并按照她吩咐的说了。大师接受了她的邀请。第二天清晨，他像上次一样带着一众弟子，踩着王宫里使用的、十分考究的金砖走了进来。

胡森·巴努请他坐下，把金银珠宝和镶嵌着孔雀石的礼物敬献在他面前，但他没有接受。于是，她把所有的金银珠宝都放在修行者能一眼看到的壁龛上。然后，她又差人送上干果，铺上一块用金线镶边的桌布，摆上装着各种美味佳肴和镶嵌着绿宝石的器皿，再在金银两色、闪闪发光的脸盆里为他洗过手。她说道：“大师请用些吧，给鄙人点面子吧！”听罢，这个目光短浅的人伸出手来，和他带来的四十个弟子一起吃了起来。他吃了几口，便说：“行了，够了。修行者不能吃得太饱，如果吃得太饱，就无法专心膜拜真主了。”

胡森·巴努说道：“大师，您再吃几口，要不我心里过意不去。”他说：“我吃这些都是看在你的面子上，要不我一天就吃几口饭，一天二十四小时都要沉浸在祈祷中。要是吃多了，还做什么祈祷呢？”可他心里在想：这所有的一切都将是我的，还能去哪儿呢？

这时，一个镶嵌精致的香盒被送到他面前，他闻了闻就起身回家了。之后，他对那些盗贼们说：“这些美味在教义上是合法的，今天晚上我们把这里的一切都拿到手里。”到了夜半时分，他换了身盗贼的衣服，带上四十名大盗①，朝大宅子奔去。

胡森·巴努早就告知仆人们不要收拾东西，原地放着，但要做好准备。同时，她写了一张小纸条送给衙役长，嘱咐道：“今天夜里会有盗贼来打劫。你带着一小队人快来，藏在角落里等着。只要有喧闹声你们就出来，把盗贼都绑了。”

衙役长得到这个消息，带着一百多名衙役在大宅子周围蹲守着。果然，那些来送死的人蜂拥而至，他们涌进大宅子开始四处抢掠，每个贼抢到一种物品便系在包袱里顶在头顶。那个叫作阿拉扎格的大师则拿着孔雀石走出大宅子。蹲守的衙役们正等着他们呢！衙

① 指前文提到过的四十名修行者，又是他的弟子。

役们跳出来，抓住他们，把他们的双手反绑起来，把包袱挂在他们的脖子上。总之，当时四处一片喧哗，衙役长亲临现场，衙役们对胡森·巴努说："您也要当心这些人呀！天亮时把他们带到圣上面前，该怎么发落，就怎么发落！"

胡森·巴努看见这些贼寇落网很高兴，她奖赏了自己的仆人，安心地躺下等待天明。

天亮后，国王来到朝堂处理国事。大臣、贵族、公爵们纷纷觐见后都站在自己的位置上。国王发话道："昨天晚上城里为什么那么喧哗？"

这时衙役长押着那些贼到了。他行过大礼后说道："陛下！昨天夜里波尔泽赫商人的大宅子进贼了，臣得到这个消息后，立即赶到现场抓个现行，把他们连带他们偷的金银珠宝等贵重物品都带来让陛下过目。另外，我好像在什么地方见过这些贼，感觉很面熟。"

这时胡森·巴努来了，她先按礼节向国王施礼，之后坐在镶嵌着宝石的椅子上。国王问道："哎，高贵的儿子，昨天晚上你家进贼了？"胡森·巴努说："要不是衙役长带着衙役们及时赶到，我的家就要被抢空了，说不定我也会被打死。"

听到这里，国王命令道："把这些贼给我带上来！"

国王见到这些贼，笑着说："儿子，这好像是我们的大师？把他带到我跟前，让我看清楚一些。"国王一看，正是那个大师和他的四十个弟子。国王命衙役打开那些包袱，搜他们的身，看看他们偷了什么东西。衙役打开那些包袱，进行检查，把他们每一个人的包袱里的物品，包括软梯绳，以及在阿拉扎格的腰间搜出的那块孔雀石统统呈了上去。国王看到这些惊呆了，厉声说："马上把他们都绞死！可不能再发生这样欺诈百姓的事了！"

胡森·巴努看到敌人连同他的同伙都被处决，便站起身来，抱拳向国王陈述道："陛下！我就是波尔泽赫商人的那个女儿。陛下曾因为那个卑鄙无耻的大师把我赶出都城。这不是我这个弱者的过错。我父亲的所有财产都在他家里，如果陛下去搜查，就会发现，是非曲直自会一目了然。"

国王先是震惊，之后吩咐道："去搜查阿拉扎格的家！"同时对胡森·巴努大加赞赏。

最后，阿拉扎格的家被搜查，搜出的物品都是波尔泽赫商人家的。胡森·巴努把这些物品全部献给国王，并说："如果您能光临我这弱女子的家，那将是婢女的最大荣光。我将把一切展示在您的面前。"

国王接受了她的邀请。

胡森·巴努离开家乡,回到自己新建的城市,让人把整个城市装点一番,甚至连大殿都重新进行了装饰。两三天后,国王出发前往她的城市。当国王的车队抵达城门时,她带着自己的仆人出城热烈欢迎,施吻足礼后把国王迎接进大殿。她让国王坐在御座上,在他面前摆上孔雀石和几盒金银珠宝。国王看到这些,心中甚是欢喜。之后她又向国王展示满是金币的七口井,她双手交叉放在胸前说:“请您下令让士兵用大车把这些财宝运回皇家国库。”国王对大臣们说:“你们现在就把这些东西拉回去,入国库!”

大臣和财政官员一起来到井边,映入他们眼帘的是满满七口井的金币,但当他们想把这些金币取出拿走时,金币却都变成了蛇蝎之类的毒物。他们吓得不知如何是好,赶紧禀报国王。国王惊讶万分,胡森·巴努也大惊失色。这时,国王说:“孩子,别害怕,这些财物是真主给你的,是命中注定的,你是所有者,其他人拿不走。”听了这些安慰的话语,胡森·巴努放下了揪着的心。她对国王说:“有您的吩咐,婢女将会把这些数不清的财物用在虔敬真主上。”

国王准许了,随后离开了胡森·巴努的城市。临走时为了保护胡森·巴努，他留下了一批士兵。从那日起，胡森·巴努建了一座豪华的驿站，向每位游客、外来人提供衣物和食物，这些过路者要启程时，她还送给他们盘缠。就这样，每个来到这座城市的人，都会得到相应的照顾后被送上路。没过多久，外来人们就把这座驿站的信息带到很多国家、城市和乡村。人们很快知道，有一位姑娘，十分慷慨和善良，对真主的每个仆人都十分热情，她甜蜜的话语感动了每一个人。他们从没有见过这样的姑娘。她的仆人也个个诚实好客，施舍给每个需要帮助的人物品和金币。他们的慷慨和善良在那个时代里比月亮和太阳还要耀眼夺目。

这个消息慢慢地传到了花剌子模[①]城。那里的国王也拥有强大的军队和辽阔的领土。他有一个儿子，名叫门尼尔·夏米，十五六岁，长相十分英俊。他听说胡森·巴努的慷慨和美貌，情不自禁地爱上了她。他找到一位画家，对他说："我给你报酬，你前去夏·阿巴德，画一幅真实的胡森·巴努的画像回来！"

画家答应几个月后准回来，便出发了。他到达了

---

① 旧译"大寻"。古国名，位于阿姆河下游。古代为波斯帝国一省。公元700年前后为阿拉伯人征服。

夏·阿巴德。通常情况下,胡森·巴努的驿站有很多仆人,他们负责把每位客人送到房间里,送上美味佳肴;当客人离开时,他们被带到胡森·巴努跟前,她要亲自询问,再根据路上的花销给他们盘缠。这个画家也是在这种情况下被带到了胡森·巴努面前,她脸上盖了块波尔达①。画家说:"我期望能在有您庇护的国度里度过余生。"胡森·巴努问:"你会什么?有一技之长吗?"

画家说:"我擅长绘画,我想画谁,就会画出来,哪怕不摘掉面纱。"于是,她把他留下了。过了一些日子,她心里思忖道:我应该让他给我画张肖像,也好看看他的话是真是假。一天,她差人把他叫来,说到:"哎,画家!我戴着面纱,你给我画张肖像吧!"

画家说道:"你上阁楼吧,放一盆水在墙下,我通过水的倒影,就能准确无误地画出你的肖像。"

她立即命人把一盆水放在墙下,自己上到阁楼,她的影子便映在水面上。画家看了一眼水中的倒影,便回家画了两幅画。一幅是他来此的目的,留下了,另一

① 穆斯林妇女穿在身上的长袍或盖在脸上的一块布,"波尔达"意为面纱或面罩。

幅是他随便画出来的,交给了胡森·巴努。胡森·巴努也很喜欢,给了他奖赏,打发他走了。

画家回来后立即把画像交给夏米。夏米奖赏了他。谁知夏米看了一眼画像,就昏厥过去!等他苏醒过来后,就开始不断地长吁短叹,恨不得立即出发去见胡森·巴努,甚至不顾父母是否同意。

最后,一天半夜,他乔装成游方僧独自离开了家,朝夏·阿巴德的方向走去。经过一段时间的艰辛跋涉,他最终到达了那座城市。他不吃饭,也不喝水。有人把这个消息告诉胡森·巴努,说:"有一位外乡人不吃不喝,也不和任何人说话。"胡森·巴努把夏米叫到跟前,对他说:"哎!贫穷城市的外乡人!你为什么不吃不喝?为什么不带盘缠?你不懂得'穷家富路'吗?要不从我们这里拿些钱?"他说:"我并不缺少金银珠宝,我也很富有。我是花刺子模城的王子。"

"既然是王子,又为何把自己弄成乞丐的摸样?"

他回答说:"我是看了你的画像才疯癫的,抛弃了王子的生活,离开家乡,风餐露宿,一路跋涉来到这里。唯一的希望就是同你见面。我把要说的都说了,然后就看你的啦,你想怎样就怎样吧!"

听到这里,胡森·巴努低头思忖了一会儿,接着抬起头说："哎，年轻人！不要这样想，因为，即便你变成灰烬随风飘走，也不会伤及我一根汗毛。为什么一定要见我呢？而且，只有回答出我提出的七个问题的人才能见到我。"

王子说："那我就死在你门前。"她笑着说："死太容易了，但见我没那么容易。"王子说："你得拿自己宝贵的生命来担保！那是些什么问题？快说来我听听！"

这时胡森·巴努说："第一个问题是：为什么'看见了一次，就想第二次'？回答吧！"

王子问："那人是谁？他在何地？在什么时候说的这句话？"胡森·巴努笑了笑说："说得多好啊！如果我知道，还问你干吗？"

王子听到这里，把头埋在衣领里，心里想：我可怎么办呢？我怎么去那些从没见过的地方呢？这时胡森·巴努说："哎，朋友！如果你不敢去，就干脆打消见我面的念头。想去哪儿，就去哪儿吧！"

王子说："哎，高傲的人儿！我认为待在你的城里更好，在这里的胡同里死去也是我的福气。"

"我们不会让你这样的人待在这里，如果自己走，就走吧。否则就只能灰溜溜地被赶走了。"她说道。

王子听罢十分沮丧，他许诺一年内得到这些问题的答案，然后打算离开。商人的女儿知道他已把自己的心搁在这里了，给了他些盘缠，问了名字，得知他叫门尼尔·夏米。

门尼尔·夏米沮丧地走进荒野，时而笑，时而哭，甚至有时将头撞向山岩，但他一直往前走。不知有多少王子、大臣的儿子遭到与他同样的对待，他们都因为这些问题退却了。很多人爱上了胡森·巴努，但是没有一个人能得到这些问题的答案。总之，夏米把胡森·巴努的画像揣在怀里，像疯子一样，在森林里游荡，没有任何办法找到答案。

一天，他游荡到也门的一座森林里，坐在一棵大树下号啕大哭起来。哈迪姆·塔伊那天正好在此地狩猎，突然听见撕心裂肺的哭声，便吩咐人："去查看一下是哪里来的声音，看看是谁在这荒野中这么伤心欲绝地大哭。"

派出去的人回来了，他们说："一个年轻人，长相帅气，但一身乞丐打扮，坐在一棵树下大哭。他不睁眼，也不搭理任何人。"

听到这里，哈迪姆·塔伊独自朝那个人走去。他站在远处静静地看着，只见那人神情恍惚，时而恸哭，时而哀号，真是令闻者伤心。看到这种情形，哈迪姆再也按捺不住了，他眼含泪水，在心里想：哎呀，我的主啊！他这是遭了什么难了，才会这样痛苦啊？哈迪姆翻身下马，站在那人的面前问道："哎，年轻人！你遇到什么样的事，使你这样悲痛欲绝？"

夏米抬起头来，看到面前站着一个年轻人，他身材挺拔，英俊潇洒，头发披肩，身着王族的服饰。当他看见这个面善的人时，情不自禁地想："哎，兄弟！要我说什么呢？我既没有力量来诉说，也没有力量来书写，除非是那个能倾听我内心痛苦的人来，只有她能医治好我的心病。"

哈迪姆·塔伊说："你放心地对我说吧！因为我早已决心把一生践行在追随真主的路上。我决不会让你失望。如果需要财富，现在就拿；如果是某个仇人伤害了你，把他带到我跟前，我来收拾他；如果想见情人，而不得见，我给你出主意。托真主的福，我一定会让你见到。如果想要我的脑袋，就在这里，拱手相送！"

夏米听了这番感人肺腑的话语，赞叹不止。他说："善良忠厚的年轻人，你这样同情我们这些可怜的人，祝你万事如意！"说完，他从腋下取出画像，递给哈迪姆看，说道："现在你知道了吧，我不见到她怎么能活着呢？怎么能不颓废成这个样子呢？"

哈迪姆定睛一看，吓了一跳，然后说："不用说，这是你的心上人。稍安勿躁，放心吧！要相信真主，不要失望！我不会不管你的，我会一直陪你见到你的情人。"

总之，哈迪姆就这样安慰着他，鼓励着他，带他到了城里，为他沐浴更衣，供他好吃好喝，还让他观赏歌舞，就这样过了三四天。一天，哈迪姆见他仍忧心忡忡，便说："哎，痴情的人，我不会袖手旁观，现在就为你去找她，必将竭尽全力。"夏米说："我的这件事只有开始，没有结局。我不会让你抛弃安逸的生活，陷入艰难困苦中。"哈迪姆说："不管你怎么想，但是我要兑现自己说过的话。只要你的情人活着，我就一定让你们见面。"

哈迪姆把大臣们召集来，说："我不在时，给外来人提供住处、给饥饿者食物、给裸者衣服、给贫困者钱物这样的事，要一直做下去，直到我回来。别让人家说：'哈迪姆不在城里，现在还有谁给这些东西?'别不当回事儿，而是应该把这件事做得更好。"

一切安排妥当后，哈迪姆和门尼尔·夏米一起朝夏·阿巴德走去。过了一些日子，他们到达那里。胡森·巴努的侍者接待了他们，安排他们在驿站住下，摆上各式美味佳肴，还拿来很多金币放在他们面前，客气地说：“你们尽情地享用美食吧，需要多少金钱，也不要客气，就用多少吧！”

哈迪姆说：“哎，真主的仆人，我不是因为食不果腹、缺少金银珠宝而来。真主使我家财万贯，又掌管很多国家。我的愿望可不一般呀！”侍者立即报告胡森·巴努说：“有一个名叫哈迪姆的人来回答你的问题了，门尼尔·夏米也跟他在一起。”于是，胡森·巴努吩咐人把他俩叫进来，自己坐在珠帘后，问道：“你好吗？”

哈迪姆说：“谢谢！还活着。但是，美人啊！请露出自己的花容月貌，也好让痴情人的心得到一点安慰，得到生命的回报！”

胡森·巴努说：“哎，真主的仆人！我干嘛要出现在陌生人面前呢？又怎么能让你们看见我的容貌呢？只有能回答出我的七个问题的人才可以在同我订婚后，采摘安逸花园里舒心的花朵，饮上相见的美酒。”

这时，哈迪姆问：“都是些什么问题呢？你用美妙的声音说出来吧，同时也请保证，只要我解决了那些问题，你就得听我的，让你做什么你就做什么。”

胡森·巴努接受了，并做了保证。之后她命人铺上一块洁净的饭布[1]，让他们吃了各式各样佳肴，又给了不少盘缠。在送他们上路时，胡森·巴努说："哎！哈迪姆，第一个问题是：为什么看见了一次，就渴望第二次？去看看是谁？在哪里？看见什么了？会使他看见一次后，还渴望见第二次？先把这个问题解决了，再谈第二个问题吧！"

哈迪姆听罢，指着门尼尔·夏米说："这是我的兄弟，请关照他，一直到我回来！"说完这话，他把门尼尔·夏米留在驿站，自己离开了。

---

① 中世纪的阿拉伯和中亚地区盛行的就餐习惯，即在一块布上摆上各种食物，尤其是在旅行中如此。这里指铺在地上的布，上面摆上各种饮食。

第一个问题

哈迪姆出发去找寻第一个问题的答案

哈迪姆刚走出去不远，便开始在心中琢磨起来：我现在该怎么办？问谁呢？盲目地走，又怎么能解开这个谜呢？但这是我以真主的名义承担下来的，真主会帮我的，我不会有事。他在心中打定了主意，继续向前走去。就在这时，他看见一匹狼，狼抓住了一头母鹿，正要撕开来吃。看到这头可怜的母鹿，哈迪姆疾步向前，厉声地呵斥道："哎，畜牲！在做什么呢？小心点，没看见这头可怜的母鹿要当母亲了，她[①]的乳房开始流淌乳汁了吗？"

① 故事涉及到动物、妖魔鬼怪、神仙等，为了表达上的统一，本译文将对有生命或拟人化的动物、妖魔鬼怪、神仙等均采用第三人称他（她）或他（她）们代称。

狼害怕了，站在那里说："你是哈迪姆吧？只有你能在这个时刻站出来保护她。"

哈迪姆问："你怎么知道的？"

狼说："我从你的勇敢和慈爱中看出来的。全国上下都知道，你对每一个生灵都有恩。但是我不知道，你为什么要让我放走属于我的猎物。"

哈迪姆说："你想要什么？"

狼说："我的食物是肉，遇见什么肉，就吃什么肉。"

哈迪姆说："好吧！你想吃我身上哪块肉，就吃哪块吧，填饱肚子后快走！"

狼说："臀部没有骨头，如果你能给的话，我可以美美地尝尝鲜，我将为你祝福。"

哈迪姆当即从腰间抽出一把匕首，割下一块血淋林的肉放在狼的面前。狼吃饱后问道："你为什么要这样不辞辛苦地离开也门来到荒野，同野兽打交道呢？"

哈迪姆说："门尼尔·夏米爱上了胡森·巴努，她提出七个问题，谁找到这些问题的答案，她就接纳谁。我以真主的名义，承诺替门尼尔·夏米做这件事。第一个问题是：一个人说过'看过一次，就渴望第二次'，但是没人知道那地方在哪里，他是谁，他看见什么了，使他在看见一次后，还渴望见第二次。我只能心里装着真主，无边无际地走，相信一定会在什么地方得到一些线索。”

听到这里，狼说：“哎，年轻人，我知道那个地方，有很多老人常提起它，他们管那地方叫‘看得见的荒原’。到了那里的人，在那里转悠一天，就能听见这个声音。”

哈迪姆问：“那个荒原在哪里？”

狼说：“往前走，离这里不远有两条路，你不要走左边，要走右边。这样，你就可以到达你要去的地方。”说完，狼同他告别。母鹿在祝福他后也走了。这两个动物都为他的勇敢和慷慨点头称赞。

哈迪姆刚走了几步，就因为疼痛而双脚颤抖起来。他无奈地倒在一棵树下呻吟着。那里凑巧有个豺的洞穴。豺夫妻俩出去寻找食物，两三个小时后回来了。母豺看见哈迪姆在痛苦地呻吟，就对公豺说：“人类怎么到这里来了？现在我们得搬家了，因为我们无法同他相处。俗话说得好：动物和人怎能共存呢？”

公豺说：“这个年轻人大概是哈迪姆，是为了‘看得见的荒原’而来，这会儿臀部痛得跌倒在这棵树下。他这样会丧命的。”

母豺说：“你怎么知道的？”

公豺说：“我听长辈说过，有一天哈迪姆会从这里经过，会痛苦地在这棵树下呻吟。看来就是今日了。”

母豺说：“再说说他是怎样的一个人吧！”

公豺说：“他是也门国的王子，他胸襟宽广、乐善好施、慷慨大方。今天在森林里有一头快要分娩的母鹿正在吃草，一匹狼扑上去想吃了她。哈迪姆割下自己臀部的肉给了狼，救下了鹿，自己却承受着痛苦。”

母豺说：“人类中怎么会有这样有胸襟和善良的人？”

公豺说：“看在真主的份上，可别说这样的话。人类是所有生物中最高尚和伟大的，被称为万灵之首。尤其像哈迪姆这样有胸襟、有胆量、有尊严和笃信真主的人，他如此地乐善好施，竟割下自己的肉救别人。”听到这里，他的妻子问：“怎样才能疗好他的伤口呢？”

丈夫说：“如果把美女兽①的脑浆敷在他的伤口上，转眼间伤口就会愈合。但是那很难弄到啊！这个动物生长在恐怖的马赞德朗②荒野里。她的身子似孔雀，头似人。要从她旁边过去，必须喂食她果汁，她一高兴就会跳舞给人看。有些男人同她保持着夫妇般的关系。”

---

① 外语的意思为“美女、貌美的女人”，由于她躯体像孔雀，头像人，译者在这里称她为“美女兽”。

② 位于伊朗，是伊朗的马赞德朗省。

听到这里，母豺问："谁能割下她的头，去医治哈迪姆的伤口呢？"

公豺说："如果你能七天里不分白天黑夜，不吃不喝，连续照顾他，我就去割下那动物的头颅。"母豺说："这太好了，动物也可以给人类施恩。"

于是，公豺留下母豺和哈迪姆走了。当公豺到达马赞德朗时，美女兽正在树下酣睡，于是公豺走到跟前使劲地扭断了她的头。公豺带着这颗头回到自己家。母豺在公豺走后，一直尽忠职守地照顾着哈迪姆，甚至连一只小鸟也不让靠近。她白天黑夜坐在他跟前，从不合眼。而哈迪姆躺在那里一直目睹豺对自己的照顾。这时公豺回来了。母豺赶紧取出美女兽脑浆敷在哈迪姆的伤口上。伤口转眼间就愈合了，疼痛也随之消失。

哈迪姆站起身来，跑到公豺和母豺身边说："哎，野兽啊！你们对我施了大恩，却也为我杀死了一只野兽，我会得到报应的！让我怎么面对真主啊？"

公豺说："这是我犯下的罪，你不要担心！因为我们也有自己的造物主。"

哈迪姆说："既然你们对我有恩，也让我做些事情报答你们。"

公豺说："哎，勇敢的年轻人！在这个森林的边上栖息着很多獾。我们的孩子每年都被他们吃掉，但我们没有能力打死獾，救出自己的孩子。如果你能打死獾，驱除了我们的灾难，那就是最大的恩惠，而且对你来说也不费吹灰之力。"

哈迪姆说："你告诉我獾的洞穴在哪里，我一定会手到擒来。"

"那个地方离这里不远，也就六柯斯①。"

公豺把哈迪姆带到那里，自己藏在草丛里。哈迪姆往前走，看见一块空地，便坐下来。这时獾夫妻俩来了，他们看见一个人坐在自己的洞穴前，走上前问道："哎，人！这地方不是你的，你却像巡捕一样坐在这里。如果你识时务，就赶快走开，否则我们将你碎尸万段。"

"哎，畜牲！我不是残暴的人，也不是猎人。你们为什么害怕我呢？如果这个家是你们的，祝贺你们！好好地住着吧！"哈迪姆劝道。

獾说："人还会有善心吗？不需要告诉我们你是谁，走吧！如果不走，就等着瞧，你会被打死。"

哈迪姆说："哎，畜牲！看在真主的份上，就像你珍

① 一柯斯约合两英里。

视自己的生命一样，也珍视别人的生命吧！你吃了豺的孩子养育自己的孩子，这是哪家的公平啊？”

獾说：“哎，年轻人！你做了那只豺的后盾来同我作对，对吧？”

哈迪姆说：“向真主保证，我不是以豺的支持者的身份而来，而是来请求你们不要再吃豺的孩子了。要畏惧真主啊！”

“哎，人啊！你为什么要为豺来自找倒霉呢？不消一会儿，你也会遭殃。”獾说。

哈迪姆说：“看在真主的份上，你不要吃豺的孩子，吃我吧！我来代替豺的孩子。”

“豺我们还是要吃，今天也不放过你。”獾说。

哈迪姆说：“我以创造了一万八千个世界的真主的名义发誓，请你们放过豺的孩子吧！真主是提供食物的，他一定会给你们别的更好的食物。”

獾说：“我们永远不会放了豺，也永远不会让你安然无恙地走出这里！”

这时哈迪姆明白了，这该死的獾是铁石心肠，他们甚至不接受以真主的名义发誓，确实应该被打死。打定了主意后，他怒目圆睁，一跃而起抓住那两只畜牲的脖子，朝地上摔去。可他心里却在想：我为何要杀死他们呢？到现在我还没有杀戮过，也没给任何人带来过痛苦。但是獾拒绝了以真主的名义发誓，应该给他们惩罚。想好了后，他从腰间抽出匕首，用刀柄敲断獾的牙齿，用刀刃割下他们的爪子，然后又叩拜真主祈祷道："真主啊，让这畜牲少点痛苦吧！"

真主接受了他的祷告，当即使獾的疼痛消失。之后，他放了獾。獾哭着说："那我们怎么才能得到食物呢？我们怎么活啊？"

哈迪姆说："不要担心！真主会给你们吃的，他总会以某种方式不断地送给你们食物。"

这时，豺来到跟前说："您不要担心！从今天开始獾的食物由我们来管。只要我们活在世上，无论我们去哪里，都会找来食物给獾。"

之后，哈迪姆告别了他们继续向前走。这时，母豺对公豺说："单独让哈迪姆一个人去'看得见的荒原'，我觉得不厚道。"于是，公豺跑了过来，叫道："哎，哈迪姆！我也和你一起去'看得见的荒原'"。

哈迪姆说："哎，野兽啊！我本来因为你的恩惠已感到惭愧，怎么能再承受再多的恩惠，把你带上，让你离开家乡，和我一起游荡在荒野中？看在真主份上，快别这样了！我无论如何不会同意。你如果执意要同我一起前行，还不如把路告诉我，这就是最大的恩惠了。”

豺说：“捷径十分艰险，还有一条路虽然很长，但不危险。我就是因为要给你指路，才打算和你同行。你决定走哪条路？”

哈迪姆说：“真主会让艰险的捷径变得容易。”豺说：“你要走的捷径，就在前边。如果顺利的话，你会很快到达‘看得见的荒原’。”

哈迪姆告别了豺，继续赶路，当他来到一个十字路口，正发愁不知往哪里走时，只见前面到处都是熊，简直就是熊主宰的世界。原来那日有一百多头熊来这里游玩。他们也看见了哈迪姆，十分兴奋，便把他带到国王那里。熊大王胡勒斯看见哈迪姆很高兴，说道：“你坐在我旁边，说说你自己吧！你是谁？从哪里来的？叫什么名字？我觉得你大概是也门国的哈迪姆吧。”

“你说得很对，我就是哈迪姆·塔伊。替真主行道而来到这里。”

熊大王说：“你能到我这里，我心里太高兴了，我要把女儿嫁给你，这个森林里没人配当我的女婿，但是你来了。”

听到这里，哈迪姆低头不语。熊大王说：“你为什么不回答呢？是不是我不配做你的岳父啊？”哈迪姆说:“我是人,你们是兽,我们怎能相配呢?”熊大王说:“哎,哈迪姆!在情欲方面,人和兽是一样的。你不用担心!我女儿和你一样。”说完,熊大王对几头熊说:“你们去给小姐穿上婚礼服,佩戴好首饰,然后带到新房里。”熊大王的女儿被打扮好,带到婚房里,然后他们又把哈迪姆带到那里。哈迪姆一看见那位貌似天仙的美女,便惊讶地返回大殿,说道:“哎,熊大王!你是国王,我是乞丐。如果同这位公主结婚,那太有悖礼数了!”

熊大王说:“接受她吧!不要找借口了。你也是也门的王子呀!”

哈迪姆愁容满面,心里在想:残酷啊,我怎么这么倒霉呀!现在我怎么办呢?我是为了一个目的而来的,如果我结了婚,沉浸在享乐中,那么门尼尔·夏米在那边就会望眼欲穿至死,我怎么向真主交代呢?

熊大王再次看了一眼哈迪姆,说道:“哎,年轻人!如果你不接受的话,我就不会放过你,你会在囚禁中死去。”哈迪姆没有回答,也不抬头看他。这一下激怒了熊王,他对其他熊说:“把他抓到山洞里,堵住他的嘴,在他的嘴里放一块黑石。严加看管!”

听到这个命令,很多熊跑出来,把哈迪姆关进黑洞里，往他的嘴里放了一块有点分量的石头。

哈迪姆在山洞里又饥又渴，过了七天，熊大王才把他放出来，让他坐在自己身边，然后苦口婆心地对他说："哎，哈迪姆！接受我的女儿吧！"

哈迪姆再次陷入到沉思中，他根本没有注意熊大王说的话。这时，熊大王让人端来一盘干果放在他面前，他确实很饿，便吃了起来。看他吃饱了，熊大王说："哎，年轻人！娶了这位仙女般的美女，过享乐的生活吧！"

哈迪姆说："我无论如何也做不到，人怎么能同野兽联姻呢？把我再次关进山洞里吧！"

哈迪姆再次被关进山洞里，在山洞里粒米未进，处于半昏迷状态。一天夜晚，他神志恍惚时，看见一位长者站在他面前对他说："哈迪姆！你为什么要让自己的生命丧失在这个黑井里，你不知道自己是为什么出来的吗？你不接受那个姑娘，就不能脱离这个山洞。"他回答说："长者啊！如果我同她结婚，我哪有时间去做我为之出行的事啊？"长者说："可你脱离这里的唯一的一条路就是接受她。否则的话就会在囚禁中死去。你必须接受熊王的女儿，熊王的女儿高兴了，就会帮助你离开这里。"

梦到这里，哈迪姆突然惊醒。这时熊王又把他请到自己身边，说道："哈迪姆！你接受我的女儿，对你有好处。"

他无奈地表示同意，说："但是不能让其他熊到我家里来。"

熊王说："别说来了，他们连想都不敢想。"

熊大王召集众臣子前来参加婚礼，摆上王家使用的座椅，让哈迪姆坐在上面，按照风俗办完了哈迪姆和女孩的婚姻大事，把女孩的手放在哈迪姆手里，将他俩带进洞房。之后，熊大王带着众熊走出洞房。哈迪姆在洞房里同她共度良宵，品尝了男女合欢之乐。就这样，他每天同那位美女过着安逸的生活，吃着美味的干果。但是每天这样吃，他感到腻了。有一天，他找到熊大王，对他说："大王！我每天吃着干果都腻了，如果能给一些粮食，我的心情会好一些。"

当即，熊大王派其他熊挨个村子去找粮食、奶油、酸奶、糖等。很快各种人类喜欢的吃食都被熊找了回来。哈迪姆吃着做熟的食物，他的夫人赫拉斯也和他一块吃，享受着安逸的生活。一晃过了三个月，有一天，他十分小心地对夫人说："心肝宝贝！我出来是为了做一件事，但你父亲强行要我同你结为夫妻，如果你能让你父亲同意我出去几日，那就是夫人对我的大恩大德了。等我做完这件事情，只要活着，我一定回来见你。”

赫拉斯当即去找熊大王说了这一切。熊大王说：“他是你的丈夫，他想干什么，就干什么吧！”

赫拉斯说：“我觉得他是个十分诚实的人，会说话算数的，不要担心，放他走吧！”

熊大王让哈迪姆走了，并派了很多头熊把他送到边境。熊的女儿赫拉斯还把一颗蛇脑石绑在他的头巾里，对他说：“它会在关键时给你很多帮助。”

就这样，哈迪姆告别了熊，继续往前走。过了几天，他来到一片荒原，找不到任何能吃能喝的东西。傍晚时，来了一位罩着面纱的老者，给他两张饼和一壶水。他带着这些东西继续日夜兼程。有一天，他面前出现了一条大山似的巨蟒①，他看到后十分紧张，但没有退却，还是继续向前走。他来到巨蟒跟前，抓住巨蟒的尾巴想控制他，没能成功，最后反倒被巨蟒吞噬了。他叩谢真主说：“太好了，我这肮脏的躯体能在一个真主的仆人②的嘴里，否则我这肮脏之躯又会有什么用

---

① 原文为龙，根据故事的上下文看，这里是作者夸大的说法，可以理解为巨蟒。

② 伊斯兰教信众认为世界万物都是真主之创造，每一个生灵都是真主的仆人。

呢？这正是：凡是全身心践行真主的事业，抛弃家庭，全身心投入到崇拜真主中的人才不枉活一生。但是真主总要给他些磨难来考验他。如果他能经受住痛苦，初心不改，就会摆脱苦海进入极乐世界。”他就这样安慰自己，甚至不断地想着先知阿尤布[①]所遭受的苦难，来勉励自己，心里想：真主是解决问题的，会有办法的，他会使困难变得简单。

总之，他在巨蟒的肚子里呆了三天，一直寻找出口，但是没找着。他脏得浑身发臭。不过巨蟒的毒液却没能给他造成伤害，因为临走时他的妻子给的那颗蛇脑石是颗神珠，有了它的保护，无论陷入火海、深潭，还是毒液，他都会安然无恙。所以他一直活着，毒液根本无法侵蚀他。三天后，巨蟒着急了，心想：真倒霉，我这是吃了什么？怎么不消化呢？肚子怎么总在咕咕地响呢？巨蟒急得不知如何是好。哈迪姆在他的肚子里不停地活动着，而且轮番往四个不同的方向跑着，用

① 伊斯兰教先知，传说曾有着幸福的家庭，十分富有，后真主为考验他，使他的财产全部毁灭，后代都死绝，自己也深陷重病。他痛苦地先向真主求助，真主示意他用双脚踩地，地上便出现一眼清泉，他在泉中沐浴，立即痊愈，他失去的财产全部回来，死去的全家人连同佣人再次复活。在《古兰经》中他被称为富有忍耐力的人，因重生又被称为重生的人。

自己的脚踩着巨蟒的肠子。最后，巨蟒知道必须把吃进去的都吐出来才行，于是把他吐了出来。哈迪姆出来了。他站在沙子上晾干了衣服，接着继续向前走。

还没走出去多远，眼前出现一个池塘，他情不自禁地跑过去坐在池塘边，开始洗衣服。这时一条鱼露出水面。仔细一看，才发现她的下半身是鱼，从头到脐是人。哈迪姆看到她的样子，感叹真主使这个世界无奇不有。

正在他目不转睛地盯着看的时候，鱼抓住他的手带他进入池塘，领进自己的家，让他坐在干净的床上，自己变成一个美女，要同他行夫妻之事。哈迪姆无论如何也不同意，他说："我抛家舍业出来就是为了做一件事，你半路上把我拦住想留住我，我哪能同你在这里享乐？不过如果你能把我送到原来的地方，我可以与你厮守几天，满足你的愿望。"

美人鱼同意了，说："好吧！三天后，我把你送回原来的地方。"

哈迪姆高兴地接受了，愉快地同美人鱼交合。三天后，他对美人鱼说："你快将你说的话兑现吧！"

美人鱼抓住他的手潜进水里，又把他送到岸边。她说："英俊的年轻人，你干吗要离开我呢？"

哈迪姆说："我要完成一件大事，要不我哪里舍得与你分离，放弃安逸和享乐去找苦吃？"听罢，美人鱼游走了。哈迪姆在那里洗净了衣服，晾干，接着又上了路。

经过长时间的跋涉，他到达一座山，山上长满了碧绿的树木，树上缀着各种沉甸甸的果实。这片树林绵延数里，还有无数豪华的房子在阳光下闪着光芒，到处都是溪流和繁花似锦的花园。他看见一间四面透风的房舍，疲倦的他一到那里，倒头便睡。这时房子的主人来了，看到这位长相俊朗的年轻人在呼呼大睡，便走到他跟前坐了下来。

哈迪姆睡了很长时间才醒。他揉揉眼睛，看见面前坐着一个人，立即紧张地站起身来，弯腰施礼。那人问："你是谁？去哪里？到这里来干什么？"

哈迪姆说："我要去'看得见的荒原'。这下好了，在这儿遇见了你。下面由你发落！"

那人说："年轻人啊！快放弃这个想法吧！干吗要白白送命呢？太遗憾了，你的好友中怎么没有人阻拦你呢？"哈迪姆说："我不是为了自己的事而去的，我是遵照天意，为了一个外人的事，走上这艰苦之路的，剩下的就看命运了。王子门尼尔·夏米爱上了波尔泽赫商人的女儿胡森·巴努。她提出七个问题，谁能回答出来，她就接受谁为夫君。王子因为解答不了她的问题，被赶出城，他无奈地走出城市，在森林里游荡，痛苦万分，到了崩溃的边缘。他来到我的国家，见到我，把事情从头至尾告诉我。我觉得问了他的情形，却不帮助他，这不是勇敢者的作为，所以我下决心承担这件难事。”

那人听罢，说：“你是哈迪姆·塔伊吧？因为，当今这个时代，除了哈迪姆还有谁会做这种事，为别人去承受痛苦？好吧！别担心，真主是仁慈的。这件事一定会得到解决。不过，至今还没有人能从‘看得见的荒原’回来。如果有回来的，也神志不清。记住我的劝告，当到达‘看得见的荒原’的时候，你会被带进‘阴曹地府’中，你不作声地跟他们走，不要在任何地方驻足。凡是有美女向你示爱，你千万不要动情。之后还会出现一个十分妖娆的女子，你一看到她就会神魂颠倒，不能自控，但是看在真主的份上，一定不能动摇，别慌张。当她抓住你的手，你就会到达‘看得见的荒原’。如果你和她鬼混一个星期，那将遗憾终身。”他们正在聊着时，有一个年轻人端着两碗甜粥和两杯水突然出现，放在他们面前。他们吃饱后，叩谢真主。过了一宿，清晨，哈迪姆同他告别，朝森林走去。

过了些日子，哈迪姆来到一个美丽的水池边，坐在那里喝水。这时，一个美如天仙的女人全身一丝不挂地从水中出来，抓住哈迪姆的手潜入水里。哈迪姆的脚挨着地后，睁开眼睛定睛一看，才发现自己和那个女子都在一个鲜花盛开的花园里。他吃了一惊，那女子也放开他的手走了。

他边走边朝四周望去，一边有数千名仙女站着，她们的胳膊搭在一起，从头到脚都缀着首饰，也不知从何处涌出来，每个都强硬地把哈迪姆拉向自己身边。哈迪姆对谁都没兴趣，也没抬头看谁一眼：这是谁？在干什么？因为他牢记着那个男人的话。他在心里对自己说："哈迪姆，你可千万不能动摇，落入欺骗的深渊里。小心啊！这就是那个'阴曹地府'。"最后那些仙女把他拉进一个由宝石翡翠砌成的房间里，房间的四面八方贴满了无数张画像。走廊里还摆放着一个镶嵌精美的宝座。他走近宝座，那些画像都变成矗立的墙。接着，上千的仙女从宫殿的墙走出去了。他吃惊地看着四面，心里想：主啊！这是怎么回事儿啊？她们从哪里来的呀？又为什么成为雕像了？他就这样惶恐地站在宝座边，心里不断地嘀咕着：哈迪姆！既然你来到宝座边了，就坐在宝座上。他刚想把脚迈向宝座，就传来了一声响亮的声音。他感觉宝座的腿断了，低头看去，宝座的腿还完好着。于是他坐了上去。之后，又传来了咔嚓声，与此同时，那个最貌美、妖娆、高挑的仙女离开画像，娇滴滴地来到哈迪姆身边。哈迪姆感到十分惊异，心想：主啊！她刚才还是一副画，什么奇迹使她脸上遮了一块面纱，来到宝座前站着的？他急切地想冲上前掀开她的面纱，看看娇美的容貌，就在这时，他想起了那个男人的嘱咐，控制住自己，心中想：如果我抓住她的手，就再也别想从"阴曹地府"走出去了。现在应该等着她来抓住我的手，再看我能否从"阴曹地府"中出去。

哈迪姆坐在宝座上等待了三天三夜，每当夜晚来临时，所有房间的樟脑灯会自动亮起来，四面传来歌声，那些在墙上的画像就会变成人舞蹈起来。那个最美的仙女就会站在宝座前笑眯眯地看着哈迪姆。哈迪姆面前摆着各色干果。他也吃，但从不感到饱胀。他奇怪地说："主啊！我吃了这么多的东西，怎么不感到饱呢？这是什么原因？"

就这样过了三天。第四天，他心想：如果我一生都在这里呆着，既吃不饱饭，又走不出去，而门尼尔·夏米如果在等我的时候出现什么不测，我有何脸面向真主交代呢?

于是,他抓住了美女的手。就在这一瞬间,一个美女从宝座下出来,一脚踢在他身上,他滚到一边。当他抬头看去时,那美女不见了踪影,也没有什么宝座,也没有花园,而是一片令人毛骨悚然的无边无际的荒原。这下子他明白了,这就是"看得见的荒原"了。说过"看见了一次,就想第二次"的那个人就在这里。现在应该找找他了。

他脑海里想着这件事,在那里四处走动着。这时传来了"看见了一次,就想第二次"的声音。这声音一天里出现三次,之后连续七天里他也都听见了。第八天的傍晚,他又听见这个声音,他朝声音传来的方向跑去,看到一个白胡子修行者坐在地上。修行者走到哈迪姆跟前,施礼问好。修行者说:"英俊的年轻人!从哪里来?来到这个森林里有何贵干?"

哈迪姆说:"我就是为了寻找你而离开家乡的。你到底看到什么了?而且看到后还渴望再看到?看在真主的份上,说说吧!"

修行者说:"你坐好,我就说。"哈迪姆坐下。

当夜晚来临时,他们面前出现了两张饼和两壶水。修行者把一张饼和一壶水给了哈迪姆,自己留下了一份。他们吃过饼，喝过水，哈迪姆说："哎，真主的仆人！说吧！"

修行者说："哎，贫穷城市的外乡人！有一天，我溜达着来到一座美丽的水池边，坐在水池边观赏着。这时，一个浑身赤裸的美女从水中出来，抓住我的手潜入池塘里。当我进入水底睁开眼睛一看，眼前是一个稀奇的花园，有很多美丽的女人从四面出来，抓住我的手来到一个宝座边。我刚坐在上边，一个脸上遮盖着面纱，面如皎月的美女便走到宝座边站着。一看到她，我就昏厥过去，手脚都僵硬了。最后，我焦急地掀开她的面纱，看到了她的面容。她美丽极了。我伸手抓住她的手，想把她拉过来。但立即有一个美女从宝座下出来踢了我一脚，把我从那个美丽的花园踢到荒无人烟的荒原。那令人神魂颠倒的场景不见了。从那日起，我每天八个时辰[①]都在痛苦地哀号，我心里想忘记她，但是忘不了啊！"说完，他高喊了一句，然后长长地叹出了一口气，就像龙卷风一样在森林中夹着风和土跑了起来，并说："看见了一次，就想第二次。"哈迪姆知道，这是爱恋的结果。他说："长辈啊！如果你能再看见

① 此处的一个时辰等于三个小时。

她，会清醒吗？”

修行者说：“外乡人！这是不可能的，尽管我在诗中这样吟道：

> 我晚上做祈祷，把前额触在地，
> 让我与分离的心上人再次相见！

但是毫无用处。”

哈迪姆说：“长辈啊！你随我来！我让你在聚会上再次见到那个美女。”听了这话，他起身随哈迪姆走了。几天后，他们来到紧挨着那个池塘的一棵树下，哈迪姆说：“哎，前辈！如果你想永远看见那美女，你千万别用手抓她，也不要去揭开她的面纱，那么她就会永远站在你面前。如果你抓住她的手，那你就会回到这个森林里，只有你自己，然后永远别想再回到那个地方。我从那个地方来，是在一个长者的指导下才到达那里，否则我哪有那个本事？现在你去吧！前边就是池塘。”

一听到这里，那个痴情者奔向池塘。这时一个裸体的女子从水中出来，抓住他的手潜入水中。

哈迪姆朝夏·阿巴德走去。经过跋涉，他来到那个修行者[1]的住处，同他见了面后又出发了。又过了一些日子，他到了美人鱼家里，在那里停留了一个月。离开那里后他又到熊的森林里，同熊的女儿相见，在那里停留两个月后同她分离。然后他又来到豺的洞穴，简短地见面后出发，再经过几天的跋涉，终于回到夏·阿巴德。

胡森·巴努的仆人直接把他带进豪宅，他们对胡森·巴努说："哈迪姆安然无恙地回来了。"她立即招呼哈迪姆坐在帷帐旁边，问道："带回什么消息了？说吧！"

哈迪姆说："一个长辈迷上了'阴曹地府'中的一个美女，在森林中不断地喊叫'看见了一次，就想第二次'。我已把他送到她的身边，现在那个声音不会再出现了。"

听罢，胡森·巴努和她的奶妈对哈迪姆的勇气和胆量大加赞赏。这时，哈迪姆说："胡森·巴努！现在快说出你的第二个疑问吧！我也会尽一切所能寻找出它的答案。"

胡森·巴努极其和气地说："哎，哈迪姆！你一路上遭受了很多艰辛，喘口气，休息几天吧！"

---

① 指前面为他指路的人。

哈迪姆说："休息？我只有解决了你的七个问题，才能休息。"说完，他起身来到客栈，同门尼尔·夏米王子共处八天，向他叙说了所有的经历。第九天，他来到胡森·巴努的府邸对她说："你的第二个问题是什么？看在真主的份上，快说吧！"

第二个问题

哈迪姆出发，揭示“做善事，投入水中”的秘密

胡森·巴努说：“一个人在门上贴了张纸条，上面写道：‘做善事！投入水中。’这是第二个问题。请告诉我，其中隐藏着什么秘密，他做了什么善事。”

哈迪姆听罢立刻站起身来，问道：“那个人是谁？他住在哪里？”

胡森·巴努说：“我听奶妈说，他住在北方。”

哈迪姆就带着这点信息出发了，他全凭心中有真主。

经过长时间的跋涉，他走进一座可怕的森林。傍晚时分，他坐在一棵树下，突然，一个痛苦的呻吟声传入他的耳中，这声音使人伤心，催人泪下。他在心中对

自己说：哈迪姆！听到一个真主的仆人陷入痛苦，而你不去施救，对此不管不问，这不算是男子汉！心中有了这个想法后，他当即就朝传来声音的方向走去。刚走了一小会儿，就到了发出声音的地方。他看到一个年轻俊美的男子坐在地上，泪水像断了线的珍珠似地往下落，叹息声不断，并听见他吟诗道：

我去哪儿？对谁说啊？亲人！
你替我想想，我心中痛苦啊！
我所经历的一切无法书写啊！
我有嘴不能说，我的宝贝啊！

哈迪姆说："哎，伤心的年轻人！你遇到什么难事啦？这么惆怅和痛苦啊！"

年轻人说："外乡人！我是商人。离这里大约有十二柯斯远的地方有一座繁荣的城市。那里有一名叫哈里斯的商人，他十分富有，还有一个貌似天仙的女儿。偶有一日，我带着商品来到那座城市。为躲避阳光，我坐在哈里斯商人的豪宅屋檐下，我的目光落在阁楼上，突然看见一个美貌的女子。我一下子失去了理智，逢人便问：'她是谁？这是谁家的豪宅？'他们告诉我：'这是哈里斯女儿的闺房，哈里斯是富翁。’我又问他们：‘这个姑娘许配人家了没有？’他们说：‘他的父亲无法把她嫁出去，他管不了女儿的事。这个女孩想自己选婿，她有三个问题，只有能回答她问题的人，才能同她结为夫妻。’

听到这里，我来到她家的门廊前。门卫进去通报，她传话让我进去，让我坐在干净的地毯上，并对我说：‘如果你说话算数，我来告诉你我的问题。’我说：‘请说吧！我愿诚心诚意地回答。’她说：‘如果你能回答出我的问题，我就永远成为你的人。如果解不开这些问题的谜底，你就由我发落。’我同意了。她开始说：‘第一个问题是：这个城市附近有一个洞，至今没有人去过那里，请说出它有多深。第二个问题是：每周五的晚上，都从森林方向传来一个声音："我没有做的那件事，今天晚上我将受益"；第三个问题是：取下蛇背上的蛇脑石给我。’我一听到这些问题，剩下的魂魄就消失殆尽。我只好收回自己的承诺。她抢走了我所有的财物，把我赶出城市。我无可奈何地来到森林里，一方面是由于我身无分文，另一方面是受到羞辱，再者，爱情之剑已经把我的心刺得千疮百孔。同行的伙伴抛弃了我，于是我沦为了乞丐。"

哈迪姆说："你放心吧！你把我带进那座城市，我把你的财物要回来，还让你见到朝思暮想的美人。"

年轻人说："哎，可敬的人！财物是否能找回来，我并不在意。因为人们常说：'朋友见面才是最大的财富。'"

哈迪姆带着这个深陷爱恋之苦的人来到城里，安排他住在客栈，自个儿来到那美女的门前，说道："我是来攀亲的。"

哈里斯的女儿得知这个消息，急忙遮上面纱，招呼哈迪姆进来。哈迪姆说："你是哈里斯商人的女儿，如果他[①]在这件事上发誓并承诺，我就去为他努力，要是哪日托真主的福，我完成了你提出的条件，从那一日起你就得服从我的安排。我想把你给谁，就给谁。"

女孩说："那好吧！"

哈迪姆说："把你父亲叫来吧！"

女孩叫来了哈里斯，把情况讲给他听，他也接受了。这时，哈迪姆对女孩说："说吧！都是哪些问题？"

女孩说："这座城市附近有一个山洞，城里的男男女女都知道，你要把洞的情况搞清楚，比如，它有多深，延伸到哪里，洞里都有什么。"

---

① 指那个年轻商人。

哈迪姆听罢立即出发，与他同行的还有很多城里人，他们也愿意同去探索这个洞的秘密。哈迪姆跳进山洞，跌跌撞撞地走了一天一夜后眼前才出现亮光。哈迪姆知道他到了洞的尽头，打算往回走。这时，他脑海里闪出一个想法，如果有人问他，洞里究竟怎么回事儿，他该怎么回答呢？想到这里，他决定继续往前走。又走了一会儿，眼前出现了一块平坦的空地，中间还有一个清澈见底的大池塘。哈迪姆出门一般带一壶水和一些大杏仁，饥渴时他就喝几口水，吃几粒杏仁。这会儿，他想喝水，可是发现带的水喝完了，所以，他喝了水塘里的水，并灌满了水壶。他继续走着，面前隐隐约约出现了一堵墙，这堵墙一眼望去看不到边，难以想象。他走近这堵墙，仔细一看有一扇门，便走了进去。门里好似有人居住，等他走到里面时，却跑出无数个魔鬼，他们想把他撕成碎片吃掉。这时，有一个魔鬼说："哎，伙伴们！他是个人，不要打死他！他的肉十分鲜美。如果你吃了他，让国王知道了，国王就会把你们都杀死。我们不应该骚扰他，而应该把他带到国王那里。"其他魔鬼说："他算老几，要面见国王？"

第一个魔鬼说："你们这是说的什么话？能对付我们的人太多了。记住我的话，你们最好别打他的主意。”听到这里，一众魔鬼害怕了，放了他后各自回家了。

哈迪姆继续朝一个方向走去，不久走进一个村庄，这里也好似有人居住，但是当他再往前走的时候，又出现了很多魔鬼，他们从四个方向拦住了他，看样子像想要吃掉他。其中的一个魔鬼说：“别吃他，把他活着带到国王那里，国王的女儿病重，也许这个人能医治好她的病。”

其他魔鬼说：“说什么呢？我们带过去数百人为她治病，都没治好。现在已经很难堪了，还有什么必要再带人过去？他自己会到国王那里，否则他还能去哪里？相信一定会有人把他送到国王那里。”

魔鬼走了，哈迪姆继续往前走，面前又出现一个村庄，那里的魔鬼抓住他带到魔鬼头那里。这位魔鬼头的妻子患了眼疾，泪水不断地从眼里流出。魔鬼头愁得低头不语。看到哈迪姆，他抬起头，说：“怎么把治眼的宗师都带来了？走开！从我面前滚开！把他放了！他是自由的，想去哪儿就去哪儿！”

哈迪姆看到他被痛苦折磨的样子，便问：“哎，魔鬼！你有什么痛苦啊？”

魔鬼头说：“兄弟！我的妻子患了眼疾，为此我白天黑夜都休息不好，不得安宁。”

哈迪姆说："放心吧！我会治好你妻子的眼睛。"

听到这里，魔鬼头站起身来，抓住他的手带他进自己的卧室，让他坐在妻子身边，说："哎，人！如果你的药能医治好我妻子的眼睛，我一生都感激你，会尽我所能为你效力。"

听罢，哈迪姆说："我唯一的要求是：要是我把你的妻子医治好，你带我见你的国王，在他面前称赞我的医术，让我为国王医治，治好他的病。"

魔鬼头以先知素赖曼①起誓后说："好，只要你能治好我的妻子，我就带你进国王的大殿里，让你在他手下称臣。"

哈迪姆从缠头巾里取出蛇脑石，在水里摩擦一下，放在她的眼睛上，眼疾当即好了，疼痛消失；再摩擦几次放上，她的大眼睛睁开了，不再流泪。魔鬼头高兴极了，对哈迪姆十分殷勤。

几天后，魔鬼头带哈迪姆去见国王，对他大加赞赏后说："陛下！这个人有智慧，医术高明，内人患眼疾几年了，他一下子就给治好了。"

---

① 素赖曼先知，即《圣经》中的所罗门，古以色列-犹太王国的著名国王，以智慧著称，谙禽语和蚂蚁语，能统帅人、精灵和飞禽。

国王名叫非鲁卡什，他询问了一会儿，和蔼地对哈迪姆说：“游者啊！我被胃病困扰着，我的国度里没人能医治我的病。如果你能妙手回春，你就是我的恩人。”

哈迪姆说：“你吃饭的时候，是不是有一群大臣聚集在你身边？”

“是啊，无论大小官员都在。”国王说。

哈迪姆说：“今天，你用膳的时候我也来。”国王同意了。

饭布铺好了，各种美食都摆在上面。国王想伸手去用餐，这时哈迪姆说：“国王，等一下！”国王停下来。哈迪姆打开盘子的盖，给在场的大臣和随从们看，然后再盖上。过了一会儿，他说：“打开看看吧！”

当盖子再次被打开时，盘子里都是虫子。国王看得惊呆了，问：“这是怎么回事儿？”

哈迪姆说：“被魔鬼看过的食物会变质。您应该单独在餐室里用膳，别让他们看见。”

非鲁卡什国王当日就采用了这个方法，很快他的胃就不再难受，疼痛消失，两三天后完全恢复了健康。

非鲁卡什国王同哈迪姆拥抱，说道：“哎，人！你要我做什么？说吧！”

哈迪姆说：“我是人，我的很多兄弟成为你的阶下囚，放了他们，这就是对我的最大感恩。”

听到这里，非鲁卡什国王把那些被他关押的人都放了出来，给他们好看的衣服，又给了一些盘缠打发他们走了。然后他对哈迪姆说：“我现在还有一件事对你说，如果你同意，那我就……”

哈迪姆说：“吩咐吧！我肝脑涂地。”

非鲁卡什国王说：“我的女儿疾病缠身也好长时间了，你看一下，治好我的女儿，我将十分感激你。”

听罢，哈迪姆站起身来。国王把他带进后宫。哈迪姆看见国王的女儿，发现她面色发黄，骨瘦如柴，说道：“榨一点果汁拿来！”

果汁一拿来，他立即拿出那颗蛇脑石放在杯子里搅了一下，让其喝下。过了一会儿，国王的女儿开始拉肚子，拉了一整天。傍晚时，还吐了几次，昏厥过去。

非鲁卡什国王害怕了，说道：“哎，尊敬的人！怎么回事儿，不会危及生命吧？”

哈迪姆说：“不要担心，真主会让您的女儿痊愈的。”

夜晚就这样过去了，清晨时，她感到饥饿，想起很多喜欢吃的东西，并进食了很多。总之，大约十五天过去后，她痊愈了，红光满面。哈迪姆对国王说：“现在您的女儿也恢复了健康，让我走吧！我要去做自己的事了。”

国王把很多金币和珠宝装在盒子里，放在他面前说：“虽然这些东西不值什么，但是我们愿意看见你拿走一些。”

哈迪姆说：“我一个人怎么拿得走呢？又能带去哪儿？”

国王叫来魔鬼喽啰说：“把这些金银珠宝都扛在肩上跟着他走！”

一个月后，魔鬼喽啰把哈迪姆连同那些金银珠宝送到山洞口便走了。

哈里斯的女儿派了很多兵在山洞口把守，他们看见哈迪姆，吓得跑了起来。这时哈迪姆喊道：“别跑！我是去了解山洞奥秘的那个人。托真主的福，我活着回来了。”

他们认出了他，把哈迪姆和他带着的物品一同带到客栈，交给哈里斯商人，商人拜倒在他的脚下，哈迪姆同他拥抱。

这些情况被人报告给了哈里斯的女儿。她叫来哈迪姆，询问山洞的情况，哈迪姆十分详尽地告诉了她。说完后，哈迪姆说：“我已搞清楚了一个问题，说说第二个吧！”

她说："每周五的晚上会传来一个声音：'我没有做的那件事，今天晚上将会使我受益。'请弄清这句话吧！"听罢，哈迪姆走向荒漠。

几天后，那个声音果然传来，哈迪姆不分白天黑夜地找寻那个声音，找着找着，眼前出现一个村庄，那里的人正在号啕大哭。他走上前询问道："你们这样伤心欲绝，难道有人去世了？"

有人说："每过七天，都要来一个妖怪，吃一个人。如果没吃到，妖怪会把整个城市给毁掉。这次轮到头人的儿子了，所有的人都为此号啕大哭。"

哈迪姆来到头人的家里，安慰他说："放心吧！我替你儿子去。"

头人大赞哈迪姆的勇敢，告诉他说："勇敢的年轻人！还有四天妖怪就要来了。"

哈迪姆问："他长成什么样？谁看见过？告诉我。"

头人把妖怪的画像展开在地上让哈迪姆看。哈迪姆说："既是妖怪，就不会被打死，也不会受伤。但如果你听我的，我会想尽办法打死他。"

头人转忧为喜，说道："你想吩咐什么，就吩咐吧！"

哈迪姆问："你们这里有制造玻璃的匠人吗？"

"有的是，要多少有多少。"头人说。

哈迪姆和头人来到玻璃店里。哈迪姆对玻璃匠人说："包括今天在内的四天里，造一个二百码[①]高、一百码宽的镜子，让妖怪挪不动。否则整个村庄就要被他吞噬了。"

玻璃匠人当即准备制造镜子的材料，三天后这面镜子就造好了。然后，哈迪姆对所有的人说："全村老少爷们，不论大人还是小孩，聚集在这里，立即把这面镜子抬到妖怪每次来的地方！"

他的话音刚落，人们就开始照他的话做了。接着哈迪姆说："拿一块白色的布把镜子罩起来！"他们马上拿来一块白布，把镜子完全罩住。哈迪姆又让他们都回各自的家，安心待着。如果有人想看也可以跟着，但只有头人的儿子愿意跟着他同去。

头人说："哎，我的儿子！你别去冒险了，我为你已经花了这么多钱了，你怎么还要到妖怪跟前送死？"

头人儿子说："爸爸，你不是要把我献给妖怪吗？现在怎么说这样的话呢？我要一同前去，他为了救我不怕被妖怪吞噬，真是个难得的穆斯林。为了我们，他主动把自己投到妖怪嘴里，你却要他独自一人去？"说

① 一码等于 0.9144 米。

完，他头也不回地随哈迪姆去了。

白天过去了，夜晚来临。那个声音依旧传到他们的耳朵里。所有人都紧张起来，过了一会儿，妖怪就像拱形屋顶一样出现了。他长着九只手、九只脚和九张嘴，一阵旋风似地来了。从他的嘴里喷出的烟雾和火焰之高，哪怕离这个村子两柯斯远的地方都能看到，人们惊恐得四散逃去。哈迪姆看到他来到跟前，立即把盖在镜子上的布掀开。妖怪看到自己的模样，大吼起来，震得整个村庄和森林都在颤抖，人们昏厥过去。然后这个怪兽吸了一口气，肚子破裂，发出一个可怕的声音后倒地死去。

等人们苏醒过来的时候，发现妖怪已死。他破碎的肚皮散落在森林四处，旁边的河水已经变蓝。头人和他的儿子，还有很多村民跪倒在哈迪姆面前，问道："勇士！你是如何逃离他的魔爪的？妖怪是怎样被打死的？"

哈迪姆说："谁都打不死妖怪，但是，妖怪一旦看见自己的样子，就会气得肚子膨胀而破裂。"为了感激哈迪姆，人们都尽己所能地拿出金银珠宝放在哈迪姆面前，双手抱拳恳求他说："请接受我们的心意吧！"

哈迪姆说："先生们！我贪图这么多的财物有什么

用呢？我是为了真主这样做，我心甘情愿这样做。”

这些人问哈迪姆：“先生，您为什么要来这里？”

哈迪姆说：“今天是周五，我听说从这边的森林里会传出‘我没做的那件事，今天晚上将会使我受益’，我为了弄清楚这句话而来，现在得走了。”

头人说：“我也听到这个声音有一段时间了，但是不知道是谁的声音，来自何方。”

哈迪姆在那里待了一天，夜晚来临，那个声音又出现了。哈迪姆听罢立即朝声音的方向走去。他走了几天，有一天来到一座小山包前，隐约看见小山包附近约有五六百骑兵和步兵迎面而来，定睛一看，骑兵和步兵又都不见了，原来是一座墓地。哈迪姆心想：这个墓地不知埋葬了哪些有造诣的大师，那个声音有可能发自这里，我应该坐在这里。

天很快就黑了，那个声音又传来了。哈迪姆专心沉浸在对真主的祷告中，接近半夜时，他看见从每一个墓穴里都走出一位长者。他们铺上洁净的地毯，穿着闪光的袍子坐在自己的位置上。这时，一个衣衫褴褛、蓬头垢面、赤着双脚的人走出墓穴，坐在地上。其他长者喝着茶，没有任何一位看他一眼，也没有人让他喝一口。他长叹了一口气，高声说：“我没做的那件事，今天晚上将会使我受益。”哈迪姆听到这里说：“托真主的福，我终于到达目的地了。”

这时，每位长者面前都放着一只盛着甜粥的钵，还有装满水的陶罐。只有一只钵不同。他们边吃边说着话：“兄弟们！今天晚上，我们这里来了一位外乡人，把他叫来，这碗是给他的。”

一位长者站起身来，把哈迪姆带过去，让他坐下，在他面前放了一只钵。哈迪姆看了那人一眼，发现他走到离这些长者远远的一处脏乱的地方坐下，嘴里不断地在喊着什么。他面前也放着一只钵，但是里面放着仙人掌汁和小石子，水罐里装的不是水，而是脓和血。哈迪姆低头吃着，偷偷看着他。不一会儿工夫，所有的人都吃完了，空钵被拿走。这时哈迪姆不解地说道：“我想跟你们说说话，如果你们同意的话。”

“说吧！”他们说。

哈迪姆说：“这是怎么回事儿？你们体面、庄严地坐在垫子上，吃着美食，可这位可怜的人却含泪喝着仙人掌汁，只能勉强下咽！”

他们说：“我们不知道他的秘密，问他自己吧！”

哈迪姆站起身走到他身边，对他说：“哎，你犯了什么大罪啊？陷入这样大的痛苦中，看在真主的份上，说说吧！”

他眼泪汪汪地说：“哎，勇敢英俊的年轻人！我曾是他们的头领，我叫优素福，是个商人。因为经商，我常去花剌子模城，我吝啬地从不给别人一个小钱、一点食物或一件衣物，更不允许别人给。如果我的仆人背着我偷偷给别人钱，只要我知道，我就会阻止，质问他为什么要把自己的东西给了别人，而且会暴打布施的仆人。他们说：‘我们为真主愿意布施，来世会有好报的。’我对他们的话嗤之以鼻。总之，我把他们的劝告当耳旁风，根本不在意。一天，来了大盗，他把我们抢掠后活埋在这里。这些吃美食的人因为生前宽宏大量得到这样的待遇，我因为吝啬陷入到这倒霉的境地。我是中国人。我的后代过得都不好，忍饥挨饿，沿街乞讨，而我家附近的一棵树下就埋了很多财宝。倒霉的是，现在我的仆人坐在我的位置上，喝着牛奶粥和清凉的水，穿着华丽的服饰，我却陷入窘境。我得到这种报应也是公平的。”

哈迪姆说：“有什么办法解救你？”

他说：“我这样痛苦地度过了很长时间，没有人理睬我。今夜你来了。如果真主赋予你勇气，就去中国。我的豪宅在商人街区，优素福商人这个名字人人皆知。

你去那里将我的情况告诉街区的人，我的儿子一定会找到你。你要直接对他们说出实情，之后把埋在树下的无数财宝挖出来，分成四份，把其中的一份给我的儿子，其余三份用在虔信真主的路上，给饥饿者食物，给无衣者衣物，给游客盘缠。相信在你的关照下，我会得到解脱，会与他们享受同等待遇。”

哈迪姆保证说：“哎，朋友！如果我不满足你的心愿，不在乎你的祈求，我就不是塔伊族的后代。”

哈迪姆在那里度过一个夜晚，他看到所有的人都舒服地睡着，而优素福却长吁短叹。清晨时，这些殉难者都回到了坟墓里。哈迪姆朝中国走去。经过一段时间的艰难旅程，他来到一座房子前，看到一个外乡人站在井台上汲水。哈迪姆走上前去，想让他帮忙打点水喝。这时一条蛇出现，像大象的鼻子一样缠住那人的腰，将他拖进井里。看到这里，哈迪姆搓着手惋惜地斥责道：“哎，畜牲！你这是做什么？把这可怜的外乡人拖进井里？在他的家里，他的妻儿正盼望着他回来或者寄回一些钱，而你结束了他的生命！”这时他又想：哈迪姆！太遗憾了，你亲眼看见这个场景，却无能为力，怎么向真主交代呢？你在世界上会留下什么名声呢？想到这，他也跳进井里。过了一会儿，他的脚触到地，睁眼一看，发现面前没有井，也没有水，而是一片开阔地。面前的景色十分美丽，树木郁郁葱葱，枝叶在风中摇曳着，树影中隐约可见一座白色的宫殿。哈迪姆走过去，心想，蛇把那个人带到哪里了呢？这里怎么会有宫殿呢？正想着，他来到宫殿前，眼前是明亮的大殿和装饰一新的客厅，在一间房子里放着水晶宝座，宝座下睡着一个个子有树那般高的男人。哈迪姆走近，想看看他是谁。就在这时，那条蛇把外乡人放在不知什么地方后，又扑向哈迪姆。哈迪姆正为那位游人的遭遇而气愤，他伸出两只手死死地掐住蛇，蛇叫了起来。这叫声吵醒了睡觉的巨人，他大喊："哎，朋友！这是干什么呢？蛇是我的听差，放开蛇！"

哈迪姆说："蛇不放过那位外乡人，我就不放蛇。"

这时，巨人对蛇说："小心点！这个人看上去很强大，肯定能摧毁我们的魔咒，钻进你的嘴里。"

哈迪姆听到这里，便钻进蛇的嘴里。里面是一间暗室，看不到蛇的任何影子。他惊呆了，四处看着，这时传来一个声音："哈迪姆！在这漆黑的房间里，凡是你的手能碰到的物品，就用匕首毫不犹豫地捣碎，从魔咒里出来，否则，直到末日这里都是你的家。"

听到这里，哈迪姆伸手四处触摸，他的手触到一个如牛心般的东西，立即用匕首划开，那里马上涌出一股泉水，它比河水的波涛还要汹涌，把哈迪姆淹没了。哈迪姆潜了几下，脚挨着了地，再睁眼一看，没有房子，没有蛇，没有水，也没有花园，只有一片荒原，有成千上万的人。他们有的接近死亡，有的干瘪得像根刺。那个外乡人也站在其中。哈迪姆走到他跟前问道："哎，兄弟！谁把你带到这里的？"

那人说："一条蛇把我扔在这里，这会儿不知道还会发生什么！"其他人说："我们也是被蛇带到这里的，您说说，到这里来干什么呢？"

哈迪姆详细地说了魔鬼的魔咒，然后说："你们都回家吧！我已经打死了你们的敌人。"

他们说："慈悲的人，这里不知饿死了多少囚犯，又有多少人濒临死亡。在你的帮助下我们逃出魔爪，真主会给你好报。"说完，他们踏上返乡之路，哈迪姆朝中国走去。

经过几天的跋涉，哈迪姆来到一座城门前，打算进去。守卫拦住他，说："往哪儿走？首先要见国王，经过国王的问询后，想去哪儿再去哪儿！"哈迪姆对他说："兄弟！你们这里是什么规矩啊？一般都给外来人提供方便，你们怎么找麻烦呢？"

门卫说：“哎，外来人！这个城市的路被封住了，因为国王有一个女儿，来到这里的外来人要被带到她面前，她要问他们三个问题，如果他们回答不出来，就会在清晨的时候被绞死。所以这个城市的名字叫‘狠心之城’。没有一个外来人能幸免。”

最后哈迪姆只好随他们一起去见国王，心想：看看他问什么。他来到国王面前。国王问：“你是谁？从何地来？叫什么名字？”

哈迪姆说：“我是人，要去中国，我叫什么与你有什么关系？国王！在别处，不仅没有人找外来人麻烦，而且都会根据自己的能力招待外来人，他们因此被世人称赞，他们的名字也会因为善良在世界上像太阳一样永远璀璨。”这些话惹得国王哭了，他说：“这里原先叫‘公正之城’，后来因为我女儿的狠毒，使这里以‘狠心之城’闻名天下。很长一段时间以来，这里残害外来人。我实在无用，我是罪人啊！”

哈迪姆说：“那你为什么不杀死她呢？”

国王说：“世上哪有杀自己儿女的事，我又怎么忍心杀死自己的女儿呢？”

听到这里，哈迪姆同情地说：“你是无辜的，你做不了什么，真主是仁慈的，不会让你背上杀人的罪名。”

他们把哈迪姆领进宫殿。女孩精心打扮后安坐在他面前。哈迪姆看了她一眼，心里就思忖着：这个世界上恐怕没有比她再貌美的人了。她揭开面纱，对哈迪姆施礼，也对哈迪姆的英俊心生爱恋。她把哈迪姆安置在座椅上，自己坐在一把金色的椅子上。她招呼奶妈说："哎，老妈妈，今天我被这个外乡人迷住了，看上去他也是好人家的后代。不过，不行呀，早晨的时候，他也得被绞死。"

奶妈说："哎，我的心肝！你的命运相当不好！很多穷人、富人都死在你的手上，你背上了杀人的罪名。你的命运不是善良的，几乎可以肯定地说，你提出的问题他也回答不出。"

哈迪姆说："让我来听听，是什么事让你杀死这么多的人。"

这时，奶妈说："哎，英俊的年轻人！每当夜晚来临时，这个姑娘就疯癫。她说胡话，提问题，回答不了她的问题的外来人或被打死，或被绞死。我一般不在她身边。这就是她经常做的和喜好的事。"

哈迪姆在心里想：我倒要看看，在这里我是被打死还是活着。这时，奶妈从厨房拿出一些吃的，说道："哎，被死神缠住的外乡人，吃一点吧！"

哈迪姆说："我要是吃她的饭，就一定要为她解开困境。现在这饭对我来说是不当的，不能有贪欲呀！这饭不能吃，这不是智慧者和勇敢者的作为。"

奶妈说："年轻人！看样子，你会给她的事一个了断，因为你认为自己欠了人情。"这时天黑了，保姆、奶妈、女仆都出宫了。所有的门都上好锁。快到半夜时，这个姑娘像疯子一样跳了起来，满嘴胡话，看着哈迪姆说："哎，年轻人，你作为一个外乡人来到这里，不担心自己的生命有危险吗？好吧，既然来了，就回答我的问题吧！"

哈迪姆说："什么问题？说吧！"

她说："第一个问题是：孕育生命的一滴水是什么？"

哈迪姆沉吟了一下说道："那是人类秘密河流的一滴水，也就是精液，是创造生命的。第二个问题是什么？"

她说："什么干果最甜？"

哈迪姆说："子女。"

"第三个问题是什么？"哈迪姆又问。

"什么事是每个人都逃不掉的？"

哈迪姆立即回答道："哎，小姐！那就是死亡。"

听到这里，姑娘低头不语，浑身颤抖，最后从椅子上滚到地上，昏死过去。这时出现了一条十分可怕的黑蛇，蛇的头呈扁平状，蛇信子发出嘘嘘的声音，扑向哈迪姆。

哈迪姆想：如果我打死蛇，太残暴了；可不打死蛇，蛇就要我的命。想着想着，他把熊的女儿给的那颗蛇脑石从缠头巾里拿出来，放进嘴里，然后伸手把蛇抓住，放进陶罐里，又从腰间拿出匕首，杀死了蛇。最后他在院子里挖了一个一人高的坑，把蛇埋了进去，自己重新坐回座位上。天快亮时，姑娘醒了，用面纱遮住脸[①]，说："哎，陌生人！你是谁？为什么坐在这？"

哈迪姆说："傻瓜！刚这么一会儿你就忘了我是谁了？我就是那个人，是你父亲派人直接带到这里的人。"听到这里，她对着奶妈和仆人喊道："怎么回事儿，这个人到现在还活着？"

奶妈说："他把蛇埋了。你现在情况怎么样？"

她说："今天我觉得身体爽快了很多，以前总是沉沉的。"

---

① 面纱遮面：在穆斯林的世界里，一个贞洁的女子见异性要用面纱遮住脸，也可视为是她们的宗教义务。故事中的她以前不戴面纱就出现在异性面前，表明她神志不清。这里暗示她开始恢复正常，明事理了。

“年轻人，你在这里看见什么了？你怎么能活着呢？”奶妈问。

哈迪姆说：“我是绝对不会告诉你们的，但是会告诉她父亲。”这时，东方泛白，启明星闪烁着，国王来了。他问哈迪姆：“外乡人，你是怎么活下来的？”

哈迪姆说：“当夜晚来临时，你的女儿就疯癫起来，满嘴胡言乱语，嘴里吐着气朝我跑来说：‘哎，外乡人！你哪来的勇气毫不害怕地来到我的寝宫？好吧，既然来了，就回答我的问题吧！’她提出三个问题，托真主的福，我准确地回答了她的问题。她听罢，浑身颤抖着从椅子上滑到地上，昏死过去。之后，从她身边爬出一条蛇扑向我，我打死蛇，将蛇埋在院子里。不信的话，就去看看吧。之后，你女儿醒了过来，用面纱遮住脸。”

国王说：“哎，勇敢的年轻人！有什么秘密？”

哈迪姆说：“妖怪爱上了你的女儿，他变成蛇杀死每一个外来人，现在托真主的福，妖怪被铲除了。”

国王很高兴，说道：“哎，人！我把女儿交给你，这也是我曾经允诺的。所以，你必须接受她。”

哈迪姆说：“有一个条件，我想去哪里，就把她带到哪里，不能有人阻挠。”

他说：“太好了！你说了算，想带她去哪里都行。”

当即，国王就按照当地的风俗为他们办了喜事，把女儿交给哈迪姆。哈迪姆在那里呆了三个月，每天夜晚都与她享受合欢之乐。当妻子怀孕后，哈迪姆对她说："现在你得让我走了。听我说。我是也门人，我的家族是塔伊族。如果你怀的孩子是男孩，想去也门，那你就让他按照这个地址来找我。如果是女孩，那就把她嫁给某个秉性好的、善良的男人。如果我活着，我一定再来看你。"

他这样与妻子匆忙说了几句话就告辞了。过了一些日子，哈迪姆到达中国。他不断地询问当地人，问着问着，来到商人豪宅的所在地。有人赶紧跑去通报商人的儿子们，说有一个外乡人来找。他们跑来见哈迪姆。哈迪姆说："孩子们！你们的父亲派我来，让我给你们带口信。"

听到这里，所有的人都笑了。他们说："哎，外乡人！看样子，你神经不正常，要不怎么说出这样虚幻的事？他死了很长时间了，我们不明白，他怎么会要你带口信呢？"

哈迪姆说："朋友们！我知道优素福商人的豪宅在商人城，他给了我一个地址。如果你们想听，我就说。"

他们说："好啊！"

哈迪姆说:“在他卧室边的一棵树下埋着很多财物,这些没有人知道。你们去挖吧!挖出的金银珠宝分为四份,其中的一份,由你们分,余下的三份用在行善上!”之后,他把所经历的和看到的事都原原本本、从头至尾讲给他们听。他说:“我为此去了森林,看到了这一切。否则我干吗要来到这里,我是来传递信息的。”

他们说:“这事不告诉国王怎么行呢?”于是,他们把哈迪姆带到国王面前。国王问道:“你看见什么了?说真话!”

他说:“陛下!我看见了优素福商人,这口信也是他托我带的。”听罢,国王笑了,说:“是不是在你的城市里找不到治精神病的剃头匠,才跑到这里来了。[①] 你真够疯的!走吧!去吸血吧!因为,他死了多少年了,又怎么能同你见面呢?哎,傻瓜!难道死人还会同活人见面吗?还会对你说话,让你来告诉真相?来人啊,快把这个疯子赶出城!”

哈迪姆说:“哎,公正、助人而不幸的国王!这是真

---

① 原文为剃头匠抽血治疯病。在古代南亚次大陆,剃头匠不仅理发,还负责做些小手术,如割包皮等。

主的秘密，只有知道的人可以知道[1]。难道你不知道，殉道者可以永生吗？优素福商人是一个吝啬的人，因此他在另一个世界里经受着痛苦的煎熬。听我的吧！他就会摆脱困境，得到好报。此外，如果我是疯子，我又怎么知道他藏财宝的地方呢？”

国王也觉得好奇，他带着哈迪姆来到优素福商人的豪宅，果然挖出宝藏，取出很多宝物。国王把这些物品分为四份，把其中一份分给他的儿子，剩下三份给了哈迪姆，说：“哎，朋友！你是一个诚实守信的人，把这些财物用作路上的盘缠吧！”

没过多久，哈迪姆就花完了这些钱。他给饥饿者食物，给裸体者衣物，给穷人财物，使他们变得富有。之后，他来到“公正之城”，同国王见面。他的儿子也出生了，他高兴极了，为儿子取名赛拉姆。几天后，他又走进森林，在殉道者的墓地呆了三天。星期五的夜晚，那些殉道者又都走出自己的坟墓，铺好华丽的毯子坐下。他们面前摆好了食物，那个商人的面前也摆着食物。哈迪姆走到那个商人旁边，询问他的近况。他说：“年轻人！太好了！愿真主对你的善行赐福！愿真主

---

① 意为知道真主秘密的人，指已故的圣贤、苏非大师等。

使你的勇气修成正果！说真的，你看上去就像是个勇敢、诚实的人，你使我逃离苦难，再不用在他们面前乞求了。现在我的吃喝都与他们一样，但是他们的坐垫和袍子比我的好。因为他们活着时就施舍，我是在死后经历过痛苦才施舍的。有真主的仁慈，我现在得到安宁。但愿真主赐予你善报。”

清晨，哈迪姆离开那里，走进一片森林，看见一个乞丐模样的老太婆坐在那里乞讨。哈迪姆从手上摘下戒指给了她，又朝目的地前进。这时那个老太婆开始叫喊：“寡妇独自一人踏上前往鸟儿国的路，再见！”

一听到这句话，七个全副武装的年轻人，手持矛和剑从森林的左右出来，紧随在哈迪姆身后。这七个贼都是这个老太婆的儿子。她看见镶嵌的戒指，告诉他们：“金雀要上路了。”总之，他们和哈迪姆同行，还边走边聊天，他们说：“哎，勇敢的年轻人！我们想通过你到某个城市，为那里的国王服务。”

哈迪姆说：“很好，走吧！不要担心吃喝的问题！”在哈迪姆上了他们的当后，他们用一根绳子从后面套住哈迪姆的脖子，绑住他，又在他身上刺了几刀，抢走他所有的财物，将他扔进井里。只有那个藏着蛇脑石的缠头巾仍在他头上。他伤痕累累地躺在井里，两三天后才苏醒过来。他从缠头巾里取出蛇脑石，坐在一个干燥的角落里，在石头上涂些口水，摩擦它，然后把蛇脑石放在伤口上，伤口立即愈合，疼痛也消失了。哈迪姆在心里想：太遗憾了，他们欺骗了我。如果他们以真主的名义向我索取，我保证会把所有的东西都给他们，就是现在见到他们，我也会给足使他们一生平安、衣食无忧的财宝。想着想着，他的眼睛闭上了，他在梦中看到有一个人站在那里高声地说："哈迪姆，不要忧伤！真主是仁慈的，他把你送到这里，这也是他的指令。你不知道，这里埋藏着一个大宝藏，这是真主为你藏起来的。站起来去拿吧！"

哈迪姆对他说："圣贤啊！我独自一人怎么拿得走呢？又拿到哪里？"

对方说："会来两个人把你从井里弄出去。你应该说服他们，把财物也从井里搬出来。"哈迪姆感到高兴，朝麦加的方向叩拜感谢。这时天已大亮，过了一会儿，来了两个人，高声喊道："哎，哈迪姆！如果想活的话，就回答！"

"有真主的庇护，我到现在还活着呢。"于是他们把手伸下来，把哈迪姆拉了上去。哈迪姆对他们说："这下边有一个大宝藏，如果你们想挖，就动手吧！"

他们说:“你等着,我们马上就行动。”说完,其中一个下到井里,另一个站在井台上。一个把财宝挖出扔上来,另一个接住,就这样财宝慢慢在地上堆起来。眼看着所有的财宝都被挖出来了,他们将财宝交给哈迪姆,便转身告辞了。

哈迪姆看着成堆的财宝,心想:如果这会儿那些贼在跟前,我把这些财宝给他们,他们就不会再贫困,不会伤害真主的仆人了。

之后,他选择了一套比较好的衣服穿上,在衣兜里装上一些金银珠宝,出发去找那些贼。他在心里祈祷着:“真主啊!让我再次见到那个老太婆吧!”

刚走一会儿,他果然见到那个老太婆,她又衣衫褴褛地像乞丐一样坐在那里,恳求地说:“来往的长者们,做点好事吧!”

哈迪姆看见她就跑过去,笑眯眯地从衣兜里掏出一把金币给了她便走了。她拿着这些金币,又高声喊道:“外乡人在路上,真主保佑!”听到这话,那七个该被绞死的家伙又来了,见到哈迪姆说:“哎,年轻人!你去哪儿?”

哈迪姆认出他们说:“哎,朋友!我对你们说一件事,如果你们接受的话,我就说。”

他们说："想说什么就说吧！"

哈迪姆说："如果你们金盆洗手，不再伤害人，我会给你们祖祖辈辈花不完的财宝。"

他们说："我们是为填饱肚子才犯罪的。如果得到这么多的财物，又怎么还会做那种事呢？我们又没疯。而且从今天起，我们保证，以前做的违背真主意志的事，一辈子再也不做了。"

哈迪姆说："你们对着真主发誓，我就把这些财物给你们，让你们富有。"听到这里，他们说："先给我们看看，看到后我们就洗手不干了。"

哈迪姆把他们带到井边，给他们看了那堆难以计算的财宝，说："拿吧！一定要说话算数啊！"

他们看到这些财宝高兴极了，抱拳保证说："我们完全听你的。"

哈迪姆说："你们都要保证。真主是睿智和敏锐的，知道世间的一切。如果你们从今天起再偷我的或其他人的东西，再叫喊什么鸟国，就会引起天怒。"

他们按哈迪姆所说的发誓洗手不干。哈迪姆把所有的金银珠宝都给了他们，给他们指出了一条光明之路后，自己朝森林走去。这时，他把一条狗从宽大的袍子里掏出放在地上。这是他路过一个院子时看见的，这条狗好像是被商旅队遗弃的。狗来到他身边，他把狗抱进怀里，为狗找水，心想：如果在这个森林里找到一眼泉水，我就能喂这条口渴的狗。这时，他眼前出现了一个村庄。哈迪姆朝村庄走去。这个村庄的人给外乡人小麦做的饼和酸奶。哈迪姆也走上前去领取食物。他把领回来的食物放在狗的面前。狗吃饱了，哈迪姆看着狗说："真是一条性情好又长得漂亮的狗。"哈迪姆坐在狗的对面感谢真主。他慈爱地用手抚摸着狗的头，心里想着真主，说道："你的威力，创造了一万八千个世界，让一个形象与其他形象结合在一起。"就在这时，他的手碰到一个坚硬的东西。他仔细看了看，发现是一枚铁钉。当他把铁钉从狗的头上取出时，那条狗变成一位年轻帅气的小伙子。哈迪姆吃惊地说："哎，真主的仆人啊！这里有什么秘密？你先前是谁？原先是野兽，钉子取出后变成人！"

小伙子看到这个人对自己很好，就不想再掩饰了。他跪倒在哈迪姆的脚下说："长者啊！我是人，是你帮我再次变回人。"

哈迪姆说："什么原因让你变成狗？"

年轻人说："我是商人的儿子。我父亲带着很多货物来到中国经商，之后再买一些东西回到赫达，卖了东西挣了很多钱，为我举办了豪华的婚礼。后来，父亲因为酒精中毒而死。他的财产和金银珠宝由我继承。我不断地变卖这些珠宝，以满足我花天酒地的生活，等财产快没了，我就买了赫达的货物来到中国，卖了这些货物后，我又回到自己的城市。但是还没等我回来，父亲为我娶的那个淫荡的女人，就勾搭上一个黑奴，并把沾了咒语的铁钉藏在自己身边。等我回到家，趁我睡着时，她趁机把那钉子钉进我的头里。我一下子就变成了狗。她立即把我撵出门。那儿的狗也欺生，朝我狂吠。我因为害怕它们，就在第三天离开城市来到森林。我又饥又渴，颠沛流离。剩下的怎么说呢？总之，今天真主的仁慈把你送到我面前，你给我吃的，又喂了水，现在我又重新变回人。”

哈迪姆听到这里，沉思片刻，说：“你家在哪儿？”

年轻人说：“从这个森林走到那儿需要三天的时间，叫作苏拉特城。”

哈迪姆说：“这个城市里还住着哈里斯商人的女儿，她提出三个问题。一个问题是：‘我没做的那件事，今天晚上将会使我受益。’”

他说：“这是真事，我也是这个城市的人。”

哈迪姆说：“哎，真主的仆人！这枚钉子你自己收着吧！你若想找她算账，找机会把这枚钉子插在你老婆的头上，她就会变成母狗。”

他们就这样说着话离开那里。三天后，他们走进城里。那年轻人把哈迪姆带到自己的家门前，让他坐在门口等着，自己先进去。家里的女佣和仆人赶紧跪倒在地，而他的妻子还搂着那个黑奴睡着。看到这样，他拿起宝剑先砍了那个黑奴的头，之后，把钉子插进老婆的头里，把她变成母狗。他又在母狗的脖子上拴了根绳，之后才把哈迪姆请进屋内，让他坐在华丽的座椅上，说：“这就是那个把我变成狗的荡妇，那个就是那忘恩负义的奴仆！”

哈迪姆惊讶地问道：“哎，朋友啊！你为什么要打死他呢？”

年轻人说：“这就是对他所做所为的惩罚。这样也起到震慑作用，以后不会有人再敢这样做。有了前车之鉴，还有人敢这样做？”说完，他把那个奴仆的尸体埋在院子里，接着给每个女佣和仆人赏钱，彻夜设宴招待哈迪姆，直到天明。

天亮后，哈迪姆同他告别，来到客栈。他见到商人的儿子，问道：“在做什么呢？心情愉快吧？”

他回答说：“先生啊！我为您的生命财产祝福！这

段时间听不到那个声音了，因此哈里斯姑娘正盼望您的到来。”

哈迪姆说：“别担心，托真主的福，我带回来它的消息了。”说完他来到哈里斯的家门前，门卫进去通报。哈里斯姑娘坐在门厅口，面前挂着一个帘子。她让仆人把哈迪姆带进来，让哈迪姆坐在一把椅子上，询问起情况。

哈迪姆从头至尾，把看到的和听到的都对她说了。

她说：“诚实的年轻人！你说得没错，现在那声音没有了。现在快去吧，把月亮仙子的大明珠找来。”

哈迪姆当即离开那里去见商人的儿子，他说：“你放心吧！我现在就去拿月亮仙子的大明珠。如果我把第三个问题解决了，就能让你见到心爱之人。”之后他们分别了。哈迪姆一路风餐露宿，几天后，坐在一棵树下思考起来：现在最好前去见魔大王，问他一下月亮仙子的住处，他一定能告诉我确切的地址。打定这个主意后，他走进先前进去过的那个山洞。几天后，他又见到那片风格迥异的森林，走过森林来到那个他曾到过的村庄，那里的人从各个方向出来，认出了哈迪姆，并带他到自己的家里，让他坐在榻上，热情地招待他。总之，每个人都热情地邀请他到自己家做客，之后又把他送到另一户人家。最后，他来到非鲁卡什国王的宫殿，受到非鲁卡什的欢迎，坐在一把华丽的靠椅上，一块儿尽情享乐，之后非鲁卡什问道："你这次来干什么？"

哈迪姆说："月亮仙子那儿有一颗大明珠，不怕死的我这次为它而来。"

非鲁卡什说："年轻人！没人能拿到那颗珠子。就连魔鬼去，也不敢保证会平安回来，你又能算哪一路勇士呢？"

哈迪姆说："不要担心！把我送到这里的真主定会把我送到那里。但是我要你给我一个向导，以防迷路。"

非鲁卡什说："人啊！放弃吧！你要做的事不是好事。"

哈迪姆说："我是不可能放弃的，说话不算数也不是我的本性。"听到这个回答，非鲁卡什震惊了，他无话可答。哈迪姆在那里呆了三天，第四天时他说："现在我不能再住下去了，可别让那个半死的情人等我等死了，那我就是罪人了。如果我在这里逍遥，怎么回答真主呢？"无奈，非鲁卡什派了几个小妖给哈迪姆，让他们把哈迪姆送到月亮仙子那里，并一直等着他返回。

哈迪姆带着小妖们出发，经过一个月的跋涉到了月亮仙子国。小妖说："从这座山起就是月亮仙子的地盘了，我们不能走进月亮仙子的国度，他们不会让我们活着回来。"这样，那些小妖就在原地等待，哈迪姆只身进入到月亮仙子的地盘。

几天后，他面前出现一座高耸入云的山，山上树木郁郁葱葱，挂满了果实。他朝高山走去，当抵达山脚下时，四周出现了很多小仙围住他。他们说："这男人想翻越这座山，不能让他活着。"这时又有很多小仙从山上下来，抓住他的手，戴上手铐脚镣，问道："你是谁？来干什么？把你派到这里来的那个人是谁？说真话！"

哈迪姆说："真主把我带到这里来，我是从苏拉特城来的。"他们听到这里说："看样子，你是为了月亮仙子的大明珠而来。我们说得对不对？"

这时哈迪姆暗自思忖：如果我说"对"，他们不会放过我，如果我掩饰的话，就会被认为在撒谎，我最好不说话。考虑好了后，他便沉默不语。这时，小仙们商量后，决定把他投入到火里。他们把成千门[①]的柴火堆在一起，点燃之后，柴火堆的火舌达到天顶。他们把哈

---

① 巴基斯坦重量单位，一门约等于 40 千克。

迪姆抬起来扔进火里。哈迪姆在火里呆了三天，他们都走后，他才从火里爬出来，可他身上连一缕丝也没烧坏。哈迪姆朝着一个方向走去。还没走出去多远，小仙们又从各个方向跑来，问道："哎，年轻人！有一个长相与你相似的人三天前来过，我们把他投到火里，烧成灰了。这会儿你又来了，你是他吗？还是另外的人？说真话！"

哈迪姆说："蠢货！投进火炉的人怎么会活下来呢？"

之后，他们把他压在一块巨石下三天。第四天，他们把他放出来，拽着他的腿转圈扔了出去。他最后落在十八柯斯外的一条湍急的河里。一条鳄鱼把他吞进肚里。他被折磨得昏死过去，根本不知道自己在哪里，又是从哪里来的。等他苏醒过来，发现自己在鳄鱼的肚子里，便不停地跑着踩踏鳄鱼的胃，撞鳄鱼的心脏。鳄鱼消化不了他，就把他吐了出来。

他又饥又渴，朝着一个方向走着，最后浑身无力，摔倒在沙滩上。突然他又看见一群小仙扭动着身躯来了，他们也看到了哈迪姆，嚷嚷起来："这个人类是谁？来这里干什么呢？应该弄清楚。"其中一个对哈迪姆说："哎，人类！谁把你带到这里的？快说！"

哈迪姆说:“是那个创造了我和你们的真主把我带到这里的。第二次,真主又把我从鳄鱼的肚子里活着取出来。如果真主赋予你们勇气的话,就为我准备一些吃的来!”

小仙们说:“我们为什么要供你吃喝?我们的国王命令我们,只要见到人类,就就地杀了。如果不把你杀了,反给你吃喝,国王会动怒。”这时,一个小仙说:“朋友们,要畏惧真主啊!怎么能拿国王与这个叫花子比呢?你们就不想想,只有真主知道鳄鱼从哪里把他带到这里的。他能从鳄鱼的肚子里出来,并还活着,人类比我们高贵。我们必须把他带回家好生伺候着。”其他的小仙说:“如果我们把他带回去,管他吃喝,恐怕国王知道了,会砍了我们的头,那不是白白送死吗?”

哈迪姆说:“哎,朋友们!如果杀死我对你们有好处,就杀吧!”看到哈迪姆的大义凛然、毫无畏惧的样子,他们又议论起来,说:“朋友啊!国王住在从这里需要走七天才能到的地方,谁会把这里的情况告诉他呢?”说罢,他们都同意把哈迪姆带回家。到家后,他们拿出干果和各种食物放在他面前。哈迪姆填饱了肚子,又喝足了水,心情不错地坐在那里。小仙们也围着他坐着,交谈起来。他们都被他名门贵胄的气度所吸引。不知过了多少天，终于，哈迪姆厌烦地说：“朋友，打发我走吧！我得去完成我为之而来的目的啊！”

他们说：“是什么事啊？谁派你来的？”

哈迪姆说：“非鲁卡什国王派小妖把我送到月亮仙子国的边界上。你们的兄弟们把我投到火里三日，是真主救了我。然后他们把我扔进河里，我被一条鳄鱼吞进肚子，鳄鱼消化不了，又把我吐了出来。之后我见到你们，你们好心地把我带回家，关照我。”

小仙说：“哎，英俊的年轻人！什么了不起的事，使你遭受这么大的痛苦，承受这些灾难呢？”

哈迪姆说：“我找月亮仙子有事要说。”他们说：“哎，无知的人！你为什么不在我们面前提到月亮仙子的事呢？我们是她的奴仆啊。她在自己管辖的范围内的逐个城市设立哨卡，并吩咐决不允许人类或魔鬼进来。如果月亮仙子听说有人类到这里来了，我们就活不了了，你也会被打死。有诗为证：

这个家谁也进不来，这就是禁令，
贸然进来，别想出去，这是规矩。”

哈迪姆说：“哎，朋友！只要我的灵魂还在，谁也打不死我。如果你们担心，就把我绑了带到她面前，真主会给出结果的。”他们说：“这事我们也不能做。我们怎么能打死真主养育的人呢？”

哈迪姆说：“你们根本不用担心我被打死，你们把我带到她面前，愿杀愿剐，随她的便。”

这些话使他们不知所措。他们凑在一起商量了一会儿，决定：“最好把他先留在这里，将他的情况通报国王。之后按国王的吩咐办吧。”他们先派一个小仙带去一张小纸条，上面写道：“陛下！我们在红海边逮到一个人，现关押在我们的家里，如果您有令的话，我们就把他送到您那里。”

小仙带着纸条走了，一个星期后到达都城，呈了上去。月亮仙子看过后，吩咐道：“把他尽快并倍加小心地送到这里来！”

几天后，那个小仙带来了回信，说：“大王让尽快把他送过去。”

听罢，那些小仙们带着哈迪姆出发了。消息不胫而走，很多人都知道他们抓到一个人，现在要送到月亮仙子那里。这一消息传到门沙仙人的女儿赫斯娜那里。她对伙伴说：“国王抓到一个长相俊美的人，我们应该看看他到底长什么样。”她的伙伴听罢都说：“太好了，如果我们能在路上看看他的模样就好了。要是送到了国王那里，我们就再也没机会了。”

赫斯娜找到母亲，借口说要去花园。因为这里有一个规矩，如果去花园游玩，就要在那里待四十天。她就这样找借口走了，没走多远就遇见了自己的伙伴，她问：“怎么才能见到那个人呢？”有一个仙女说：“红海的守卫将带着他从一条路过来。我们就去那里等着。”

于是她们都朝那个方向走去。在一处，她们看见有一大队士兵驻扎。赫斯娜对一个仙女说：“你去问问他们是谁，来自何方。问明白了后立即回来报告。”

那个仙女走上前去问道：“你们是谁？来自何方？”他们说：“我们是红海的守卫，现在押着一个抓到的人去大王那里。”

她问：“他是什么人呀？你们要押着去大王那里前，让我看看吧。”他们让她看了看哈迪姆，并说：“他注定要死的。”

她看到一个年轻人，风华正茂，长相俊美像皎月，但头发蓬乱，就像一个囚犯那样坐在那里，长吁短叹。她回来后，在赫斯娜仙女面前赞美了他的美貌。赫斯娜仙女听罢，迫不及待地想见上一面，她对手下的仙女说：“哎，怎么才能见上一面呢？”

她们说："当夜幕降临时，士兵都睡着了，那时我们去把他掳回来，给你看。"

说话间，太阳落山了。仙女们朝那队人马走去。她们看到所有的人都在酣睡，就往哈迪姆脸上撒了蒙汗药，把他带到赫斯娜仙女的花园里，并通报赫斯娜仙女说："我们把那个人撂在花园里了。"

赫斯娜听说后，立即赶到花园，她看见一个俊美的年轻人毫无知觉地躺在那里。只看他一眼，她就魂不守舍了。她立即把他弄醒。哈迪姆睁开眼睛一看，面前有一个仙女模样的美女，他惊讶地问："你是谁？为什么把我带到这里？"

赫斯娜仙女娇媚地撅着嘴吟了一句：

"这个家曾是我的，不是你的，
现在它是你的，不是我的。"

哈迪姆一惊，心想：这些仙女是女性，那些守卫是男性，我刚才是他们的俘虏，这会儿怎么到花园里来了？他紧张地问道："你说真话！你是谁？我是怎么到这里来的？"

赫斯娜仙女说："年轻人啊！这座花园是门沙仙人

建的，我是他的女儿，你要来的消息已传遍整个城市，我特别想看看你的样子，所以，仙女们把你给掳到这里。”

哈迪姆笑了笑说：“把我掳到这里干什么？你们这不是耽误我的事吗？”

仙女说：“是什么事使你这么着急？说给我听听。”

他说：“我是来取月亮仙子的大明珠的。”

她笑着说：“哎，年轻人！要从她手上拿回那颗大明珠，是比较难的，因为那地方连神仙都过不去，人又怎么能到达那里呢？但是，既然你的命运使你承担这件事，那就承担吧！而且我也会尽力帮助你。”

哈迪姆听了十分高兴。之后，他们俩共度良宵。

护送哈迪姆的军队苏醒过来，发现哈迪姆不见踪影，害怕极了。后来他们知道，他是被爱慕他的仙女掳走了，于是他们商量后决定：“如果国王知道的话，会撕了我们的皮。我们不要声张，悄悄地去找，也许能找到他，再把他带到国王那里。”于是，他们躲了起来，从那夜开始，每当夜幕降临，他们就开始寻找，一直找到清晨，白天又躲起来。就这样周而复始，找了一段时间。

一天，月亮仙子国王说：“那个人怎么还没到？怎么回事儿？快差人打探！”一个小仙接到命令飞走了，瞬间来到仙子军指挥官跟前说:“那个人怎么还没到?国王在等着呢!”

指挥官说:“我早就派军队护送他走了。”

听到这里,那个小仙子飞回来,在国王面前陈述了情况。国王一听,勃然大怒,把指挥官叫来,命令道:“你召集队伍去寻找那些胡作非为的家伙们,看看他们把他带哪里去了。”

指挥官带着军队出发去寻找。他偶遇一个派出去送哈迪姆的小仙,就把他绑了带到国王面前。

国王生气地说:“说真话!那个人哪里去了?”

“你饶我不死,我就说。”

国王说:“快说!否则就别想活着出去!”

他恳求地说:“国王,我们小心谨慎地把他带到一个地方。晚上大家都睡着了的时候,他被人掳走了。他不是自己逃走的,因为他想见到您。奴仆觉得这件事十分蹊跷。早晨发现他没了,我们很害怕。我们白天躲起来,晚上出来找他。”

听罢,国王先把他关押起来,然后召集了足有五六千名士兵,对他们说:“你们无论如何要把他找到,把他带回来!”士兵接到命令,便出去四处找他。

碰巧,有一个小仙路过门沙仙人的花园,躲在里边，看见赫斯娜正搂着哈迪姆在卖弄风情。他站出来对赫斯娜说："哎，无情无义的家伙！这个人是国王要召见的，我们要把他带过去，你却趁我们睡着时把他抢走了。如果想活命，就把他交给我们，让我们带他到国王那里！"

赫斯娜听罢大发雷霆，说道："哎，陌生的、找死的年轻人！你为什么钻进我的花园里？又为什么对我指手画脚？来人呀！打死这个倒霉鬼！"

她的话一出口，众仙女就朝那小仙扑去，他吓得连滚带爬朝城里跑。他把脸涂黑来到国王的大殿前喊冤叫屈。国王对众人说："看看，是谁伤害了这个小仙子，把他带来！"

小仙走到国王面前，恭敬地说："陛下！我来控诉赫斯娜，也就是告门沙仙人女儿的状。我就是带着那个人来见大王的士兵中的一个。晚上，趁我们睡着时，她把那个人抢走了，现在正同那个人寻欢作乐呢！有一天，我找到她的花园，看见那个人，我当即就说：'这个人是国王钦点的，快交给我，让我送到国王那里。'她喝得醉醺醺的，对手下的小仙说：'把他抓起来打死。'我侥幸逃出来，才来到陛下您这里。"

国王一听，大发雷霆，立即命三千士兵，去把门沙仙人和他的妻子、女儿，连同那个人一起绑来。接到命令，士兵们跑步前进，包围了他们的住处。门沙仙人根本不知道这件事，他不知道这些人来干什么。

他们说："你的女儿掳走了一个罪犯，正在花园里与他鬼混呢！"

他听了很害怕，赶紧来到花园，看到赫斯娜的确正在与那个男人行苟且之事。他吓得魂不守舍，说："哎，狡诈的女人！瞧你做了什么！毁了父母的名誉，国王的军队来抓你了，你好自为之吧！"

她听到这里，害怕得浑身发抖，脸色变黄，泪水涟涟。这时国王的军队赶到，把他们都抓了起来，带到国王面前。一个头头说："陛下！门沙仙人一刻也没犹豫就来了，而且把所有的家人都绑来了。"

国王说："把门沙仙人带到朕面前！"

门沙仙人一来就说："鄙人实在不知道这件事。我愿为大王肝脑涂地。"国王原谅了他，之后又让人把哈迪姆带到面前。

国王看到哈迪姆面容俊美，风流倜傥。国王和气地把哈迪姆叫到跟前，聊了一会儿后问道："年轻人！你是人类，来我这里做什么？有什么了不起的事，让你付出这么大的代价？"

哈迪姆说:“陛下！我是为了拜见陛下才来的。非鲁卡什国王对您十分赞赏,简直无法用语言表达。总之,他的话让我心中升起要亲眼见您的念头,无论如何现在我把自己送到陛下面前了。”

国王说:“谁把你送到我的地界?”

哈迪姆说:“非鲁卡什的小神把我带到这里。”

国王说:“年轻人！你是否知晓,我们这个时代,哪里有精通医学和战术的专家?”

哈迪姆说:“陛下,您要我帮您找医生吗?您的国度里没有医生?”

“在我的国家里虽然医生不少,但他们的医术都不高超。我的儿子患了眼疾,很长时间了,他长得再帅也不行啊！我除了他没有其他子嗣。造孽啊！他瞎了,而且一天到晚痛苦不堪。”国王说道。

哈迪姆说:“如果王子的眼疾好了,疼痛消失,陛下要给我什么赏赐呢?”

“你要什么,就给什么。”

哈迪姆说:“如果你接受我的条件,我就给王子用药,他的眼睛会像原来那样清澈明亮。到那时,您就得满足我的愿望。”

国王说:“我同意。”

清晨，哈迪姆从缠头巾里取出蛇脑石，在口水里浸湿了一下，放在王子的眼睛上。傍晚时，王子的眼睛逐渐消肿，疼痛也消失了。国王说："年轻人！表面上看，他的眼睛是好了，但是他的视力还没有恢复。"

哈迪姆说："生命之泉[①]那里有一棵树，它被叫作流淌之光。如果用手把那棵树滴下的几滴水抹在他的眼睛上，他就会重见光明。"

听到这里，月亮仙子大王转身对小仙们说："哎，小仙们！说真话，你们谁能去那里取回树的灵水？"

那些仙人都把手放在耳朵上[②]，垂下头说："陛下，那条路十分危险，有很多妖魔鬼怪。我们谁也去不了那里。他们很强大，不会放我们活着回来。情况就是这样。您吩咐吧，要我们做什么，我们就做什么。"

这时，赫斯娜仙女站起身来，双手合十地说："如果陛下能原谅我的过错，把这个男人给我，我去把那棵树的灵水取回来。"

国王说："你已经做错了事，边境由你父亲管辖，那个人也是他的。"

---

① Zalmade 的意思是黑暗中的生命之泉。

② 手放在耳朵上，表示拒绝。

哈迪姆说:“赫斯娜仙女,如果你想把我一辈子留在你的身边,那是不可能的。但是,如果你答应我,我的去留,由我决定,那还可以考虑。”

赫斯娜仙女说:“青年人,其实我不会把你怎么样,只是想和你待上几日,好好聊聊。我还想去你的花园转转。之后你就自由了,想去哪儿,就去哪儿,没人拦着你。”

这样,赫斯娜仙女带着个小仙女出发了。经过四十天的跋涉,她到达了生命之泉。那里矗立着一棵高耸入云的大树,树梢尖还在不断地滴着水珠。赫斯娜俯下身在树下放上一只空瓶,等瓶子里的水满了,便把口封住,拿起瓶子飞走了。这时,那个看护这棵生命之泉大树的魔鬼才出现。赫斯娜巧妙地躲过了他的追击。

四十天后,她又回到大王面前,行过大礼后说道:“大王,托您的福,婢女带着灵水回来了,逃过了护树的魔鬼的追击。”说完,她把装有灵水的瓶子放在大王面前。看到这只瓶子,又听了她一路上遭遇的艰辛,国王原谅了她,并把水瓶交给哈迪姆。哈迪姆立即揉搓了珠子,放在王子的眼睛上,之后又滴了几滴灵水,再用布条裹住他的眼睛。七天后,摘下眼睛上的布条,他的眼睛就像刚从娘肚里出来一样清澈明亮。

王子看见国王，又看见哈迪姆，兴奋得随即跪拜在哈迪姆的脚下，哈迪姆则扶起他来与他拥抱，并感谢真主赐给他们的这一切。这时，月亮仙子大王也被深深打动，她赐给哈迪姆无法计数的金银珠宝。哈迪姆说："陛下，穷苦人的帮助者！我要如此之多的金银珠宝做什么呢？我独身一人无法拿走。况且我又能拿到哪里？但是，如果您能通过仙女之手将它们带给非鲁卡什国王，我相信他会将它们送到我的国度里，或者转送给我。"听了这话，国王对仙女们说："这位年轻人回国时，你们跟随着他，替他拿着这些财物。"哈迪姆说："国王，世界的保护者！您赐给我这些礼物，这是您的仁慈。但是，我还想要一样东西，您能赐给我吗？"

"你要什么，就说吧！"国王说。

"我还想要您手中的珠子，您如果愿意满足我的要求，就将它给我吧！"哈迪姆说。

一听到这话，国王低下头说道："看来这颗大明珠是你替哈里斯商人的女儿要的，既然我答应你了，我就得拿出来。"说完，她把珠子交哈迪姆，说道："哎，年轻人！你把这颗珠子交给她后，我不会让这颗珠子一直在她手里，我会想办法要回来的。"

哈迪姆说："只要爱人的目的已达到，剩下的事由您做主。"

哈迪姆刚把珠子牢牢地绑在胳膊上，眼前就浮现出很多埋在地下的宝藏。他心里想：我明白哈里斯商人的女儿为什么要我给她找来这颗珠子了。

哈迪姆告别国王出发了。国王却对密探说："等哈里斯商人的女儿结了婚，你就想方设法将珠子从她那里拿回来。"

哈迪姆离开王宫来到赫斯娜仙女的家，在那里享乐了几日，便离开了。仙女们拿着他的金银珠宝，把他送到非鲁卡什的境内后便走了。那些跟哈迪姆一块来的小妖们看到哈迪姆回来，高兴地跑来，把哈迪姆带到非鲁卡什家。非鲁卡什见到哈迪姆，站起身来同他拥抱，热情地招待了他。哈迪姆在那里待了整整一个晚上，清晨时分告别了非鲁卡什，沿着山洞回到苏拉特城。在那里，他给了小妖们一些金银珠宝，打发他们回去。之后他自个儿来到哈里斯商人女儿的家，把大珠子交给了她。她看到珠子十分高兴，说道："哎，年轻人！现在我归你了。"

哈迪姆说："送美酒的美人啊！我不是为了喝你送来的美酒，而是为了那位一直渴望喝到美酒的年轻人。

你接受他吧！”

她说：“我现在听你的，你说什么，我就接受什么。”

哈迪姆当即叫来她的父亲，把商人儿子的手搁在他手上，说道：“把他当作自己的儿子吧！”当天哈里斯商人就把女儿嫁给了这位年轻人。

十天后，那颗珠子从商人女儿的手上突然消失了。她哭闹起来。哈迪姆安慰她说：“我给你丈夫的金银财宝足够七代人吃喝不愁，你为什么要这样伤心呢？”

哈迪姆劝说并安慰她，之后告辞又出发去寻找胡森·巴努的问题的答案了。经过几天的跋涉，克服了许多艰难险阻，他来到一条大河边，看见一座皇宫般富丽堂皇的宫殿。宫殿门前写着“做善事，投入水中”几个大字。哈迪姆看到后心中欢喜，他叩谢真主：“一切赞颂全归真主！我终于到达目的地了！”

哈迪姆稍微往前走了几步，宫殿里就出来了很多侍卫、宫女，把他领了进去。进去后，他看见一位目光炯炯、红光满面的百岁老人坐在宝座上。老人见哈迪姆进来便站起身来，同他拥抱，安排他就座，请他品尝各种美味。哈迪姆用完美味，说道：“您为什么在宫殿大门前写这几个大字？”

老人说：“我曾是一个拦路抢劫的人，夜晚在路上抢劫行人，白天在劳作中度过。有一天，我在两张饼上抹了些糖，然后将饼扔进河里。出于对真主的敬慕，我这样做了一段时间。有一天，我病了，而且病得快要死了，昏厥过去，魂魄离开我的躯体。这时我看见一个人抓住我的手把我拖进地狱，并对我说：‘这是你的归宿。’就在他要把我搁在地狱时，来了两位天使，抓住我的胳膊说：‘我们不让他进入地狱，他要去的地方不是地狱，而是天堂。’就这样，那两个天使便把我带进天堂。那里坐着一位长者，他站起来说：‘为什么把他带到这里来？他还有两百年的寿数。和他同名同姓的还有一个人，把他带来！’听了这话，那两个人把我送到这里，并说：‘我们就是你每天为真主抛到河里的那两张面饼。’当时我站起身来，朝着麦加的方向祈祷，并说：‘你是大慈大悲的主，我是罪人。赐给我力量，让我从此金盆洗手。你会在暗中为我提供食物。’天亮了，按习惯，我又向河里抛了两张面饼，而水中突然涌出来一百第纳尔[1]。我拾起来，并在城里公告：‘谁的财物掉到水里了，来我这里领取。’但是没有任何人回答。之后

① 此处指古代流行在阿拉伯地区的货币。今日阿拉伯国家仍在沿用。

我像先前一样每天去河边抛面饼，每天第纳尔都会从河里涌出来，我把它们收起来放好。

就这样过了一些日子。一天夜晚，我梦见一个人对我说：‘真主的仆人！那两张饼为你赎了罪。真主下令每天给你一百第纳尔，你用这些钱为真主行善，余下的过日子用……’这时，我睁开了眼睛，千恩万谢真主。之后，我建造了这个大宅子，在大门前写上这些字。现在，真主每日还是送来一百第纳尔，我把其中的一些送给游客、乞丐、修行者，并向他们施舍饭食，此外的时间我潜心膜拜真主。现在我还有一百年的寿数，这个宅子建造了也有一百年了。哎，朋友！当我深信真主原谅了我，赐予我长寿，每日供我食物时，我心情舒畅。我毫不怀疑，这样的指令大家都会收到。”

听到这里，哈迪姆朝着麦加的方向叩头拜谢。哈迪姆在那里待了三天，第四天告别长者朝着夏·阿巴德的方向走去。

没过几天，哈迪姆来到一片森林，看见一条黑蛇与一条花蛇正在一棵树下厮杀，黑蛇几乎要咬死那条花蛇。他急忙跑上前去，大声呵斥说：“畜生！小心点！你想干什么？”听到这个声音，黑蛇感到害怕，抽出身来溜走了。那条可怜的花蛇连跑的气力都没有，趴在那棵树下，吓得四处张望。哈迪姆说："蛇啊！你放心吧！我会一直守护到你恢复了体力再走。"

大概过了半个时辰，那条花蛇恢复了体力，爬上那棵树，变成人形不断地向哈迪姆致意。这令哈迪姆十分惊愕，他想：这到底是怎么回事儿？这时蛇说："哎，朋友！不要感到奇怪，刚才那条蛇是这个城市的国王，他曾是我父王的奴隶，现在是我的仇敌。今天他遇到我，想置我于死地。真主把你派来救了我，使我从那个该死的屠夫手中逃脱。"

哈迪姆说："啊，我明白了，现在你想去哪里，就赶快走吧！我还有事，不能在这里久待。"那人说："热心人！寒舍就在附近，如果您肯赏光，请光临寒舍，这是您对我的仁慈。"恭敬不如从命，哈迪姆便跟随在他身后。这时，他们面前出现了浩浩荡荡的队伍。哈迪姆问："这是谁的队伍？"

那人答："是鄙人的。"

他带着哈迪姆进入自己的家，让他坐在华丽的椅子上，十分恭敬地招待了他，还在他面前放上很多金银珠宝。那人还想为他安排彻夜的歌舞晚会，被哈迪姆婉言谢绝了。第二天清晨，那人杀了那个前日企图杀他的奴隶。哈迪姆告别了他，朝着夏·阿巴德走去。

经过半年的跋涉，他回到夏·阿巴德，下榻在驿站，见到了门尼尔·夏米。有人立即将他回来的消息通报给胡森·巴努。她召见了他，让他就坐在外间。胡森·巴努询问道："哎，勇敢的年轻人！过去这么长时间，你终于回来了。说吧！带回来什么消息？"

哈迪姆把自己的经历和那个长者说的都一五一十地告诉了她，并说："那位长者因为这个原因在自己门前写上那些字。"

胡森·巴努听后，心中甚是欢喜，她赞叹哈迪姆·塔伊的勇气，说道："哎，年轻人！只有你能带回它的答案，除此之外没有任何人能完成这件事。"她派人给哈迪姆送了很多干果。哈迪姆和门尼尔·夏米共进晚餐，并叩头感谢真主。哈迪姆说："门尼尔·夏米，你别紧张！过一些日子，托真主的福，我会让你见到自己的爱人。"他安慰了门尼尔·夏米，又来找胡森·巴努，对她说："胡森·巴努！你现在还有问题吗？说吧！我可以不顾生死再去寻找答案。"

胡森·巴努说："第三个问题是：一个人站在森林里说：'不对任何人做坏事，做了就要自食其果。'把这句话背后的来由找出来吧！"

第三个问题

哈迪姆去找寻“不对任何人做坏事，做了就要自食其果”的来由

哈迪姆心里念叨着“真主保佑”，又踏上了旅途，走向荒原大漠。经过一个月的奔波，他来到一座高耸入云的大山下，听见了凄楚的叹息声。他抬起头四处望去，什么也没看到。他又向山脚下走去，看见树荫下有一块长条大理石，上边站着一位面如皎月、身材消瘦、面色憔悴、头发蓬乱、双眼紧闭、一脸病容的青年人。他在不断重复着：

“快来啊！再也无法忍受分离之苦！”

哈迪姆十分震惊，心想：这是怎么回事儿？他向

前迈了一步问道："哎，青年人！你怎么会变成这样？说一下吧！"

青年人还是双目紧闭，沉默不语。哈迪姆再次叫他，他也不搭理。第三次，哈迪姆说："哎，你这个人！看样子是聋子，否则我都叫了你三次，你怎么都不回答？"

听到这话，青年人睁开了眼睛，说："你这个人，你是谁啊？从何地而来？我的事同你有什么关系？"

哈迪姆说："我崇信真主，旅行至此。你说说，你为什么这样长吁短叹，痛苦不堪？你为谁站在这里？"

"哎，外乡人！之前像你这样的很多人经过这里，他们知道我的情况，也没有人能医治我。说了也没什么用，赶你的路吧！干嘛要揭我的伤疤，使我陷入到更大的痛苦中？"他说。

哈迪姆说："既然你已经跟许多人说了你的情况，看在真主的份上，也对我说说，又有何妨？也好让我心中的好奇得到满足。"

他说："好吧！你坐在我身旁，容我定定神，再详细地述说我的故事。"他坐在那棵树下，说了起来："哎，有同情心的人！我是一个深受伤害的商人。当初，我随着一个去罗马的商队来到这里。记得某天清晨，我来到这座山下解大手，便后来到这棵树下，碰巧看见一个貌似天仙的女人，就魂不守舍昏倒在地。她把我的头枕在她的腿上，给我撒玫瑰香露。当我恢复神智，发现自己的头枕在她的腿上时，欣喜若狂，问道：‘哎，使我再生的仙女！你是谁？怎么会在荒郊野外呢？’

她说：‘我是仙女，这座山是我的家，我一直期望遇见像你这样的人，今天终于如愿。’

我听见这样沁人心脾的话，忘乎所以，把自己所有的财物和商队全部忘在脑后，与这个美女缠绵了起来，她乌黑的长发把我紧紧地缠住。总之，三个月里我白天黑夜沉浸在她的柔情中。有一天，我对她说：‘哎，仙女！住在这个森林里太枯燥无趣了，我们何不进城，去享受荣华富贵的生活。’

她说：‘如果你心里想着城里的生活，那好，我跟你去。我家离这里很近，我去见一下家里人，同他们告辞后就来。但是在我没回来之前，你不要离开这里去任何地方。’

我说：‘好啊！亲爱的，随你便。不过，告诉我你什么时候回来。’

她说：‘七天后。但是，这期间你如果去了别的地方，会后悔一辈子的。’

就这样过了七年，这个情人没恪守诺言。我按照她说的，哪里也没敢去，因为担心她来了找不到我。真主知道她怎样对我。我又没有力量去别处找她。我只能靠树叶充饥，用泉水解渴。我又能怎样？地是坚硬的，天是遥远的。没有住的地方，又不能走。这真是：

谁愿与你分离，
大地是坚硬的，
天空是遥远的。”

他的话令哈迪姆动容。哈迪姆含着眼泪说：“哎，亲爱的人，如果她告诉过你她的住处、名字，你告诉我。”他说：“我只知道，她的部落在灵山。但是不知她去了哪里，现在在何处。”

“哎，青年人，她同你告别后去了哪里？”哈迪姆问道。

“她朝右边走去，然后就消失了。”

“如果你是她的爱人，那就和我一起去灵山，托真主的福，把她找出来。”哈迪姆说。

青年人说：“如果我的爱人来了，找不到我，怎么办？如果能见面，就只能在这里，我要在这里等她到死。”

哈迪姆听到这番话眼睛又湿润了，说道：“哎，亲爱的人，如果知道她的名字，告诉我。”

“人们管她叫阿拉格仙女。”

“哎，青年人！放心吧！我现在就去灵山，把你心爱的人找来还给你，或把你带到她那里。现在我去找她所在的地方。”哈迪姆答应道。

可那青年人说：“我到现在还没见过能放弃自己的事，专心为别人做事的人。别故弄玄虚，去干自己的事吧！”

哈迪姆说：“哎，亲人啊！我愿不惜牺牲自己的生命为你做事，这也是实现真主为众生解难的愿望。只要需要，我随时恭候。我吟诗一首，以表达真心：

只要我的生命还在，
为真主的子民做事！
请把我的话当真吧！
请不要以为是谎话。”

总之，他就这样说了一番话，告别了那青年人，朝阿拉格仙女消失的方向走去。

几天过去了，哈迪姆翻山越岭，来到一座山脚下，接着又爬上另一座山。他看到面前一片树林的树上缀满了果实，正在风中摇曳，另一片树林的树上鲜花怒放，香气扑鼻。再往前走，是一片空旷地，这里只有四棵枝叶繁茂的树。凉风习习，哈迪姆尽情地往前走，可谁知道，他刚走了几步，眼睛就情不自禁地闭上，睡了过去。

傍晚时，来了四个仙女，铺好坐毯坐下。看到他后，她们交流起来："这是谁？来这里干什么？应该问一下。"说完，她们来到哈迪姆跟前叫醒他，说道："哎，人类！你怎么来这里的，来干什么呢？"

哈迪姆听到她们的声音，吃了一惊，他站起身来向四处看去。发现有四个珠光宝气的仙女靠在坐垫上说着话。他站起身来说道："是谁把我带到这里的？我要去灵山看阿拉格仙女，寻找那位曾经在一个年轻人面前许诺七天后回来的仙女。她已去了七年没回来。而这个年轻人在一棵树下望眼欲穿地等着她，现在生不如死。我就是为了他而来。我要劝说那位仙女，说话要算数，不要对他无情无义，这样做不好。"

她们听后笑了起来，说道："阿拉格仙女是灵山的公主，她有什么必要同一个凡人见面呢？你好像是疯了吧？竟想同她见面！你就是能到那里，也别想活着回来。”

哈迪姆说：“好吧，该发生的就让它发生吧！我必须去那里！”

她们说：“你最好今夜别走，跟我们玩玩，然后我们才能告诉你去灵山的路。”

“好吧！就听你们的吩咐。”哈迪姆说。

总之，他在她们那里待下来，夜晚尽情地欢愉，天一亮，就朝灵山走去。她们陪着他一道前行，走了七天七夜，第八天时来到一处地界。她们说：“现在我们不能再走了，因为前边已不是我们的地盘。你就一直往前走，几天后就会到达灵山。”

哈迪姆同她们告别，继续前行。又走了一个月，他来到一个十字路口，在那里过夜。大约两个时辰后，从一个村庄传来一阵伤心欲绝的哭声，他被惊醒，站起身来，仔细听着，他心里想：哎，哈迪姆！你决心一生虔敬真主，能对这个痛苦的声音置之不理吗？最好放弃自己的安逸，去关心一下这个倍受煎熬的人。如果你能帮助某个人达到目的，就会在另一个世界里得到好报。

想到这里，他站起身来，开始寻找起来。他找了一夜，天亮时来到了发出声音的地方。他看到一个面容俊秀的青年人全身赤裸着号啕大哭。哈迪姆说道："哎，真主的仆人！为什么要这样痛哭流涕和伤心欲绝呢？是哪个狠心人把你折磨成这样，投到这不毛之地的？你一定要告诉我！"

那青年听到这般体贴入微的话，哭得更伤心了，他说："我是一名士兵，为了生计离开自己的城市，由于迷路来到这个国家。我问这里的人：这里的长官叫什么？有人告诉我：这个城市的国王叫作'被制服的妖魔'。我一听，就吓得魂不守舍，慌不择路朝一片森林跑去。突然，一座令人心旷神怡的花园映入我的眼帘，我的心也被吸引，情不自禁下马来到门前，并迈步进入花园。大概就在里边走了几步后，我看见一群身着金光闪闪衣服的仙女翩然而至。我想一定是某个大户的内眷出来游玩，看人家女眷极不合适，我便转身要离去。就在这时，那些妇女跑回去通报自己的女主人，而她就是'被制服的妖魔'的女儿。听到这个消息，她立即把我带到她的宫殿，让我坐在她身旁，并且十分热情。这时，她的父王也进入了花园，他先看见我的坐骑，而后问道：'这是谁的马匹？'

那些人因为害怕都沉默不语。国王向前走来，当时我坐在他的女儿身旁，他看见我犹如飞蛾围着烛火一样，立即火冒三丈，想走上前抓住女儿的脖子，扭断它。他的女儿紧张地大喊：‘我没做错什么事，看在真主的份上，先容我说明，然后再处置也不晚。’他这才松手。这时，奶娘站出来禀报说：‘哎，国王！公主已经到了该出嫁的年龄，可是我们城市里找不到与公主般配的人，这个远道而来的年轻人看上去能力非凡，像是个大户人家的公子，他害羞得到现在还没跟公主说一句话，最好把公主的终身托付于他。如果您把两个无辜的孩子都杀了，那在世间就会遭到人们的指责，你会一生背上杀人的罪名，你又怎么回答真主的询问[①]呢？’

这时国王才问女儿：‘你是怎么想的？’女儿说：‘至今我还没看见过任何异性，今天第一次遇见，所以，我认定他就是我的丈夫。’国王说：‘我祝贺你！但是他得经受住我的三个考验。’

听罢，我说：‘您尽管吩咐，我一定完成！’他说：‘第一，找到一对仙女模样的黑色动物；第二，找到红蛇的蛇脑石；第三，跳进煮开的奶油锅里，然后毫发无损地

① 伊斯兰教信徒认为，人死后会经过真主的询问，即确定教徒在世间做的好事与坏事，然后决定进入天堂或下地狱。

出来。完成这三个考验，我就把女儿许配给你。’

他的这三个考验我根本完成不了，所以我只能在这个可怕的荒漠之地里漂泊。我现在又饥又渴，连回到家乡的力量都没有，更没有能力完成他的三个考验，去见心上人。两年来，我就像旋风一样，四处游荡。”

哈迪姆说：“哎，年轻人！看在真主的份上，我一定解决你的难题，让你见到自己的心上人。记住我的话！真主让我诞生在世，就是让我在有人遇到困难时能伸出施救之手。”这时，他想起，豺为治疗自己的伤口曾从可怕的马赞德朗取来美女兽脑浆，那应该就是国王要的仙女模样的黑色动物。现在我也应该去那个森林。于是他告别了那个年轻人，朝着目的地走去。没走多远，只见一座城堡的四周堆着很多柴火，看样子人们想点火烧掉这座城。他走到跟前，问道：“你们为什么要点火烧城呢?”

有人答道：“有一头非常可怕的怪物来这里觅食，每天吃掉三四个人。听之任之的话，整座城市就会没有人烟，变为废墟。”哈迪姆心里暗自思忖：无论如何也要帮助这些穷苦人除掉这头怪物。想到这里，他来到驿站，在空地上找人挖了一个大坑，铺上干柴，坐在里边。

入夜时，那怪物来了。它像一座小山，等走近时，哈迪姆认出来了，它是那个叫作瑟曼的动物。它长着八只脚，七个头，其中有一个头像大象头，六个头像老虎头。像大象的那个头上长着九只眼睛，如果想办法把中间的那只眼打瞎，它一定会落荒而逃，而且再也不敢来这里。

这时，那怪物张开血盆大嘴朝城堡的方向来了。人们一看见它，就立即在城堡四周点起了火。顿时火苗冲向天空，整个城堡淹没在烟雾中。那怪物到处乱撞，从象头那里发出一声巨响，大地上所有的生物都在发抖，大地也在颤抖。突然这个该死的魔鬼来到哈迪姆身边，哈迪姆抓住机会，朝它射了一箭，正射中象头中间的眼睛，它立即像半死的牲畜一样在地上挣扎，发出的声音使整个森林都为之颤抖。之后它爬起来狂跑，再也没回过头来看一眼。

哈迪姆走出大坑，在坑边过了夜。清晨，当地人来问他："哎，可敬的人！你为什么看到怪物还能安然无恙?"

哈迪姆说："我有真主的庇护啊！真主救了我。这个魔鬼叫瑟曼。在仁慈真主的庇护下我打退了它，解除你们的灾难。"

他们说:“我们怎么能相信呢?”

哈迪姆说:“今天夜里,你们都坐在城堡上,不要睡,如果怪物今天敢来,就把我当作骗子。没来,那我说的就是真的。”他们接受了哈迪姆的建议。果然怪物那夜没有来。第二天,当地人都来找哈迪姆,跪倒在他脚下,并在他面前放上无数的金银财宝。哈迪姆说:“我一个独身的外乡人,要这些金银财宝干什么?最好把这些送给乞丐和其他需要帮助的人。我要做真主有尊严的仆人,得到世人的赞赏。”

说完,哈迪姆就离开那里,朝另外一个方向走去。一天,他突然看到一条蛇正同一只黄鼬扭打在一起,看样子战斗结果马上就要见分晓。哈迪姆大声呵斥着跑到跟前:“哎,你俩哪来这么大的仇,要结果对方?”蛇说:“黄鼬咬死了我的爸爸,我要咬死黄鼬。”

黄鼬说:“蛇是我的食物,所以我吃了蛇的爸爸,我还要吃了这条蛇呢!”

哈迪姆说:“哎,黄鼬!如果你想吃肉,对我说,我让你吃我的。”他接着对蛇说:“如果你想替自己的爸爸报仇,就来杀我,我已经把自己的生命献给践行真主的道路。”听到这里,蛇和黄鼬休战,不再厮打了。哈迪姆说:“你们想要我身上的哪块肉就说吧!”接着,他抽出别在腰间的匕首，想割下自己脸颊上的肉。这时，黄鼬大喊道：“哎，勇敢的年轻人！停一下，干嘛这么着急啊？我只是为了考验你才这样说的，你和你的先辈都太出色了！”说完，蛇和黄鼬都变成了人。

“哎，朋友！这是怎么回事儿？刚才还是动物，怎么这会儿就变成了人？”哈迪姆吃惊地问道。

由黄鼬变成的人说：“我们俩都是魔鬼，我咬死他的爸爸是因为我爱他的妹妹，他的爸爸不让我娶他的妹妹，这位是那个女孩的兄弟，我们就因这事争吵，现在我要打死他。”

哈迪姆说：“年轻人！你为什么不把自己的妹妹嫁给他？”

由蛇变成的人说：“我爱上他的妹妹，可他不同意我娶他妹妹。他要是同意了，我也就同意。”

由黄鼬变成的人说：“我爸爸还活着，他不同意，我也没有办法。”哈迪姆说：“让我去见你父亲，让我来劝他，一定会让他同意的。”就这样，他们来到宫殿。由黄鼬变成的人说：“我进宫了。你一定会被这里的人抓住，送到我父亲面前，那时，该怎么样就怎么样吧。”

哈迪姆按他说的做了。魔鬼抓住他，把他送到国王面前。这位国王叫赫尤兹。国王说：“哎，人类！你来我这里干什么？快说！”

哈迪姆说：“我是真主的子民，为了你好才来的。”

国王说：“你为什么要对魔鬼好呢？”

哈迪姆说：“看来你对儿子的生命满不在乎，所以才这样掉以轻心。”

国王说：“哎，朋友！你说什么呢？我都这把年纪了才得了这个儿子，我爱他胜过我自己的生命，哪能不在乎呢！”

哈迪姆说：“如果你这般爱他，就接受我的建议。否则，他近日会被打死。”

国王说：“哎，朋友！你的好意和所做的事对我都是最大的恩惠，但你要告诉我其中的秘密啊！”

哈迪姆说：“你的儿子之前咬死了那个魔鬼的父亲，那魔鬼想杀了你儿子报仇。今天我看见他俩搏杀在一起，而且你的儿子差一点被杀死。我费了很大的劲才把他们分开。但总有一天，他会被杀死的，因为你的儿子爱上了魔鬼的妹妹，而那位爱上了你的女儿。最好，让他们都称心如意，这样就会消除彼此的恩怨。”

听了哈迪姆的叙述，赫尤兹心中甚是欢喜，当即把女儿嫁了出去，同时让儿子娶了对方的妹妹。这样每个人都遂了心愿。哈迪姆向赫尤兹告辞，准备继续旅行。

国王说:“年轻人！为了报答你,从我这里取些财物吧!”

哈迪姆说:“我不是为了得到报酬而做事的。”

国王又恳求他:“你如果不愿拿珠宝,就拿着我的这根手杖吧！它的用处可大了。首先,如果被蛇或蜈蚣蛰伤,有了它,既不会中毒,伤口也不会发炎肿胀;如果在它庇护下睡觉,你不会被火灼伤;如果有人施魔法,在它的庇护下,你也不会受到任何伤害;如果面前有大河挡住了前进的道路,把它投入水中,它就会变成一条船,载你过河。我再给你一颗蛇脑石,把它放在身边。这颗蛇脑石的作用是:如果路上遇到黑白色的蛇,不要害怕,把它放在嘴里,你就不会中毒。”

哈迪姆同国王告别,带着这两件宝物出发了。他白天黑夜不停地跋涉着,几天后来到一条大河边。只见这条河波浪滔天,他发愁地朝四周望去,没看见任何人的踪影。这时,他想起赫尤兹给他的手杖,立即把手杖抛向河中,手杖变成了船,他乘坐上去。到达波涛汹涌的河中心时,从河里冒出一条鳄鱼,鳄鱼拖着船向前行进,一直拖了七柯斯之远。等鳄鱼停下来,哈迪姆定睛一看,这条鳄鱼像一座小山那么大。他紧张起来,但是鳄鱼却恭敬得像一个诉苦人似地说："哎，年轻人！我的房子被螃蟹强行抢走了，我期望你能为我要回来。"

哈迪姆说："看样子，螃蟹比你强大，而你比螃蟹弱。"

鳄鱼说："我这个受苦受难的能说什么呢？你自己看看，就会知道了。准确地说，如果螃蟹想干什么，就会用那尖尖的大螯把东西撕成两半。螃蟹这会儿出去觅食了，它在的话，你就会看到。"正说着，螃蟹张着大嘴来到跟前。鳄鱼吓得躲到哈迪姆身后，它把哈迪姆当作挡箭牌。螃蟹的一只大螯到达哈迪姆的西边，另一只到了哈迪姆的东边。这时，螃蟹看到鳄鱼，怒吼了一声，鳄鱼就像风中的柳条一样瑟瑟发抖。哈迪姆也急得不知所措，他心想：真主啊，我该如何摆脱这个恶魔？他拿着赫尤兹给的手杖站立起来，螃蟹一看见手杖立即瘫倒在地。

哈迪姆大声喊道："哎，真主的造化物，伤害任何人都不是好事。而且，伤害别人，也会自找苦吃。你为什么要伤害这条可怜的鳄鱼？难道你除了这个地方，就再也找不到别的住处了吗？"

螃蟹说："我俩是这里的住户，让我们自己决断，你这个人干吗要干涉呢?”

哈迪姆说:“你说得对,创造一万八千个生灵的造物主把一些生灵放置在水里,一些放置在陆地上,但我们都是真主的仆人。造物主不愿看到自己所造的物受到别人的欺凌。”

螃蟹说:“好吧,现在我按你所说把它放了。但是,不论你是在哪里见到鳄鱼的,使你愿意帮它说话,它最后都必须住在这里,我也是。这正印证了那句谚语:‘住在河里和鳄鱼为敌。’”

哈迪姆说:“哎,异教徒,看样子你不想怜惜别人,也不畏惧真主。好吧!你现在没有什么损失,但如果你想要命,就不要施暴了,把你霸占的地方还给它,否则,我就会把你碎尸万段。”

螃蟹笑了起来,说道:“我偏不放过它,也不放过你。”说完,螃蟹想用自己尖锐的螯抓起哈迪姆,把他切成两半。哈迪姆拿出赫尤兹给的手杖,打向螃蟹,螃蟹的两个尖锐的大螯就像黄瓜一样被切开掉落在地。螃蟹看到自己的武器没有了,便无奈地逃跑了,鳄鱼紧追在后。

哈迪姆呵斥道:“哎,胆小鬼!你要去哪里?又为什么要害它呢?如果你现在伤害它,我就打死你。”听了这话，鳄鱼也害怕了，只好放弃。

哈迪姆闭上眼睛上了那条船，乘着它到了河的另一边，之后又朝马赞德朗方向进发。到达附近后，他坐在一棵树下深思着：我在真主的庇护下到达这里，但是上哪儿寻找那对动物呢？这时，夜幕来临，那些白天出去觅食的生灵陆续回巢。他们在一棵树上聊了起来："今天夜里，有一个真正的虔信真主、热心助人、为了别人承受痛苦的人来到这里。我们从前辈那里听说过他叫哈迪姆·塔伊，他是一个了不起的人。我们应该去与他见面。"说完，他们都来到哈迪姆面前，跪倒在哈迪姆脚下。

看到他们的样子，哈迪姆不禁有些吃惊。因为他们的面孔似人，身子却似孔雀，就算是仙女看见他们也会动情。这些动物对他说："你真是不同凡响啊！你为了别人表现出的勇气和胆略，真令人佩服！而你却要承受这样大的痛苦。是不是有人爱上了魔鬼的女儿，那魔鬼要找我们，而且要一雌一雄，所以，你就来了？"

哈迪姆说："你们说对了。如果你们当中有一对肯跟我走，就等于挽救了那个只有半条命的家伙，你们可以白使唤我，只要我活着，就对你们俯首帖耳。那个胆小鬼的愿望若得到满足，他也会为你们祈福。"

听到这里，他们互相商量起来，并决定把自己的一对孩子送给这个年轻人。他们说道："他们是你的了。你想把他们带到哪里，就带到哪里吧！"

哈迪姆带上他们立即出发，朝着魔鬼城走去。经过一段时间的艰辛跋涉，他回到那个年轻人那里。见他正低垂着头高声叫喊，哈迪姆对他说："哎，年轻人！你的愿望实现了！快高兴起来吧！"

他一看见那对似人似孔雀的动物，立即拜倒在哈迪姆脚下。哈迪姆把他扶了起来，把一路上所经历的事都说给他听，并嘱咐道："你立即回魔鬼城去，对国王说：'我找到一对这样的动物。'"那年轻人立即带着这对动物来到魔鬼城。

魔鬼见了十分高兴，说道："这不是你找到的，可能是你的朋友帮的忙。如果是你找到的，你就说说你所经过的地方的情况，我便相信了。"年轻人原封不动地按照哈迪姆告诉他的回答了。国王说："你说得都对，现在去把红蛇的蛇脑石找来。"年轻人说："让我见那美女一面，使我获得力量。看到我的心上人，我会信心百倍的。"

国王便让女儿在窗户上露一面。国王的女儿果然打开窗户，露出她美貌的面容。

年轻人说："现在我去找红蛇的蛇脑石，如果你知道在什么地方能找到它，就说吧！"

国王说："听老人说，它在哥夫山[①]的红沙漠里。"

年轻人告别了心上人，来到哈迪姆跟前，对他说："哎，朋友，他又要红蛇的蛇脑石。"

哈迪姆说："你先去了解一下在什么地方能找到，是什么样子的。"年轻人说："我所听到的，都告诉你了。"

哈迪姆说："现在你不要再叫苦连天了，我会尽力为你去找，现在就走。托真主的福，让你的目的尽快实现。"说完，哈迪姆告别了他，朝哥夫山走去。经过多天的跋涉，一天清晨，他来到一处准备解大手时，看到一只七色鹤那么大的蝎子在院子里趴着。他吓了一跳，心想：真主啊！我从没见过这么大个的蝎子。他躲在隐蔽处，整天观察着蝎子的动静，他在心里反复念叨：看看它晚上干什么。

这座森林四周有村庄，那里的人看见外乡人到来，便招待他吃喝。哈迪姆吃饱后坐在一棵树下专心向真

① 位于小亚细亚的北部，传说是环绕地球的大山，山里居住着仙女。

主祈祷。过一会儿，很多的牛和马汇集在广场中间，几个放牧者在它们周围酣然大睡。

快到半夜时，那只蝎子从石头下钻出来，朝牛马所在的方向爬去。到了牛群跟前，蝎子跳起来在一头牛的头上叮咬了一口，那头牛便挣扎几下死去了。就这样，蝎子把所有的牛都咬死了，接着来到马匹跟前，把马连同看马人一起都咬死了。随后蝎子爬回到石头下把自己藏起来。清晨，村子里的人来到森林，看到牲畜连同看护人都死了，而且他们的腹部还流出蓝色的水。他们对哈迪姆说："外乡人，你怎么活下来的呢？"

哈迪姆说："哎，朋友！我看见了从没看见过的一幕，有一只大蝎子，外形有七色鹤那么大，是蝎子干的。"

正在他们说话时，那只大蝎子再次从石头下钻出来，在他们族长的头上叮咬了一下，族长浑身抽搐起来，蝎子却朝森林爬去。那些人急得大哭。哈迪姆紧跟在蝎子的后面，刚刚走出不远，就来到一座城市，蝎子清剿了那座城市，然后变成了一条大黑蛇。哈迪姆吃惊地看着这一切，心里想：天哪，这条蛇曾是只蝎子！怎么变成这样了？怎能在小洞里把身子变扁？哈迪姆一直坐在那里想着这件事。半夜时分，那条蛇钻出洞，朝王城的方向爬去。哈迪姆仍跟在蛇后面。蛇从下水道钻进王宫，先咬死国王，然后来到大臣的住所，咬死了大臣的儿子，之后钻进洞里又藏了起来。

清晨，王宫里掀起轩然大波：国王被蛇咬死了，大臣的儿子也被咬死了。太可怕了，他们都白白丧失了生命。这时，天黑了下来，那条蛇又钻出洞，朝着一个方向前进。

哈迪姆还是紧跟在蛇的后面，心里想：我倒要看看，这条蛇现在还想干什么，要去什么地方！天快亮时，蛇来到一条河边，变成一头虎。这时，有十几个人来汲水，其中有一个十五六岁的孩子，长相俊美，这头虎扑向他，把他叼起来，带到一个角落里，撕开他的肚子，吃了他的五脏六腑，之后又朝森林深处跑去。哈迪姆还是紧跟着。没过一会儿，那头猛虎又变成一个妖娆的妇人坐在那里。哈迪姆吃惊地看着这一切，坐在一棵树下紧盯着这个女人。

这时，有一对很久前出城找活干的兄弟，挣了一些钱，正往家走，他们碰巧走在这条路上。当他们来到女人的不远处，那女人哭了起来。她的哭声传到他们的耳中。哥哥走到女人跟前，发现是一个十分美丽的女人在那里伤心地哭着。他不禁也落下泪来，问道："哎，美女！在这荒郊野外，你哭什么呢？”

女人说：“哎，年轻人！我是个妇人，我夫君来我娘家接我回去，路上跑出来一头老虎把他叼走了，我只能独自一人坐在这里哭泣，因为我既不认识娘家的路，也不知道回婆家的路。我很害怕，不知道怎么办，往哪儿走，更不知道前方会遇到什么倒霉的事，怎样度过一生的寡妇生活。”

哥哥说：“如果有人收留你，你愿不愿意和他生活在一起？”

女人说：“我干吗不愿意？在这个森林里哪有人关心我，与我分担痛苦？”

听到这里，哥哥说：“接受我吧！”

“不过我有三个条件：首先，你家里不能有另外的女人；第二，不能让我干重活；第三，只要我活着，不能伤害我，更不能给我带来痛苦。”她说。

哥哥说：“我是独身，还没结婚。只要我活着，除了你，不再娶别的女人，哪怕是仙女，我也不会正眼看的。还有，真主让我家里现在有很多侍女和仆人，他们不会让你受到任何伤害。你愿意的话，就留下，一切都会好的。难道有人会给自己心爱的人带来痛苦？我也是一样，不会伤害你。”

女人说:“我从心里愿意。”

哥哥抓住女人的手往前走。哈迪姆跟在他们身后。刚走出去没多远,那个女人又对男青年说:“我饿了三天了,虚弱得心慌气短。如果找不着吃的东西,帮我找一点水喝也行。”听到这里,哥哥把她安置在一棵树下,接着对弟弟说:“你看着点,我找水去。”说完,他把皮水囊搁在肩上,去找水了。他走后,那个女人对弟弟说:“我是为了你才同意和他在一起的,因为看到你的容貌,我的心就控制不住了,要不我干吗要接受那个老家伙!你必须让我以身相许。”

弟弟说:“你如同我的母亲和姐妹,我无论如何也不能这样做!”

女人说:“哎,年轻人!虽然我已是他的妻子,但也可以同时与你有私情啊,我可以经常看到你。”

弟弟说:“这也不可能,干脆不要有这个邪恶的想法!”女人听后发怒了,说道:“等你哥回来,我要在你哥面前告你,说你想非礼我,想把我拐走。”

弟弟说:“好吧,你想干什么就干什么吧!反正我不会听你的。”

他们谈论的时候,哈迪姆也一直站在一个角落里听着。这时,哥哥拿着水回来了。那女子看见他就把头发弄乱，抓了几把土撒在脸和头发上，大声喊叫着。

哥哥走上前问道："夫人，我去找水了，你既没被老虎吃了，又没遭到野兽的袭击，你干吗这般折磨自己呢？到底发生了什么？"

女人说："夫君，让真主保佑你和你的兄弟吧！有哪个倒霉鬼能把自己的女人交到一个混蛋的手里，自己走了呢？现在看在真主的份上，快来维护我的贞洁吧！刚才你去汲水，这个该死的、恶毒的家伙就抓住我的手把我拉到他跟前，企图玷污我。我挣扎着要脱身。当我发现无法脱身时，只能无奈地大喊，但没人来帮助我。可他说：'你为什么不接受我呢？难道我配不上你吗？你只有十五六岁，我才十六七岁。我哥哥配不上你。我会对你百依百顺，千倍宠爱。如果我得到你，就把哥哥打死。'"

女人的话使哥哥气得浑身发抖，他对弟弟说："哎，你这个懦夫！没想到你竟然想做这种龌龊的事，哪有想对自己嫂子干这种事的人？"

弟弟发誓自己没有这样做，但是哥哥就是不相信，并且大骂起来。最后他拿出宝剑，刺向弟弟，说时迟那时快，弟弟也拿出一把匕首，刺向他的肚子，双方受伤倒在血泊中，挣扎几下都死了。那女人又变成水牛向前走。哈迪姆还是跟在后面。

水牛走到一个村庄附近，人们看到这头牛，都想把它抓回家。很多人围上去，水牛用蹄子踢死很多人，又用犄角顶死很多人，之后跑进一片森林里，变成一位老者。哈迪姆看到这里，心想：现在到了该问明缘由的时候了。于是，哈迪姆跑上前去，喊到："哎，老者！看在真主的份上，稍停一下！"

老者站住了，说道："哎，哈迪姆！你好吗？你想说什么就说吧！"

哈迪姆说："你怎么知道我的名字呢？"

他说："知道你的名字算什么，我还知道你父亲的名字。你同这件事有什么关系？你想问什么就问吧！因为这会儿我没工夫理你，还有一件重要的事得做。"

哈迪姆把他看到的一切都讲了出来。听罢，老者大笑，说道："你发现这些有什么用？有一天，我也会以这样的方式把你吃了。"

哈迪姆说："你不把秘密说出来，我就不放过你。"

这时，老者无奈地说："我是阎王的使者，阎王命令我以什么形象出现，我就以那个形象出来索命。"

听罢，哈迪姆高兴地问："那你说，我什么时候死，以什么方式死去。"

老者说:“现在你还没活到一半的年龄,当你五十岁的时候,会从一个高处跌下来,鼻孔淌血,一命呜呼。现在你还有一半的生命。这段时间,凡是你要做的善事,就认真去做吧,别有差池。”听罢,哈迪姆磕头致谢。当把头抬起来时,那老者不见了踪影。

哈迪姆继续朝红沙漠的方向走去。经过一段时间的跋涉,他来到黑土地。那里的蛇嗅到人的气味,从四面八方朝他聚拢过来,他把赫尤兹给的手杖插入地下,席地而坐。蛇聚集在他的四周,整个夜晚就这么僵持着。清晨时,这些蛇从哪里来的,就都回哪里去了。哈迪姆继续前行。他来到白土地,那里的白蛇也那样彻夜围着他,天一亮,也只得爬走了。哈迪姆离开那里继续向前走,来到绿土地,在那里也遇到类似的情况。之后,清晨,他又出发了,终于来到红土地,看到那里的土比朱砂还红。他走了几步,便浑身无力,心想:我怎么往前走呢?我会渴死的,脚是走路的,嘴是说话的。于是他站起来,心想:也许这是我命终的地方。如果我往回走,没有力气,如果我往前走,也会死。但是为了实现真主的旨意,为别人去死,也不是什么坏事。想到这里,他继续前进。大概又走了二三柯斯,两脚都磨出了很多水泡,他无奈倒在地上,由于摔得很重,全身伤痕累累，几乎昏厥。这时，来了一个老人，把他扛起来说：“哎，哈迪姆！这会儿可不是灰心丧气的时候，鼓足勇气，快把熊大王的女儿赫拉斯给你的那枚蛇脑石从腰带①里取出来放进嘴里！”

哈迪姆松开腰带，取出蛇脑石放在嘴里，炎热和口渴立刻缓解了。哈迪姆倒在老人的脚下，问道：“怎么这么热呢？”

老人说：“这炎热是红蛇的毒素造成的，红蛇嘴里的火由地下冒出，所以这个地方的土是红色的，前边的土壤就不是这种情况，是绿色的。”哈迪姆继续向前走。因为他嘴里含着蛇脑石，所以不感到热，他就这样走了半程之后，一条红蛇嗅到他的味道，吐着蛇信爬过来。从蛇嘴里吐出的火苗直蹿到天上，扁平的蛇头如同岩石，又如同棕榈树一般，立得高高的，红蛇的鼻孔里冒出的火焰将方圆数十里内的生灵都烤成灰烬。哈迪姆倒在这样的火里，他不安地长叹道：“我要在这火焰般的热风里被烤焦了！”但是那颗蛇脑石把一滴滴水不断地滴进他的喉咙里，他安然无恙。

---

① 按照故事叙述，这颗蛇脑石一直藏在哈迪姆的缠头巾里。从腰带取出，应理解为他有时还将其藏在腰带里。

最后，红蛇看见了他，把扁平的蛇头鼓胀得很大，朝他扑来，同时嘴里还冒着火焰。但是手杖使哈迪姆没有受到伤害，哈迪姆仍安然无恙。

整个夜晚就这样过去了。清晨时，一颗红色的蛇脑石出现在蛇的嘴里。哈迪姆看到蛇的嘴里有一颗红色的珠子在闪闪发光，他挥动了一下手杖，这颗蛇脑石就落到地上。总之，太阳出来时，蛇吐出一颗蛇脑石，然后钻进洞里。哈迪姆走到蛇脑石跟前，他还不敢把它拾起来，心想：可别把手烫伤了，最好等一会儿再拿起来。过了一会儿，他从缠头巾上撕下一块布搁在蛇脑石上面，见那块布完好无损，他才伸出手来拿起那颗蛇脑石，系在缠头巾里。蛇脑石渐渐凉了，整个大地和森林也随之凉了下来，他这才离开那里。

蛇脑石就是这样产生的，当一个人拿走它，那得三十年后才会产生第二颗。这真是奇妙极了，谁能说得清楚呢！

之后哈迪姆找到那个年轻人，把这颗蛇脑石交给他，又叙说了这一切。年轻人跪倒在他脚下。哈迪姆把他扶起来，对他说："现在你去吧，把这颗蛇脑石交给那个魔鬼。"

年轻人带着蛇脑石和哈迪姆一块来到城市，见到魔鬼，就把蛇脑石放在他面前，说：“先生，这是我千辛万苦找回来的。”

魔鬼说：“你先让我看看它是真是假吧，之后我才能相信你。”

“好吧！这有什么关系！”年轻人说。

魔鬼对这颗蛇脑石进行了各种检验，当他确信这是颗真蛇脑石时，表面上高兴极了，内心却不好意思。他说道：“哎，年轻人！现在还有一个考验，去把它完成吧！”年轻人答应了。魔鬼叫人在一个深铁锅里装满黄油，放在炉子上烧七天七夜，烧得滚烫。七天后，这黄油被烧得就是石头掉进去也会融化。

魔鬼对年轻人说：“现在你跳进去，如果能活着出来，就会得到你心爱的人。”

年轻人害怕极了，对哈迪姆说：“我定会被烫死。”

“别担心，心里念叨着真主，真主会使你化险为夷的。”哈迪姆边安慰他边把那颗熊大王女儿赫拉斯给他的蛇脑石从缠头巾取出来，交到年轻人的手里，对他说：“把它含在嘴里，然后不要害怕地跳进锅里，在里面打一个滚出来。真主会让你毫发无损。”

年轻人把蛇脑石放进嘴里，对魔鬼说：“看你还说什么！”

魔鬼催促："跳进这锅里！"

那年轻人走到锅跟前，一看到滚烫的油，便浑身发抖。哈迪姆大吼一声："年轻人！不要胆怯！不要害怕，这是爱的考验，你心中要有真主！"那年轻人听见哈迪姆的声音，闭上眼睛跳进了锅里。他在里面打了一个滚，感觉那滚烫的黄油似乎凉了下来，他又在锅里转了几圈，把黄油抹在自己身上，笑着说："看，你现在还说什么？现在出来，还是再在里面待上几个时辰？"

魔鬼看到滚烫的油并没有烫伤他，他安然无恙，羞愧地低下了头。

这时哈迪姆说："现在为什么要不好意思呢？快兑现自己的承诺！你提出的考验，这个可怜的人都完成了。如果这会儿你还在想着使用魔咒什么的，也绝不会起作用，因为他还有一颗蛇脑石。"

听到这里，魔鬼十分尴尬，上前同年轻人拥抱了一下，然后准备好结婚所需之物，把自己的女儿风风光光地嫁给了这个年轻人。他请求年轻人原谅，说道："我只有这么一个女儿，这个国家和所有的一切财物都是你的。你现在就是我的儿子。"总之，皆大欢喜。

哈迪姆要告辞了，他说："兄弟，我还要做很多类似这样的善事，告辞了。我要去灵山。"年轻人跪倒在他脚下，为他祈祷祝福，他说：“真主一定保佑你，上路吧！”

哈迪姆把蛇脑石从他那里拿回，朝灵山走去。经过几天几夜的跋涉，他来到灵山的山脚，看到一座高耸入云的大山，就连飞鸟也别想飞过去，野兽更是望而兴叹。哈迪姆坐在山脚下想：最好我能遇见住在这里的人，问问哪里有路。正在这时，他看见一群仙人路过，他赶紧跟在他们后边，但是那些仙人很快就消失不见了。这时，他面前出现了一个山洞，洞口压着一块长满青苔的石头。哈迪姆心想：没有路怎么进到洞内呢？最后他决定在这块滑溜溜的石头上试一下，结果怎样就交给真主吧！他跌跌撞撞地向前爬着，后来干脆躺在石头上向下滑，一直到傍晚，他的脚才踩到地上。仔细一看，面前是一个空旷而风景优美的地方，他的心里一下子敞亮了。没走出多远，他心里又盘算着：那些仙人们都去了什么地方，那里有没有人烟呢？想到这里，他赶紧向前走了几步，不久就看见一座别致的大殿。哈迪姆心想：这里一定会有人住，进去看看。

这时，仙人们看见一个人竟然毫无畏惧地走来，立即起身跑到哈迪姆跟前，说到：“哎，人类！这地方不适合你，你来这里做什么？谁叫你到这里来的？”

哈迪姆说：“是真主的召唤。”

他们又说："说实话吧！你是怎么找到洞口的？"

哈迪姆说："我看见你们，就紧追在后，但你们一会儿就不见了踪影。我当时急坏了，心想，老天啊！他们去哪里了？最后还是托真主的福，我找到了你们走过的路。后来我看到一个漆黑的山洞，在不知道如何进去的时候，突然想到我可以躺在石头上滑进去。总之，我就是这样到这里的。为了找到你们，我来到这里，现在看在真主的份上，告诉我这座山叫什么，怎么会有这个花园。"

"这山叫灵山，这花园是阿拉格公主①的，我们在替她照看花园。春天快到了，她后天要来这里游玩，我们来这里收拾花园。年轻人！我们怜惜你年轻的生命，才不让你留在这个花园里，不然你会被杀死的。"他们说。

哈迪姆说："可我没有栖身之地，我能去哪里？命运让我千辛万苦来到这里。她要是很快会来，就来吧，该怎样就怎样吧！"

听了这话，他们问："你要见她有什么重要的事？你是可怜的人，她是仙国的公主。"

哈迪姆说："召唤仙女的人，召唤人的仙女。"

---

① 请参本书第124页，阿拉格仙女又是仙国的公主。

听到这里他们生气了，说道："你也许是疯了，不想要命了，才到这种地方来。"说着他们狰狞地一起跑到哈迪姆面前，要杀了他。哈迪姆低着头静静地站在那里。他们笑了起来说："真是个怪人，撵他他不跑，恐吓他他也不害怕。他不怕任何人或动物，对于这样的人，有什么必要杀他和伤害他呢？"他们对哈迪姆说："哎，年轻人！我们心地善良，为了你好才这样说，这里不是你待的地方，如果想要活命，就乖乖地走吧！否则你要倒霉了，说不定会丧失生命。"

哈迪姆说："失去生命不痛苦，我是为了落实真主的旨意才不顾自己的生命而来，我在这条路上要做事，就得把生命置之度外，我是自愿这样做的。因为真主是天地造物者，顺从他的旨意是必须的。"

他们听后表现出仁慈，说道："哎，谈吐优雅的人！跟我们来吧！如果想看阿拉格公主，我们把你藏在一个角落里，你可以偷偷地看几眼。但是，太阳与微粒有什么可比的呢？①"哈迪姆被带进了一个角落，他们给他吃了各种美食、各种干果，一直陪在他身边。

三天后，他们问："哎，年轻人！说实话吧！你到底

① 指哈迪姆微不足道。

来这里干什么?”

哈迪姆说:“我找阿拉格公主确实有一件事。她曾经对一个年轻人许诺,她回家待七天后再回来找他。但是现在七年都过去了,她也没回来。那年轻人一直在等着她,现在他心力交瘁,目光暗淡,生命垂危,气息微弱。他常喊道:

快回来吧!再也无法忍受分离之苦了!

我看到他这般情况,忍不住问了他。他从头至尾把一切都告诉了我。我听了整件事后心急如焚,泪水不禁流下来。我就是为他而来,来让阿拉格公主不要忘记自己说过的话。她也许忘了,但如果他因此死了,那是多大的悲哀啊!”

他们说:“哎,人类!我们不敢把你的情况告诉她,但是可以把你绑着带到她面前,之后,你想说什么,就说什么。我们做这一切都是出于友好。我们如果把你就这样带过去,她会对我们发火,怪罪我们。”

哈迪姆说:“你们看着办吧,哪种方法好,就采用哪种方法把我带到她面前,剩下的就看我的吧!看我的努力和这个年轻人的命运吧!”

一天，阿拉格公主出宫朝这个方向袅袅婷婷地走来。仙人们出来迎接，跪拜行礼。阿拉格公主在宝座上坐下，那些随行的仙女按礼数坐在她的四周。之后那些仙人来到花园对哈迪姆说："走吧，我们把你带过去给我们的公主看看。"就这样，哈迪姆被安置在窗户边，仙人们告诉他："那个坐在金色宝座上，身着淡绿色衣服，头戴面纱，风情万种的就是阿拉格公主。"

哈迪姆一看就昏厥过去。他醒过来后，立即朝着麦加的方向跪拜磕头，感叹真主造物的威力。哈迪姆忘记了那个年轻人，他为这个美女如痴如狂，甚至连吃喝都忘记了。就这样过去了三天。一天晚上，他睁开了眼睛，听见了一个声音："哎，哈迪姆！站起来！别忘了自己的身份！你当着他的面保证去践行真主的旨意，现在如果你在别人委托的事里做手脚，欺骗别人，你所说的'我所做的事，就当作是为真主做的'难道还是真的吗？正如一句诗所说：

如果是真的，连暴君都自愧不如！"

这时哈迪姆突然惊醒了，四处看去，没发现有人。他站起身来，请求宽恕。他敬畏真主，大哭起来，甚至用头撞地，恳求道："安拉！你原谅我的过错吧！你是仁慈和给予的[①]。"

之后他又对那些仙人说："把我带到公主那里，因为那可怜的人一定正在期盼我回去。"

仙人们见公主情绪不错，就绑住哈迪姆的手带过去。一个仙人走上前禀报说："有一个人走遍了世界来到这里，我们把他绑来了。您看怎么办？"

公主吩咐道："把他带上来吧！"

当哈迪姆走近时，她一下子就忘了那个年轻人，抓住哈迪姆的手，让他坐在自己身边，问道："哎，年轻人，你来自何方？你叫什么？来这里做什么？"

哈迪姆说："我是塔伊族人的儿子，来自也门，我叫哈迪姆。"

公主听见他的名字，立即站起来说："我听说过你的名字，你是也门的王子。托你的福，你光临此地。好吧，你说说，来这里干什么？为什么承受这些辛苦？我是你的婢女，把你当作我的主人。"

哈迪姆说："这是你的仁慈。我来自夏·阿巴德。当我走在艾赫迈德沙漠时，看到一个年轻人在树下，他

① 这里的"仁慈和给予的"是真主的九十九个名字之一。

紧闭双眼大喊：‘快回来吧！再也无法等待了！’我走上前，问他为什么这样自毁，让他看在真主的份上快点说出原因。他就从头至尾全部告诉我了，并说：‘阿拉格公主答应七天后回来。但是现在过去了七年，还没有回来。我整天以泪洗面等着她，但没有力气去找她，也不想活了。她在离别时，一直抓着我的手说道：“小心，别离开这里，如果走开，就坏事了。”我不能违背心爱之人的嘱托，如果要见面，就在这里见吧。’我对他的情况很同情。于是，我放下了自己要做的事就来了。如果你能对那个可怜的家伙有点仁慈的话，就把我当作奴隶，让那个半死的家伙活过来。”

公主说：“哎，也门王子！我看见你就把他忘记了，他配不上我，不懂得爱。七年都过去了，他还惜命守在那里不动，他想来灵山却没迈出一步。”

哈迪姆说：“如果他不是真心爱你，又为什么想你想得都不顾惜自己的生命。你自己许诺七天后回来，并让他在你回来前不要去别处，那可怜的人怎么能背叛情人的吩咐呢？他相信，心爱之人一定会回来的，所以哪怕是饥渴难忍，他也没去别的地方。他怕你回来见不到他会更痛苦。”

听到这里，公主说：“不论你说什么，我也不会接受他。”

哈迪姆说：“说说吧！你干吗要这么生气呢？只要他的目的没达到，我就不离开这里。”

公主说：“你不要对我抱有期待，我不会再去找他了。”

哈迪姆说：“请看在我前期付出的努力和为此承受的艰辛的份上。”

公主说：“我明白你的意思。好吧，为了你，我把他叫来，但是我不能同他和好。”

哈迪姆说：“我坐在你门前绝食，我要是饿死了，你就是谋杀者。”说完他站起身来，来到一棵树上坐着，不吃不喝，就这样待了七天。

一天夜里，他梦见有一个人说：“哎，哈迪姆！这是阿拉格公主，她用这种方式杀死了很多人了！你先让她把那个年轻人叫来，然后把熊大王的女儿赫拉斯给你的那颗蛇脑石给年轻人，让他放在嘴里之后漱口，再把漱口水给公主喝，接下来看看真主展现出什么来吧！相信她会爱上他的。”哈迪姆听到这里惊醒了。这时天已大亮，阿拉格公主来到他身边说道：“哎，年轻人！你为什么要绝食呢？如果你饿死了，我就会被抓起来，又怎么向真主交代呢？”

哈迪姆说:“把他叫来,他只想看看你。”

阿拉格公主说:“这倒可以,我接受。”

听到这话,哈迪姆准备亲自去把年轻人接来。阿拉格公主说:“怎能劳驾你呢? 我派几个仙女去就行了。”她吩咐仙女们道:“你们去那座山,在树下有一个闭着双目站在石头上的人,他在不断地叹息。你们找到他,对他说:‘哈迪姆已到达那里,你的情人已知道了你的情况。阿拉格公主叫你去。’”

总之,那些仙女到达那里,对年轻人叙说了一切。年轻人听完,赞叹哈迪姆的勇气后立即起身随她们来了。一天之内,仙女们就把他带到阿拉格公主的面前。阿拉格公主让他坐在身边。年轻人一看见公主立即昏厥过去,倒在地上人事不省。阿拉格公主把玫瑰花水洒在他脸上,没过一会儿,他苏醒过来。

这时阿拉格公主轻声细语地说:“哎,年轻人! 尽情地看我吧!”于是两个人开始厮混在一起。傍晚时,公主对仙女们说:“把欢乐厅装饰一下,我要好好地欢乐一番。”接着仙女们开始歌舞起来。哈迪姆和那个年轻人坐在那里观看,但是阿拉格公主说什么也不再看那个年轻人。看到这里,哈迪姆对那个年轻人说:“把这块蛇脑石放在水里摩擦一会儿,然后放进嘴里,在嘴里咕嘟一遍，再把口水吐在水罐里，最后回到这里悄悄地坐下。”年轻人听罢赶紧去做。但是，这一切都被仙女们看到，她们跑过去问：“你往这水罐里放了什么？”

那年轻人说：“我渴极了，想喝水。”于是她们给他灌饱了水。之后，他回到原处坐下。

哈迪姆看到他回来了，对阿拉格公主说自己很热，要求给他点果汁解渴。阿拉格公主让人快点准备果汁。哈迪姆自己站起来，亲自调制了果汁拿到阿拉格公主跟前。

“慢慢地、一点点地喝！”哈迪姆说，“您先稍微喝一点，然后再把所有的都喝完。”阿拉格公主接过哈迪姆手里的杯子放在嘴边，刚喝了两口，就不对劲了，她对这个人类几乎立即痴狂起来。哈迪姆看到这个情形，慢慢地对她说：“公主！如果你能对这个半死的人施点仁慈，你就是有爱心的人。”

公主笑着吟了一句诗道：

晨风都由你带来。

然后公主说：“我不知道这个灾难是谁造成的，这火是谁点起来的。现在我再也忍受不了分离之苦，我一分钟不见他都受不了。我很无奈，我接受你说的，我愿意嫁给他。但是，我必须经过父母的同意才行。”说完她朝灵山飞去。她进入宫殿，先问候母亲，之后低头害羞地一言不发。母亲问：“这么着急来有什么事？现在还不到四十天呢！”陪她同来的仙女们说：“我们的公主喜欢上一个人类，那个人也因为喜欢她而痛苦不堪。现在他千辛万苦地来了。公主想与他结交和独处，但是必须得到你们的同意才行。”

听罢，母亲找到公主的父亲，对他说：“你的女儿想与人类结为连理。”父亲说：“如果是她所期望的，就祝贺她吧！”阿拉格公主当即把哈迪姆和那个年轻人叫来。她的母亲看到两人，很是喜欢。她当即为他们主持了婚礼。公主与那个年轻人结为夫妻，两个相爱的人终成眷属。哈迪姆为他们祝福。

七天后，哈迪姆同他们告别。公主问他下一个目标是什么，他说：“去艾赫默尔山，在那里有一件事要办。”

公主说：“别害怕，我一天就可以把你送到那里。”话毕，她对别的仙女说：“你们让他坐在坐椅上，把他送到那里！”

仙女们立即让他坐在一把精美的坐椅上，抬起椅子飞了起来，天黑时分便到达目的地。哈迪姆打发她们回去，自己走到那棵发出声音的树下，看到有一位长老被关在一个铁笼子里。他站在那里诧异地看了一会儿，问道："哎，长者！为什么你时不时地叫一声？是谁把你关在这个铁笼子里，挂在这里？"

老人叹了一口气说道："年轻人！不要再问我的事了，想知道的话，就看着我，满足我的一个条件，我就告诉你。"

哈迪姆同意了。老人说："我是艾赫默尔商人，我出生时父亲以我的名字建了这座城市。我长大成人后，父亲让我管理这座城市，自己出去经商。我开销很大，挥霍无度。父亲留给我的金银珠宝都被我挥霍一空。我变得一无所有，贫困潦倒。这时，父亲在长途跋涉中也命丧黄泉，他生前藏起来的财物我也没得到。

有一天，我遇到一个年轻人，他说：'如果谁有财宝需要挖掘，或埋在地下忘记的，我可以帮助他找到，条件是：将其中的四分之一给我。'我请他帮我寻找财宝，把他带到家里，把各处都展现给他看。他在各处挖土来闻，之后扔掉。最后，他挖开了一个角落，从那里挖出很多珠宝。我不想把四分之一财宝给他，而是只拿出一点放在他面前。他说，他只要四分之一的财宝。

我把他撵了出去。他哭着走了。不知过了多少天，他又来了，与我重修旧好，并称兄道弟。有一天他说：'凡是地下埋藏的，我都能看见。'我问他：'这是什么知识啊？我也要想尽办法学会。'他说：'很容易，我有一个眼影的秘方，只要把眼影抹在眼睛上，凡是隐藏在地下的宝藏就都能见到。'我对他说：'如果你能把这样的眼影抹在我的眼睛上，凡是我看见的财宝，分给你一半。'他说：'很好，来吧，跟我到森林里，我在你的眼睛上抹上眼影。'我随着他来到森林里，看见这个铁笼子。我问他：'这个铁笼是干什么用的？'他说：'我也不知道。'说完，他坐在这棵树下，从腋下拿出一个装眼影膏的小瓶，取出来一点眼影抹在我眼睛上。我立即什么也看不见了。我问他为什么要这样做，他说这是对说谎和违约的惩罚。我如果想复明，就得坐在这个铁笼里。他还说，不要对任何人做坏事，否则就是这个下场。我又问：'说真的，我的眼睛有办法治好吗？'他说：'过一段时间，会有一个虔诚的年轻人来到这里，你把情况对他说，他会从某地拿来复明草，把草药汁滴在你的眼睛上，你的眼睛就会像原来一样明亮清澈。'

我就抱着这样的希望在这个笼子里呆了三十天，等着他的到来。有时腻烦了，我就出来，结果全身从骨头到肉、从肉到皮都疼痛。无奈，我只得坐在这里，呻吟着说这句话。不知道来过多少人，他们问过后都走了，没有人能帮助我，也没有能出个好主意的。”

哈迪姆说：“你放心，我来帮助你。”

这时，那些护送哈迪姆的仙女回到了灵山，阿拉格公主一见到她们便发起火来：“等着他做完那件事，你们把他送回他的家，这对你们有好处，否则，我对你们不客气！”

仙女们又飞回去找到哈迪姆，对他说了情况并问道：“你还准备去哪里？”

哈迪姆说：“我要去找复明草。”

她们说：“我们一定把你送到那片森林附近，可我们只能在很远的地方等你，不能靠近那里。如果你平安归来，我们再把你送回家乡。之后我们会把你所经历的一切告诉阿拉格公主。”

“为什么？”哈迪姆问。

仙女们说：“先生！那种草从地下长出的时候，所有森林里的花儿就像灯笼一样发亮，那时，无数的动物，无论是蛇、蜈蚣、野兽，还是鸟，都会聚在草的周围，因此谁也别想接近那种草。”

哈迪姆说：“我倒要看看我的命运如何。”于是，一个小仙把哈迪姆驮在背上，其他的跟随在后出发了。最后，他们在第七天到达森林边。只见眼前是一片开阔地，哈迪姆问：“那种草长在哪里？”

仙女们说：“它们从地下冒出来的时间快到了。两三天后就会破土而出。”哈迪姆和那几个仙女在那里呆了几日，吃各种干果度日。终于，有一天那种草破土而出了。所有的花就像灯笼一样闪闪发光，整个森林里弥漫着香气。各种动物围过来站成一个圈。哈迪姆对仙女们说：“你们待在这里，我自己过去。接下来的事，就看真主的安排了。”说完，他把蛇脑石放在嘴里，进到森林里吃了几片草叶，又带着几片花叶平安回来。仙女看到他平安回来都十分惊讶，觉得他是一位奇人，从没看见和听说过有这样的人。总之，她们又用同样的方式把哈迪姆送回那位老人那里。老人还是原来的样子，哈迪姆说：“哎，老人！我把复明草带回来了。”

老人说：“好样的！现在你快点碾碎它，在我眼睛上滴几滴草汁！”

哈迪姆马上按他说的做了。起初他的眼睛红肿，之后发蓝，最后水肿消失，双眸明亮。他伏在哈迪姆的脚下，请求哈迪姆原谅。哈迪姆同他拥抱，说道：“兄弟！看在真主的份上，你说的什么话啊！我已下定决心把终身献给敬畏真主的事业，我所做的事，我觉得很珍贵，我认为是善举。”

老人说：“哎，年轻人！我家里有很多金银珠宝，你去那里，要多少就拿多少。”

哈迪姆说：“我不需要金银财宝，托真主的福，我家里有无数的财宝，足够我行善事所用，我拿你的钱财有什么用？”

说完，他同老人告别，又坐在仙女的背上，经过十天的跋涉，到达夏·阿巴德。仙女说：“先生！你写一个字条，盖上印章，由我们转交给公主吧，让她放心。”

哈迪姆写了一个字条，在上面说了自己的情况，交给了她们。她们飞走了。哈迪姆来到城里的驿站，见到了门尼尔·夏米。

两三天后，他们一同来到胡森·巴努家里。胡森·巴努坐在华丽的帐子后，让他们坐在镶嵌了珠宝的椅子上，询问情况。

哈迪姆叙述了所有的情况。胡森·巴努准备了丰盛的宴席，请他们用过宴席后在她那里过夜。清晨，哈迪姆问道：“哎，胡森·巴努！现在还有什么问题？”

胡森·巴努说：“一个人说：‘说真话的人永远心静

如水。'他怎么得出这个结论的？他得到了怎样的心安？你去弄明白，告诉我！"

哈迪姆说："你知道在什么方向吗？"

胡森·巴努说："我是从奶奶那里听说的，那个人在胡勒姆城里。但是我不知道那个城市在哪个方向。"

哈迪姆说："好吧，真主能让我知道一切。"

第四个问题

哈迪姆探寻“说真话的人永远心静如水”的来由

哈迪姆告别了胡森·巴努，离开城市，踏上了新的征程。经过跋涉，他来到一座山脚下，眼前是一条汹涌澎湃的大血河。他十分纳闷，心想：我从没看见过红色的河，应该看看究竟怎么回事儿。于是他朝那里走去。

他首先看到一棵高大的树。他走到树下，看到每一根大树枝上都挂着数百颗人头，树下有一个式样别致的池塘，里面的水在往外溢，流向森林。他坐到树下，挂在树上的头都情不自禁地哈哈大笑起来。看到这里他惊呆了。这些人头在笑，从头上滴下的血不断地落入池塘里，浸了血的水流进河里。这时，他的目光落在一颗头上。这颗头挂在最高处，哈迪姆一看见这颗人头就昏厥过去。过了好一会儿他才苏醒过来，心想：我怎么样才能把看到的这一切告诉众人呢？不管怎样，我要在这里停留几日，好好地了解一下其中的奥秘。

傍晚时，哈迪姆躲在一个角落里，看到所有的头颅都从树枝上掉入池塘里。他朝池塘看去，里面有一个洁白的石座，上面铺着豪华的坐垫，还摆放着一个十分考究的金色宝座。过了一会儿，出现了很多仙女，其中有一个仙女长相十分妖娆，如同皎月。她一来就盛气凌人地坐在宝座上。哈迪姆仔细一看，认出她就是那颗吊在最高处的头颅。有几个仙女围坐在她椅子周围，还有几个双手合十站在附近。

这时，专司歌舞的仙人来到宝座前，开始舞蹈。哈迪姆一直盯着看，心想：真主啊！这里到底有什么秘密？到了半夜时分，她们铺上餐布，各种美食应有尽有都摆了上来。坐在宝座上的美女对侍女说："按礼制准备好一盒饭，给坐在角落的那位游客！"

侍女拿着一盒精美的饭来到哈迪姆跟前说："这是我们的族长[①]让我送给你的。"哈迪姆问："你叫什么？你们族长叫什么？"

---

① 指后来提到的公主。

侍女说:“你问我和我们族长的名字干什么？饿了就吃!”

哈迪姆说:“不告诉我你们的名字,我就不吃。”那侍女把这个情况告诉宝座上的公主。公主说:“你去对他说,让他先吃东西,等他吃完,对他说:‘今天不行,明天再告诉他。’”

侍女又来到哈迪姆跟前,把公主交待的都对哈迪姆说了。哈迪姆想抓住她的手,但是她飞速地跑开了,回到公主跟前。公主彻夜沉浸在歌舞欢乐中。清晨,所有的仙女都跳进了池塘里。

过了一会儿,脑袋露出水面,一个接一个地挂到树上。公主的那颗脑袋还是挂在最高处。之后,她们都笑了。哈迪姆在角落看着,并一直盯着公主的头,心想:我要是能知道这个秘密,就同那个夜里才有生命的美女喜结良缘。他自言自语地说:“安拉！这是怎么回事儿？有什么秘密？每天夜里生龙活虎,白天就挂在树上,大概是魔鬼的巫术吧?”

他从天亮想到天黑。夜晚,那些脑袋又纷纷落入池塘里,和昨日一样,仙女们都坐到自己的位置上,开始载歌载舞。哈迪姆等在那里,看公主是否来履行昨天的承诺。又到半夜时分,餐布铺好,各种美味佳肴陆续摆上。公主又命侍女端上一盘美食送到哈迪姆面前。哈迪姆看见她就说:“哎,仙女,昨天你说今天告诉我一些秘密和你们的名字,你今天不能食言,我已经饿了几天了,你告诉我,我才吃。”

侍女转身走到公主面前,禀报了这个情况。公主说:“你对他说:‘等你面见公主时真相就会大白。还是先吃饭,之后跟我来。’”

哈迪姆吃了饭,和侍女一起去见公主。侍女潜进池塘后照旧站到公主身边,哈迪姆闭上眼睛也潜进池塘,但他的脚跟落地后,眼前既没有仙女,也没有池塘和树木,他竟站在荒野里。他大喊着,不断地叹息,甚至往头上撒土,就这样过了七天七夜。真主怜悯他,命令先知哈伽·赫兹尔[1]:“去那个森林,帮助那个像疯子一样正在叹息和大哭的哈迪姆,这样他可以做更多善事,会在世界上名声大振。”

先知哈伽·赫兹尔身着绿色的衣服,手持木杖,出现在哈迪姆的右边。哈迪姆看到他,哭得更加厉害了。先知慈祥地用手抚摸着他的头,这时,哈迪姆才恢复了

---

① 先知赫兹尔:在伊斯兰教故事中,传说他喝了长生不老水,因此长生不老。他还被称为指路先知。

正常，说："圣人，这是什么地方？"

先知说："这地方叫作赫波尔·波莱斯。"

"那我为什么会到这里？"哈迪姆问。

先知说："你和那个仙女一起潜入的池塘是用魔法修成的。它的魔法是：人只要潜进里边，就会出现在这里。这里离那里有三百柯斯。"哈迪姆听罢立即倒在地上，哭着说："哎呀，我的心啊，我怎么能再到那里呢？如果我的目的没有实现，我就死在这里！"

先知说："你想干什么？"

哈迪姆说："我想回到我原先待的地方。"

先知说："我把你送到那个地方。你拿着我的手杖，闭上眼睛。"

哈迪姆按照先知说的做了，过了一会儿，他的脚挨着了地。睁开眼睛一看，他回到了森林里，又见到了那棵树和挂在树上的脑袋。他急忙走到树下，想爬上去。但是树摇晃起来，甚至快倒到地上了。他赶紧贴在树上，随着树一起摇晃。过了一会，他又试着往上爬一点。只听咔嚓一声，树从中间断裂，哈迪姆腰下的部分都卡在树里，无法出来。他想：这可怎么办呢？遇到这么倒霉的事！第一次，我掉进池塘里，陷入困境。刚才为了爬上树，使了那么大的劲，快掉了下来。这会儿全身都卡到树里了，只有眼睛还露在外边。

就在这时，先知赫兹尔来了，说道："哎，年轻人！为什么要自找苦吃呢？难道对生命已经失去了信心？"

哈迪姆处于说不出话的境况。先知同情他，朝树上打了一拐杖，树就变得像蜡烛一样软，哈迪姆急忙从里边抽出身来。几天后他苏醒过来。先知赫兹尔吩咐道："哎，哈迪姆！你干吗要自找苦吃呢？让自己遭受这样大的灾难，你到底是为了什么？"

哈迪姆说："我无论如何都要问个明白。"

先知说："她是魔鬼头夏姆·艾赫默尔的女儿，这个地方叫高赫·艾赫默尔。一天，这个女孩对父亲说：'爸爸，我已经不年轻了，到了结婚的年龄，让我结婚吧。'听了这话她父亲生气极了，当日把这个女孩扔进魔鬼河里。这池塘和树都是用魔法造的，挂在树上最高处的那颗脑袋就是那个女孩的，她名叫泽琳宝悉公主，魔法山离这里有三百柯斯，但是她通过施展魔法一天就可以到这里。不过，只要魔鬼头夏姆·艾赫默尔活着，他就不允许女儿结婚，泽琳宝悉公主也就不能摆脱目前的状况，任何人也得不到她。"

听罢，哈迪姆说："看样子，命中注定我要死在这里了。因为真主把我送到这里，让我陷入夏姆·艾赫默尔的魔咒中。”先知赫兹尔说：“只要她是你的所爱，你就会不由自主地来找痛苦，最好你不要再爱她了。”

哈迪姆说：“我已经不在乎生命，后边是什么结果就是什么吧！得不到这位美女，我决不会罢休！”

先知说：“哎，年轻人！你最后的愿望是什么？”

哈迪姆说：“先知，我的目的是爬上这棵树，能同她交谈。”

先知说：“哎，尊敬的人，你干嘛要故意找麻烦呢？快罢手吧！”

哈迪姆说：“我一刻也不想与她分离，既然我命中注定要遭受苦难，又能在哪里得到安逸呢？”

听到这里，先知说：“你用手杖打一下那棵树，口念真主的名字并说：‘现在爬上这棵树。’”说完，先知消失不见了。

哈迪姆如愿爬上了那棵树，等他爬到美女所在的位置时，他的头也像其他的头一样挂在那里，身子跌落到池塘里。这时天空出现一阵骚动，地上也混乱了一阵。当太阳落山，夜晚来临时，那些头颅连同哈迪姆的头都纷纷滚落到池塘里，与身体连在一起。公主又坐到宝座上。哈迪姆神志不清地站在一个角落里，他甚至不知道，自己从哪里来、要去哪里、现在在哪里。

泽琳宝悉公主说："哎，年轻人，说真话，你是谁？叫什么？从哪里来的？"

哈迪姆说："我也是你的一个仆人，来自这个池塘。"

公主从他的说话方式知道，他爱上了自己。但她什么也没说，重又沉浸在歌舞的享乐中。半夜时分，餐布上摆满了各种咸甜美味和各种干果。公主让哈迪姆坐在自己身边，让人摆上圣洁的饭食，非常和蔼可亲地说："哎，年轻人！吃些东西，也喝点吧！"

哈迪姆开始吃了起来，但是他还是不知道自己是谁、来干什么、要去哪里。吃过饭，音乐舞蹈又开始了，一直持续了整个夜晚。清晨，所有的头颅连同哈迪姆的头颅又都挂到树上，他们的身体都沉入水池底。就这样过了几天，一天，先知赫兹尔再次来助哈迪姆一臂之力。先知用手杖把他的头摘下来，把他的身子从水中捞出来，口念真主的名字，驱除魔咒，让他的身体复活。

哈迪姆睁开双眼，看见这位老者拿着手杖站在那里。他站起来，跪倒在先知脚下，说道："先知平安健康！你看见我缠绵在这里，就没想想为什么吗？"

先知说："年轻人！你当时要去哪里？"

哈迪姆说："我当时完全被挂在树上的那个美女所吸引。"

先知问道："现在她还是你的所爱吗？"

哈迪姆说："看在真主的份上，帮助我实现这个心愿吧！否则我摆脱不了这段情，而且会丧命。"

先知说："不杀死她的父亲，任何人得不到这朵鲜花。因为她的父亲是魔鬼，使她中了魔法。你要听我的，才有可能实现心愿。"

哈迪姆说："我一定听从您的安排。"

先知说："我教你念'伟大的名字'①，你要小心行事，要远离不洁，不要说谎，要每日沐浴，要斋戒。"

哈迪姆接受先知说的一切。先知先教会他念"伟大的名字"，之后说："现在去那座山吧，心里不要有任何杂念。"

哈迪姆问："我怎么才能到达艾赫默尔山呢？"

先知说："你拿着我的手杖，闭上眼睛。"

哈迪姆按照他说的做了。过了一会儿，他的脚触到地，睁开眼睛一看，面前没有任何东西，只有一座大山，山上不合时节地开着无数罂粟花。他看了心里乐

① 原文为"伊斯迈阿兹姆"，意为伟大的名字，指真主。

开了花，开始往山上爬。但他的脚一往上踏，就被石头给缠住了，想拔出来都难。这时他有些灰心，但转念一想：应该口念“伟大的名字”。“伟大的名字”一出口，脚底下的石头就松开了，他知道，这就是艾赫默尔山了。之后，他一路口念“伟大的名字”往上爬。很快，面前出现一片开阔地，再往前走，能看见一湾清澈的泉水，四周都是树，树上坠满了从没见过的果实。哈迪姆脱下衣服，进到泉水里沐浴，然后穿回衣服，又念起“伟大的名字”。结果，所有中了魔法的动物都跑了。

当夏姆·艾赫默尔听说所有的动物都跑了回来，他想起曾读过的占星术书上提到，有一天，一个名叫哈迪姆的人将爬上这座山，他知道他们所有的魔法。夏姆·艾赫默尔想：他就是那个现在坐在泉水边口念“伟大的名字”的人，而且任何魔法在“伟大的名字”之下都无法施展。我得想个办法让他忘记“伟大的名字”。于是，他念了一个咒语，向四方喷去。周围立即出现一群仙女，当中有一个很像仙女泽琳宝悉公主，手里拿着一瓶酒。

夏姆·艾赫默尔说：“你去，给哈迪姆敬酒，结果了他！”

那个样子像泽琳宝悉公主的仙女和其他仙女一起

来到泉水边。哈迪姆十分惊讶，心想：她们不是都挂在树上吗？这会儿怎么来这里了呢？一定是因为这是她父亲的地盘，她才来到这里的。

这时，那个样子像泽琳宝悉公主的仙女来到哈迪姆跟前，说道："哎，哈迪姆！你经历了千辛万苦来到这里，我父亲让我带你在花园里转转。我看见你很高兴。"说完她坐在哈迪姆身边，斟满了一杯酒，放在哈迪姆手上。哈迪姆接过酒杯，心想：情人的爱是珍贵的，不应该拒绝。于是，他接过酒杯，一口饮了下去。谁知，那个情人立即变成黑魔鬼把哈迪姆绑起来带到夏姆·艾赫默尔那里。

夏姆·艾赫默尔一看见哈迪姆便低下头，心里想：杀死这样一个年轻人是愚蠢的，但他是敌人，应该惩罚他。于是他吩咐手下人把哈迪姆投到火井里。当即来了四个魔鬼，把哈迪姆投到井里，并用一块烧红的铁板封住了井口。总之，哈迪姆跌跌撞撞走着，但是，那颗熊大王女儿赫拉斯给的蛇脑石还在他嘴里，所以井下的温度并不能伤害到他，甚至铁板都凉了下来。

这时，一个魔鬼来报告夏姆·艾赫默尔，说哈迪姆在火井里已经被烤得化为灰烬。可夏姆·艾赫默尔从占星术书里面得知，这一切都是假象，哈迪姆嘴里有一颗蛇脑石，他现在还安然无恙，任何火都烧不死他。他又想：应该把那颗蛇脑石拿来，因为只要蛇脑石在，我就对哈迪姆无计可施。而且强抢是拿不到的，只有他自愿给出来我才能得到。想到这里，他对下人说："快点把他从井里弄出来，带到泉水边。"命令一到，哈迪姆立即被从井里拽出来。他沐浴更衣，在泉水边叩拜真主。这时，夏姆·艾赫默尔魔鬼开始念咒语，过了一会儿，泽琳宝悉公主来到哈迪姆跟前，她向前迈了一步对哈迪姆说："哎，伤心的人！我现在不能在你身边待了，只能在远处看着你，因为那日我坐在你身边的时候，我父亲派了黑魔鬼来抓你。真主救了你。如果我再坐在你身边，恐怕被父亲看见，再那样对你。"

哈迪姆抓住她的手让她坐在自己身边。这时，那个风情万种的美女对他说："哎，哈迪姆，你真爱我吗？我向你要一样东西，你如果肯给的话，我就认为是真的。"

"我一贫如洗，没有任何金银珠宝。那是什么东西？"哈迪姆问。

她说："我想要熊大王的女儿赫拉斯给你的那颗蛇脑石，我不要金银珠宝。"

"你怎么知道我有蛇脑石？"哈迪姆问。

“我父亲从占星术书里得知的。”她说。

哈迪姆说：“那蛇脑石比朋友还珍贵。”他正想拿出来交给她时，一位长者出现在右边，斥责他说：“哎，傻瓜！你在做什么？如果把蛇脑石交出，你不仅会后悔莫及，而且还会威胁生命。”哈迪姆听罢问道：“哎，长者！你是谁？干吗要阻止我？不把这个蛇脑石给我的心爱之人，它对我有什么用？正可谓是：好花献美人，好鞍套好马。”

长者说：“老朽就是那个教你诵读‘伟大的名字’的人。”

哈迪姆站起来跪拜在他脚下，说：“先知啊！托您的福，让我得到我爱的这位美女吧！”

先知说：“哎，傻瓜！你这是说什么？千万打消这个念头。她不是泽琳宝悉公主，你不要做蠢事！她是巫术的影子。一开始，夏姆·艾赫默尔魔鬼把她变成公主的模样让她出现在你面前，是她拿着施了魔法的酒给你喝，把你投到火井里，因着蛇脑石你才得救。现在你面前的这几个形象，都是魔法变的。快诵读‘伟大的名字’！如果是泽琳宝悉公主，她就会一直坐在这里，如果是巫术，她就会化为灰烬。”

哈迪姆施了吻足礼，在池塘里洗了脸和手，又在嘴里含了一口水，咕嘟了一下，开始诵读“伟大的名字”。那些仙女面孔立即变了样，浑身发抖，就连泽琳宝悉公主的模样也在颤抖。最后每一个头上都升起一团火苗，像蜡烛一样燃烧着，突然变成了灰烬。哈迪姆惋惜地说：“这个面孔让我愉悦和舒服。现在没了，我怎么能忍受呢？怎样才能让我的心安静下来呢？除了哭，我还能做什么？”他大哭起来。

这时，夏姆·艾赫默尔魔鬼得知自己的计谋被识破了，立即叫来撒旦①，非常恭敬地让他坐在自己身边，说：“我拿这个哈迪姆毫无办法，什么事也做不成，现在怎么办？”

易卜劣斯说：“哎，夏姆·艾赫默尔，现在他的寿命还长着呢，他怎么能死呢，又怎么能受骗呢？你最好把女儿嫁给他。”

“只要我活着，我决不能同意。”夏姆·艾赫默尔说。

易卜劣斯说：“如果你心里已经这样打算了，干吗还来麻烦我呢？”

夏姆·艾赫默尔说：“他把很多巫术变成的形象都

① 伊斯兰教传说中的魔鬼，又名“易卜劣斯”。

烧成了灰烬，我希望你用自己的绝招使他忘记‘伟大的名字’。”

易卜劣斯说：“我在这里施展不了法术，因为先知赫兹尔就是被派来保护和帮助他的，他不会忘记‘伟大的名字’。我也没有这么大的能力使他忘记。但是我可以让他睡过去，让他梦遗。”

夏姆·艾赫默尔听了很高兴，跪拜在他脚下。易卜劣斯安慰他之后转眼消失了。果然他使哈迪姆梦遗。哈迪姆十分紧张，认为自己不洁，打算沐浴。魔鬼正在等待机会下手，见状念起咒语，立即出现了两个黑魔鬼朝哈迪姆跑去。哈迪姆正处于梦遗中，他不知道怎样同他们搏斗，以为自己就要被打死了。这时，来了一个魔鬼，把他带到夏姆·艾赫默尔面前。

夏姆·艾赫默尔看着哈迪姆说：“打死你不好，因为那样就会毁坏蛇脑石。你若不将蛇脑石自愿送给我，就用铁链把你捆在柱子上，只让你的头和嘴露在外边。”侍从按他说的把哈迪姆捆了起来。

哈迪姆见自己被捆了起来，朝麦加的方向叹息道：“安拉！这时候除了你没有人能帮助我。”而夏姆·艾赫默尔对魔鬼们说：“你们都坐在他周围，监视着他。”魔鬼们都按他说的坐下。总之，七天七夜就这样过去了。哈迪姆又饥又渴，实在难忍。就在这时，艾赫默尔来了，他说："哎，哈迪姆！你怎么样？如果你把蛇脑石给我，我就放了你。"

哈迪姆说："你让女儿与我结婚，我现在就将蛇脑石给你。"

听罢，艾赫默尔非常生气，从座位上站起身，示意魔鬼们用石头砸碎哈迪姆的脑壳。魔鬼们手拿着石头来到哈迪姆身边说："快珍惜自己的生命吧！把蛇脑石交出来！否则你的脑袋就会成为几瓣，脑浆四溅。"

哈迪姆说："真主保佑我，我要把你们的头人打死，让他的女儿来伺候我。"

魔鬼们听罢恼羞成怒，开始抛起石头来，石头把哈迪姆埋了起来，堆成了一座小山。魔鬼们禀报说哈迪姆已经死了，但是夏姆·艾赫默尔却说："他没死，还活着呢。"

魔鬼们说："就算是铁铸的身子，也会变成黑灰。他是一个人，怎么会活着呢？"

夏姆·艾赫默尔说："你们不信就把石头搬开看看吧！他毫发无损。"他们把石头挪开，发现哈迪姆安然无恙，便又往他头上扔石块，比刚才扔得更多。之后他们再次挪开石头，发现哈迪姆还是丝毫没有受伤。夏姆·艾赫默尔无奈地吩咐说："你们每天就这样往他头上砸石头。”自己则转身去念咒语了。

当哈迪姆因为饥渴快要昏厥过去的时候，他对监视他的魔鬼说：“哎，朋友！你们看看这颗蛇脑石的奇特之处吧！”

魔鬼们说：“我们不需要你的蛇脑石。”但是其中一个贪婪者用眼神示意，等天黑一点的时候，他会带哈迪姆去那个泉水。哈迪姆也示意他，自己会把蛇脑石给他。半夜时分，当所有的魔鬼都睡着时，那个贪图蛇脑石的家伙还醒着。他站起来，悄悄地来到哈迪姆的跟前，说：“只要你吩咐，我这就带你去那个泉水边。”

哈迪姆说：“别说走了，我动弹不了，该怎么从这些石头下出来呢？”

那家伙说：“我用魔法帮你出来，别紧张！”说完，他念起咒语，立即出现了一个黑魔鬼，黑魔鬼把他俩送到泉水边就消失了。哈迪姆先把衣服洗净，之后沐浴，喝了一点水才走出泉水。魔鬼说：“哎，哈迪姆！我因贪图那颗蛇脑石才把你从石头底下救出来，还把你安全带到泉水边，现在你必须兑现自己的承诺，把蛇脑石给我！”

哈迪姆说：“哎，朋友！你对我做了善事，我要报答你。当我打死夏姆·艾赫默尔时，我会把这个王国交给你。”

魔鬼说：“我只要蛇脑石，别的我不需要。要给，就给蛇脑石。”

哈迪姆说：“这颗蛇脑石是我朋友的标志，我怎么能给别人呢？你为谁要？为什么要呢？”

魔鬼说：“我就想为自己要。”

哈迪姆说：“哎，傻瓜！如果你在追求真主的路上要这颗蛇脑石，我现在就给你。”

魔鬼说：“我的上帝是魔法师克穆拉克，他是夏姆·艾赫默尔的师尊。我为什么要接受你的真主呢？”

哈迪姆说：“哎，异教徒！你胆敢把别人叫作真主？走开！快离我远点！看来你是不接受真主了。现在我相信你是个十足的异教徒。嗨！我又能拿你怎样呢？我毫无办法，因为你有恩于我。做好事的回报不是恶报，否则你早就为自己所说的得到报应了！”

魔鬼说：“我要从你那里拿到蛇脑石毫不费力，如果你自己拿出来，就饶你不死，我会带你潜到山泉水中，这样你的命就能保住。”

哈迪姆说：“哎，被诅咒的家伙！别胡说了！从我面前滚开！这颗蛇脑石是我的，你怎么能抢走呢？不过，因为你对我做了善事，我将把王国送给你。但是还有别的条件，那就是你要做好事，承认真主为唯一的神，放弃魔咒巫术。”

听罢，魔鬼大怒，开始念起咒语。哈迪姆念起“伟大的名字”。总之，魔鬼不断地念着咒语吹向哈迪姆，但是却对哈迪姆没有任何作用。相反，“伟大的名字”却使他浑身发抖，他只得从哈迪姆面前逃回到自己伙伴那里。因为怕丢命，他就一直躺在那里，没敢告诉别人这一晚发生的事。哈迪姆坐在那个泉水边口里不断地念“伟大的名字”。不一会儿，天大亮了，所有的守卫都醒了，他们看见绑在柱子上的哈迪姆不见了，害怕夏姆·艾赫默尔不会放过他们，无奈地边哭边来到夏姆·艾赫默尔面前说：“主啊！哈迪姆不见了。”艾赫默尔听见这个可怕的消息，恼羞成怒，运用自己的占星术发现哈迪姆坐在泉水边，是一个叫作苏尔德格的卫兵因为贪图一颗蛇脑石把他送到那里的。他命令说：“去把苏尔德格叫来，我要他的命。”

魔鬼们立即去抓苏尔德格，但是狡诈的苏尔德格跑来找哈迪姆了，他说：“哈迪姆！由于你的原因我快没命了，但是我没有做对不起你的事，而且做善事把你解救出来了。我没有拿到蛇脑石，生命也将不保。”

哈迪姆想到他曾救过自己，有些过意不去，于是关心地说：“你放心吧，不用担心！”

当夏姆·艾赫默尔发现苏尔德格跑了，便念起咒语。这时苏尔德格看见一团火苗，大叫起来："哎，哈迪姆！你不救我，我就会变成一团灰。"

哈迪姆口念"伟大的名字"朝他身上喷去。火苗灭了。哈迪姆对他说："你站在我后面，不要担心！"

苏尔德格说："哎，哈迪姆！现在我和你是一伙的了，快把我从夏姆·艾赫默尔的魔咒中解救出来。"

哈迪姆说："你放心，真主是无所不能的。"说完，哈迪姆站起来，他边念着"伟大的名字"边朝夏姆·艾赫默尔走去，身后跟着苏尔德格。

当夏姆·艾赫默尔用魔法知道哈迪姆和苏尔德格朝这边走过来时，他带着军队出城，口中念起咒语，使乌云翻滚、电闪雷鸣。看到这情况，苏尔德格浑身抖得像筛糠，他说："眼前的就是魔法。哎，哈迪姆，小心啊！"哈迪姆念了"伟大的名字"朝天空吹去，所有的灾难都落在夏姆·艾赫默尔的军队身上。

见到此情此景，夏姆·艾赫默尔惊愕了，说道："哈迪姆也是一个大魔法师，他的魔法阻止了我们的法术，现在怎么办呢？"这时他又想起一个法术，于是念起咒语，地上立即冒出一座山。当这座山高度超过哈迪姆的身高时，苏尔德格喊叫道："哈迪姆！小心啊！第二个法术来了。"哈迪姆又念起"伟大的名字"吹了出去，那座山立即崩裂开来压在敌军的头上。四千个魔鬼下了地狱。一块最大的石头砸在夏姆·艾赫默尔的头上，他因为会法术而没死，石块落在森林里。

哈迪姆边念"伟大的名字"边往前走。夏姆·艾赫默尔看到哈迪姆毫无畏惧地走来，都快走到自己跟前了，立即又念了一个咒语。周围出现了四条龙，但是它们却扑向艾赫默尔的军队，并吞噬了他们，军队中只剩下三个魔鬼。夏姆·艾赫默尔又念了一个咒语，龙把刚才吞噬的军队都吐了出来，转眼消失。见此情形，三千个魔鬼吓得跑了。夏姆·艾赫默尔大喊："不要跑！不要跑！"但魔鬼们不听他的。当夏姆·艾赫默尔看到没有一个魔鬼返回，又念了一个咒语，他们立即变成树木伫立不动。他独自来到哈迪姆对面不断地念着咒语，并吹过去。当他发现这些咒语对哈迪姆不起作用时，便又念了一个咒语朝天空吹去。

哈迪姆看到夏姆·艾赫默尔依靠魔法伸出翅膀飞了起来，转眼消失不见。他忧心忡忡，不知如何是好。苏尔德格说："现在他去了克穆拉克那里，因为克穆拉克是他的师尊。这位师尊造就了包括太阳、月亮和星辰的天空，还在山脚下建造了一座大城池，里边住着四千多个魔鬼。他常说：'我造就了你们，让那些主张真主有神威的人见鬼去吧！’我们每年见他一次。他是个大魔法师，他的居住地离这里有三百柯斯。”

哈迪姆说：“别胡说了！真主是唯一的，没有任何别的能与之相提并论，将来也不可能有。世界万物都是真主创造的，他不是任何人创造的。正如诗中所述：

他不仅在珍珠和宝石里，
万物中都呈现他的光芒。”

苏尔德格听了这两句诗说：“太对了，我看到了‘伟大的名字’的威力，现在我已经同魔鬼们分道扬镳了。”

“我现在想去克穆拉克那里，你能带我去吗？”哈迪姆问。

苏尔德格说：“只要你高兴，我愿随时恭候。你看，这些树都是夏姆·艾赫默尔军队的士兵，这些家伙直到末日都会站在这里，因为他们是用魔法变成的。如果你能把他们恢复成原来的样子，就能把他们带走。”

哈迪姆接受了他的建议，手捧一点水，对着默念了一下，然后递给苏尔德格，说：“先念‘比斯米拉’[1]，之后

① 意为“以安拉之名开始”，穆斯林在做某事之前口诵此句。

把水洒在那些树上。你就等着看奇迹吧!”苏尔德格拿着水走了,开始往那些树上洒水。托真主的福和他的名字的威力,所有的树都恢复成原来的样子。他们问苏尔德格:“哎,苏尔德格！夏姆·艾赫默尔在哪里?”

苏尔德格说:“他把你们都变成树,自己跑到克穆拉克那里去了,是哈迪姆口诵‘伟大的名字’把你们变回来的。你们说一说,感觉如何,当时是怎么被变成树的。”

他们说:“当时我们站在那里根本不能动弹,每个关节都疼痛不堪。现在由于这个年轻人的帮助才摆脱了痛苦。说真的,这个年轻人是信仰真主的,这个奇特的年轻人幸运且具有勇气,他的实力超过夏姆·艾赫默尔。”经过商量,他们决定站在哈迪姆一边。他们来到哈迪姆跟前,跪在他脚下说:“哈迪姆！以前我们属于夏姆·艾赫默尔,从今日起,我们听从你的吩咐,是你的奴仆。因为你对我们施恩,让真主赐给你来世的善果!”

听罢,哈迪姆又口念“伟大的名字”朝他们吹去,他们身上残存的魔法也消失殆尽,都回到了最初的状态。他们对哈迪姆说:“哎,主人！下一步,您准备去哪里?”

哈迪姆说:“哎,朋友！我找夏姆·艾赫默尔魔鬼有些事，我制服不了他，也无心做其他事，因为我想娶他的女儿。如果他心悦诚服地把女儿嫁给我，那就是好事，否则我不会让他活着。”

他们问：“你在哪里见过他的女儿？如此痴心！”

哈迪姆把所有的事情从头至尾说了一遍，并说道：“我就是因为希望得到她，盼望见她一面，才历经千辛万苦来到这里。夏姆·艾赫默尔对我做的那些暴虐之事，用嘴说不完，用笔写不完。感谢真主施恩于我，使我这样的弱者获得胜利。虽然他现在跑到他老师那里，表面上看拿他没有办法，可是有真主庇护和帮助，我现在就能杀死他和他的老师，让他们两个在这个世界上彻底消失！”

他们说：“主人啊！克穆拉克是个大魔法师，制服他可不容易。”

哈迪姆说：“哎，朋友们！不要气馁！如果你们想看热闹，就随我去，不愿去的，就待在这里休息。接下来，你们不是接受我，就是接受克穆拉克和夏姆·艾赫默尔了。”

他们说：“您对我们有大恩，如果我们不站在您这一方，是有悖道义的。最好我们与您同行。如果他得势了，我们和你回来。你去哪儿，我们就去哪里。留在这儿有什么用？他不会饶了我们的。”

总之，哈迪姆带着艾赫默尔的所有下人和佣人走向克穆拉克山，没过一会儿，他们说：“先生！夏姆·艾赫默尔魔鬼曾在这里把我们所有人一天之内送到山上。”

哈迪姆回答：“我相信你们说的，因为他是魔法师，他用自己的魔法能把这遥远的路程缩短。”

他们说：“主人！如果你不是魔法师，怎么能战胜这样大的魔法师？他是一个能把山化成蜡烛，之后把蜡烛变成铁和石头的魔法师。”

这时，苏尔德格说：“哎，愚昧的家伙！哈迪姆的功力我亲眼所见，他也可以一天到达那里，也可以制服克穆拉克和艾赫默尔，让他们乖乖地投降。他想打死他们，也是像捏死蚂蚁一样。你们不知道，他有真主的支持。”

之后，哈迪姆说：“哎，朋友！我懂得‘伟大的名字’，只要它发挥作用，魔鬼算老几？看吧！这个名字发挥作用，就能把他们烧成灰烬。”

就这样，他们和哈迪姆一起赶到池塘，那是第一个目的地。但是他们不知道，艾赫默尔刚刚从这条路经过，这个池塘也被他施了魔法。他们一来到这就喝了很多的水，然后很快血就从他们的肚脐往外喷。哈迪姆看得惊呆了，但是他没有抛弃他们。他心想：他们是同我一起来的，我怎么能抛弃这些可怜的人呢？这水到底是怎么回事，喝了后为什么会从肚脐喷血呢？

夜晚过去了，哈迪姆一直忍着干渴，一滴水没喝。清晨时，他们的肚子都像装满水的袋子一样鼓了起来。哈迪姆只能干着急和流眼泪，但是他不明白夏姆·艾赫默尔在这水里施了什么魔法。他觉得他们生还的可能性不大，于是站在那里想：也许念诵“伟大的名字”会出现奇迹，使这些可怜的人死里逃生。想到这里，他念了“伟大的名字”，随后向他们吹了一口气。一下子，他们就消肿了。再吹第二口时，他们的肚脐流出了蓝色的水。总之，第三次时，他们就正常了。他们为哈迪姆祝福，对他赞不绝口。

这时哈迪姆问：“哎，朋友！这是怎么回事儿？”

他们说：“主人！我们觉得夏姆·艾赫默尔在水里施了魔法。”哈迪姆又念诵“伟大的名字”，之后对水面吹了一口气。池水立刻沸腾，之后变成红色，又变成绿色，再由绿变成蓝色，又过了一会儿，水就清澈了，恢复到正常颜色。哈迪姆知道，现在这水里不再有魔法的毒素了。他喝了一点，又吩咐所有的人：“喝水吧！沐浴吧！魔法的毒素因为‘伟大的名字’将会从你们身上消失。”

他们按照哈迪姆说的做了，并说：“主人！我们和你在一起，同夏姆·艾赫默尔和克穆拉克决战。”

另一边，夏姆·艾赫默尔跑到克穆拉克的大门前。守卫前去禀报：“主人！夏姆·艾赫默尔魔王光着脑袋、赤着脚，非常狼狈地来到府上，正在大门前。”克穆拉克把艾赫默尔叫进来，同他拥抱，询问道：“你怎么这么狼狈？到底发生了什么事？”

艾赫默尔说：“我山上来了一个名叫哈迪姆的年轻魔法师，是他把我害得这么惨的。”

克穆拉克听罢火冒三丈，说：“你放心！我现在就用玖眉哈[①]把他钉住，把他交给你。”他安慰了夏姆·艾赫默尔，随后念起咒语，朝山上吹去，那里立即出现一团火，接着变成一个火圈把整座山都罩了起来。

哈迪姆一行在三四天后到达克穆拉克的地界。他的随行伙伴说：“主人！这就是克穆拉克山，但是它的四周都被火罩着，也许是魔鬼的法术在作怪。”哈迪姆停住脚步，口念“伟大的名字”，朝那座山上吹一口气，

---

① 印度古代流行的一种酷刑，用四颗钉子把人的手脚钉住。

火就完全熄灭了。这个消息传到克穆拉克魔法师那里，他又施了一个法术，这次的法术使这座山的四周出现一条大河，河水咆哮着朝哈迪姆他们奔去。

伙伴们对哈迪姆说："主人！这是魔法河，我们将会被淹死，无法活着逃出来。"

哈迪姆说："不要害怕！只要心里想着真主，一切就没问题。"说完，他又念了一遍"伟大的名字"，吹了一口气。那河变成了汽，河水干涸了。魔鬼们这才知道魔法对这个年轻人没有用，他们拭目以待，看以后会发生什么！

这时，克穆拉克又念了一个咒语。他一念，十几曼[①]的石块纷纷落下，仿佛这座山边又出现了一座山。哈迪姆坐下来，口诵"伟大的名字"。刚一念，一股风就把那些石头吹跑了，克穆拉克山又出现了。哈迪姆继续向前走。

克穆拉克魔鬼又念了一个咒语，克穆拉克山从哈迪姆和他的伙伴眼前消失了。这时哈迪姆的伙伴们说："真主！那座山被克穆拉克用魔法给掩蔽起来了。"哈迪姆坐在那里，一遍遍地诵起"伟大的名字"吹过去。

---

① 一曼约合 80 磅。

托真主的福，过了几天，那座山又重新出现。哈迪姆站起来，带着七个伙伴爬了上去。

克穆拉克的魔鬼们看到哈迪姆，一片混乱，他们嚷了起来："这个人毫发无损地来了。"克穆拉克和夏姆·艾赫默尔一起飞上了比那座山还高的三千米的天空，把自己的军队安排在门前。哈迪姆没有看见对手，毫不畏惧地进了城。他看见面前这座大城市里有富丽堂皇的大房子、干净的街道，商店里有琳琅满目的各种物品和闪闪发光的宝石，还有各种摆放讲究的美味干果和甜食礼盒，却见不到人。

哈迪姆看到这番情景，问伙伴们说："这里的人都去哪里了？"

他们说："主人，因为畏惧您，克穆拉克把这里的人都带到他自己造的天上了。"

哈迪姆笑了笑说："你们干吗要等着饿死呢？真主给予人美味，你们好好品尝，然后叩谢真主吧！"

他们饥肠辘辘，不顾一切地吃了起来。吃过了饭，他们开始浑身浮肿，动弹不得，鼻孔冒血。哈迪姆知道是那个该死的魔鬼在那些食物上施了魔法。哈迪姆要了点水，对着水诵读了"伟大的名字"后给他们喝，很快魔法就消除了，他们都恢复了健康。哈迪姆又诵读了

“伟大的名字”，朝每种食物吹去，说道：“现在放心地吃吧！魔法都失灵了。”这会儿，他们才放心地吃饱了肚子。哈迪姆问他们：“魔鬼的天在哪里？”他们说：“在那边的空中，仿佛一个球。”

哈迪姆朝那边看去，又诵了几遍“伟大的名字”吹去。结果，那球裂成碎块落了下来。很多魔法师都落入地狱，但是克穆拉克和夏姆·艾赫默尔却侥幸逃脱，朝着一个方向逃跑了。哈迪姆边诵着“伟大的名字”边在他们后边追。最后，他俩吓得从山上滚下去，摔得粉身碎骨。哈迪姆见状，叩谢真主。

哈迪姆对苏尔德格说：“我曾对你许诺，等我打死克穆拉克，就让你当这个国家的国王。现在，该是兑现的时候了，我会让你当国王。但我有一个条件，你得接受唯一的主，崇拜他，不伤害真主的任何仆人，不分白天黑夜地做善事！”

他又对其他的魔鬼说：“你们都要接受苏尔德格为首领，要想着真主，把自己看作真主的仆人，永远不要做会得到惩罚的坏事。我现在去泽琳宝悉公主那里，你们在这里欢乐一番吧！”魔鬼们说：“要说让我们高兴，那就是与您一同前往，我们要听您的吩咐。”

哈迪姆让他们都待在原地，自个儿去找泽琳宝悉公主。几天后他到达那里，他看到那里既没有池塘，也没有水，树木仍苍翠地矗立着，原先水池所在的地方有一座富丽堂皇的宫殿，在阳光下发出烁烁的光芒。

哈迪姆站在这座建筑旁，看到那些美女都站在那里，高兴极了。那些美女来到他身边问道："你是谁？从哪而来？"

哈迪姆说："我是那个与你们一起挂在树上的人，快代我问候公主。"她们当中有一个跑去禀告公主，说道："公主！有一个名叫哈迪姆的年轻人，曾经被法术迷惑，现在好了，来到这里。"

泽琳宝悉公主听后低下头，过了一会儿抬起头说道："这么长时间他去哪里了？他大概去过艾赫默尔山了。去吧，快问问！"

那个美女转身去问道："哈迪姆！你了解艾赫默尔山的情况吧？说吧！"

哈迪姆说："泽琳宝悉公主的父亲是一个异教徒，他因自己的行为被打死，已经到了地狱……我对你说这么多干吗，余下的我要亲自对泽琳宝悉公主说。"

这个美女来到公主面前把这些转告给她，公主听罢流下了泪水。那个美女安慰她说："公主啊！为这样的坏父亲痛苦和哭泣毫无意义。他因自己的坏行为得到了惩罚，我们摆脱了他的暴戾。现在应该把那年轻人叫到宫里来，你同他见个面吧！”

这话正中下怀，公主把自己好好地打扮了一番，神采飞扬地坐在宝座上，娇媚地对一个侍女说：“好吧！把他叫来吧！”还是那个美女跑去叫来了哈迪姆。哈迪姆一见到公主，就昏了过去。公主也震惊了，过了一会儿她才镇静地从宝座上站了起来，亲自拿了一杯玫瑰露走到哈迪姆面前，把玫瑰露洒在他脸上。哈迪姆醒过来，看见自己期盼已久的美人就坐在身边，心花怒放。公主让哈迪姆坐在一把镶嵌宝石的座椅上，问起自己父亲的情况。

哈迪姆叙述了整个经过，说道：“我为了你才遭受这么大的苦难，忍受痛苦，现在你必须回报我的奉献，仁慈友善地把我从痛苦中解脱出来，把无望变成现实。”

公主听后沉思起来。这时她的一个同伴对她说：“公主，哈迪姆是也门的王子。你的命运好，碰到他自己找上门来。如果你同他结成良缘，不仅会美名远扬，而且好事多多。不要为你去世的父亲痛苦，他是一个倒霉的魔法师，死得好啊！整个世界的灾难都没了。现在你应该结婚了。”公主羞涩地从座位上站起来，朝后宫走去。

她的好友和侍女们开始为她的婚事忙碌起来，为她唱了七天的喜歌，在第八天白天和第九天夜晚，哈迪姆按照家乡的风俗与公主举行了婚礼，进入洞房和她拥抱在一起。他原本想与她同床共枕，但喝了些饮料后想起了门尼尔·夏米王子，不禁畏惧起真主，全身像柳枝一样颤抖起来，最后躲开了公主。公主十分吃惊，心想：这真是奇事，刚要行夫妻之事，他却躲开了，可我干吗要问他呢？想到这里，她沉默不语。

哈迪姆看见皎月般的美人一脸疑惑，便说："哎，可心人！干吗要这样疑惑呢？真主保佑，可别因为我的原因使你受到什么伤害。如果你对我的行动满腹猜疑，也是情有可原的。因为，月亮和太阳还有瑕疵呢，比它们还美好的东西中也有更好之说。但我是为践行真主的旨意，为门尼尔·夏米而离家的。他钟情胡森·巴努，那个美女提出七个问题，谁能回答她的七个问题，她就接受谁。门尼尔·夏米回答不了她的问题，被胡森·巴努赶出了门。他痛苦万分，长吁短叹来到也门。我有一天打猎时与他碰巧相遇，我问明了原因，看他犹如游方僧[1]一般，便产生了怜悯之心，最后控制

① 又译"乞丐"。

不住，就同他一起来到夏·阿巴德，答应为他找到胡森·巴努问题的答案。我把那位可怜的人安置在客栈，自己出发了。总之，由于有真主的庇护，我已找到三个问题的答案，现在该找第四个问题的了。但偶然的机会让我遇见了你，我无法抑制住自己，被爱神之箭射中，忘记了世界上所有的事。最后由于命运眷顾，我与你结为连理，本来期望在你美丽的花园里摘得一朵幸福的花，让自己尽情地享乐，可我向他承诺过，绝不辜负他对我的期望，而且承诺在这个目的没达到前，我的享乐就等于亵渎神灵。我哈迪姆坚决不能这样做，如果我在此刻贪图享乐，就是不义之举。这样吧，你痛快地打发我走，让我去胡勒姆城，寻找第四个问题的答案。”

听了这些话，公主说：“那你把我放在什么地方？以前有我父亲关照我，以后我可怎么办呢？”

哈迪姆说：“我把你送到也门，我父亲是那里的国王，他会好好地照顾你，不会出什么差错。”

说完这些话，哈迪姆给父亲写了这样一封信：“父亲大人！如果我平安无事，那么做完这件事后我会回到父亲大人面前尽孝。我已与泽琳宝悉公主结为夫妻，现把她送到父亲大人那里。相信您会照顾好她。”

他写完信后，盖上章交给泽琳宝悉公主，让她带上自己的亲信和人马出发朝也门走去。哈迪姆则去了胡勒姆城。

几天之后，他进入一座城内，问道："哎，请问！那个经常说'说真话的人永远心静如水'的人是谁？"

他们说："这里没有人说过这句话，但是有一个老人把你说的话写出来贴在门上了。"

哈迪姆问："他的家在哪里？"

他们说："他住在离这里九柯斯的胡勒姆城里。"

哈迪姆再次出发，傍晚时到达那里，只见有一座高大的宅子，门上写着字。他看了一遍后，走上前去敲门。

过了一会儿，有几个门卫出来打开了门，看见哈迪姆便问："哎，年轻人！你是谁啊？来这里干什么？"

哈迪姆说："我从夏·阿巴德来，有重要的事要做。"

门卫跑进去禀报主人。这位主人表面上看是一个少年，实际上是一个老者。他说："把那位游人叫进来。"当哈迪姆走进去时，他看到一个年轻貌美的人威风凛凛地坐在一把华丽的椅子上。他弯腰施礼，那人也从椅上站起身来，同他拥抱，并十分恭敬地让他坐在自己身边，吩咐人拿来各种美食放在哈迪姆面前。用过美食后，主人问：“先生！你是谁？来自何处？为何事长途跋涉，忍受千难万苦来到这里？说真话，这个房间里除了咱俩，没有别人。”

哈迪姆说：“我是也门人士，为了门尼尔·夏米的事从夏·阿巴德来到你这里。”接着哈迪姆向他讲述了自己出行的目的，包括有人爱上了胡森·巴努，自己要解答胡森·巴努的问题，等等。并问：“你为什么在门上贴着这些字呢？”

主人说：“年轻的也门人，你一定因善良而闻名遐迩，至今我还没见过有人能为了别人忍受如此大的艰辛，但今天看到了，你就是为别人承担痛苦的人。你一路辛苦了，今天住下来，休息休息，明天我会把实情告诉你。”

那夜，哈迪姆在那里住下，清晨吃过饭后对主人说：“请吩咐吧！”

主人说：“哎，年轻人！这个胡勒姆城已存在七百年了，而我的年龄有八百岁，从八百年前起，我就是你现在看到的这个样子了。我曾经在赌博圈里很有名，除了赌博什么也不做。有一天，我突然输光了所有的钱，分文没有，于是决定夜晚出去偷盗。我当时心中想，到穷人家有什么可偷的，最好到国王的库房去，好好地偷些财物回来。打定了主意后，我半夜时分来到国王的宫殿，放下软梯，来到国王的寝宫。我看到那些权贵、太监都睡着了，国王也在卧榻上睡得毫无知觉。我走上前去，从他脖子上摘下夜明珠，然后很快爬上软梯回来了。我来到森林里，看到一棵树下有很多贼拿着偷来的财物正在分赃。他们看见我，把我叫到跟前对我说：‘你是谁？来自何处？’我是一个直率的人，就把自己所有的经历都告诉他们，并把偷来的夜明珠给他们看了。那些贼一看到这颗夜明珠就起了贪心，要从我手中抢走它。这时从森林的暗处走出一个人，他的声音十分可怕，整个荒野都随之颤抖，他们吓跑了。我独自站在那里，他来到我跟前，说：‘你是谁？’我从不说谎，详尽地说出一切。他听过后大笑起来，说道：‘你说得对，所以我把一切的财物，连同这颗夜明珠都给你，你不要再偷盗了。’我同意了。然后他说：‘如果你不赌博，也不再偷盗，你就会活九百年。’就这样，我彻底放弃了赌博和偷盗。

说完，他走了。我把所有的财物捆绑好带回家里，后来又盖了一座华丽的豪宅。邻居怀疑我，他们找到巡捕告状说：‘这个人昨天还是个穷鬼，身无分文，今天却腰缠万贯，不知从哪里弄来的钱，还盖了这么华丽的大宅子。’巡捕把我传去询问。我把所经历的都跟他说了。他又把我带到国王跟前，我在国王面前也说了实话。国王听后，十分欣赏我，认为我是个坦诚的人，这么多珠宝的来历都毫不掩饰地说出来了。接着，他因为我的直率把这些财宝都还给了我，免了我的罪，并且又从自己的宝库里拿出很多财宝给了我，使我十分富有。从那日起，我在自己家的门前贴上了‘说真话的人永远心静如水’。男人应该只说真话，不说假话。正如萨迪·设拉子[①]的诗：

真主喜欢真诚，
他又怎会迷茫？

说真话，你是谁？”他问哈迪姆。

哈迪姆答道：“我是也门的王子哈迪姆·塔伊。”

主人听后立即站起来，同哈迪姆拥抱，并十分恭敬地说：“的确，除了哈迪姆还有谁能做这样的事？”他留

---

① 波斯诗人（约 1208—1292），他的作品除闻名世界的《果园》和《蔷薇园》外，保存下来的有大量抒情诗和鲁拜诗、颂诗等。

哈迪姆在自己家里做了几天客。一天，哈迪姆说：“哎，尊敬的先生，我有一件重要的事要做，现在得走了。”他见实在无法挽留，便送走了哈迪姆。

哈迪姆再次踏上归途，不分昼夜地走着，一天他想起了泽琳宝悉公主，决定看过她后再回夏·阿巴德，于是朝也门方向走去。

几天后，他来到也门的附近，心情愉悦地坐在一个池塘边休息。凑巧有一对鹦鹉也在边上歇息着，叽叽喳喳谈论着什么。哈迪姆竖起耳朵听，想知道鹦鹉在谈什么。这时雌鹦鹉说：“把我扔在这里，你去哪儿？看在真主的份上，别走了！”

雄鹦鹉说：“哎，傻瓜！你为什么要做善事呢？末日时，你对在世俗世界里专心爱你、放弃做善事的我有什么用？你没听说过吗？一个国王某日出去打猎，转遍了森林，也没捕到一只猎物，最后他离开自己的军队，自个儿走向森林。在那里他看到一个非常美丽的花园，便走了进去，在里边尽情地游览后来到一所大房子前，那里有满满一池水。晶莹的水是那么地清澈，国王看了十分高兴，他坐在池边用手撩水，突然，他的手碰到一条铁链，顺手抓住一提，一个带有铁锁的箱子被拽出水面。他打开铁锁，看见里边坐着一个美娇娘，吓了一跳。

这个美女说：‘哎，年轻人！害怕什么？我也是人啊！’说完她走出铁箱，拿出酒瓶、酒杯和下酒菜放在国王面前，风情万种地站在那里。国王看见柔情似水的女子，心领神会，抓住她不松手，喝过酒，便同她交合了。事后，他才想起随行的军队，于是站起身来，摘下自己的戒指交给了她，说：‘把我的印迹留下来，为了再见面时，你能想起我。’她听了很高兴，呵呵地笑，取出一个装满戒指的袋子给国王看，并说：‘哎，年轻人！真主是明智的，是无所不知的。事实是：我的丈夫为了保护我，把我带到森林里，关在这个箱子里，吊挂在池塘中间并给我准备了吃喝的东西，他自己则随着商人一起出去经商。我什么也不缺，偶尔有路过的游人、迷路者、商人，就像你一样来到这个花园，把我从水里捞出来和我交合，之后把戒指留给我，所以我有很多戒指，都分不清这些戒指是谁的。我会把你和戒指都忘了，因为如果是一两个的话还可以记住，数百个的话谁能记住啊？’听罢，国王大惊，把她重新关进箱子里，重新以那种方式挂在池塘里，然后带着随从回到城里，把所有的财物分给穷人。之后，他自己来到森林里修行，全身心祷告真主，并且到死也不沾女人的边。就这样，傻瓜！你要我怎么做善事呢？还有，哈迪姆也克服了很多艰辛，才留下了美名，但现在他想起了泽琳宝悉公主，不去夏·阿巴德，而去也门同她见面。真是遗憾，他就这样白白浪费自己前期的努力。”

听到这里，哈迪姆叩拜真主，在心里想：哎，哈迪姆！这是来自真主的声音，你最好不去也门，而是去夏·阿巴德。打定了主意后，他掉转头朝夏·阿巴德走去。经过长时间的跋涉，他到达夏·阿巴德，那里的人认出他来，把他带到胡森·巴努的面前。

胡森·巴努坐在垂帘后面，让哈迪姆坐在对面，问了一些情况。哈迪姆先讲述了自己的艰辛历程，又讲了那个老者的真实情况。

胡森·巴努说：“哎，哈迪姆！你说的都是真实的，我毫不怀疑。”说完，她命人在哈迪姆面前摆上美味佳肴。哈迪姆说：“哎，胡森·巴努！我回到驿站和自己的兄弟一快吃吧！”他起身来到驿站同门尼尔·夏米见面，共进晚餐，并把所有的事都讲给他听。门尼尔·夏米免不了对哈迪姆大加赞赏，之后躺在床上睡着了。清晨，哈迪姆沐浴后换好衣服来到胡森·巴努的门前，让门卫通报说自己来了。

胡森·巴努把哈迪姆叫了进去，让他坐在一把椅子上，说道："哎，哈迪姆！听说从一座山上传来声音，所以这座山叫作'声音山'，现在你去探查一下，谁发出的声音，山的那边有什么秘密。"哈迪姆带着这个问题来到驿站，对门尼尔·夏米说："现在，我去探索声音山的秘密，如果能活着，查明事实后会来同你见面，否则就看真主的意愿了。你不要担忧啊！"

第五个问题

哈迪姆前去“声音山”探秘

哈迪姆嘱咐了门尼尔·夏米几句话，然后朝森林走去。只要路过村庄，他就问道：“朋友！这里如果有人知道去声音山的路，请告诉我！”听到这话的人都吃惊地说：“兄弟，我们都这般年龄了，还从没听说过。”哈迪姆只能以极大的勇气边走边探路。

一个月后，哈迪姆来到一座城市的外围，看到男男女女都集中在城外的旷野上。他走过去，所有人都盯着他看，并高声说道：“欢迎！感谢真主！外来人！我们不是做梦吧？你来了，我们一直在盼望你啊！”哈迪姆走上前，看到桌布上摆着各种吃食，一个棺材周围坐着很多人。他惊愕地问道：“为什么不下葬这个死人呢？你们为什么哭成这样呢？”

他们说："这是我们的民族习俗，如果有人死了，不管他生前富有还是贫穷，我们都要把他的棺材抬到旷野或森林里，做很多清真食物，放在一块桌布上，等着路过的外乡人到来。等到有外乡人来了，我们才可以把死人给埋了，然后把食物放在外乡人面前。这个人已经死了七天，一直放在这里，因为没有外人来我们这里。我们急死了，每天吃饭的时候，让家里的女人回去，自己则一直待在这里。真主眷顾，今天是第七天，我们看到了你。现在，我们下葬他，你把这饭给吃了吧！"

哈迪姆说："如果一个月都不来外人，这个死人怎么办？你们怎么活啊？"

他们说："你说得没错，但是，第七天一定会有外乡人从什么地方来到这里。如果十五天仍没来，就全天斋戒，傍晚的时候仅喝水，尸体一个月也不会腐烂。"

哈迪姆说："如果一个多月还没有人来，尸体就会发出臭味的，那你们怎么办？"

他们说："要是那样，我们就先把尸体下葬，但所有的男男女女要斋戒六个月，傍晚来到清真寺忏悔，每天给邻居分食物，并来到墓地施舍很多财物。"

这件事使哈迪姆惊得站立在那里。只见他们把尸体抬到地下室，放在洁净的地毯上，并摆上各种食物，点上香灯，围着死人转七圈，做完吻足礼后才出去，坐在搁饭的桌布边。他们对哈迪姆说：“哎，外乡人！你先用餐，填饱肚子，因为只有这样我们才能开斋啊！”

哈迪姆吃完后，那些人才坐下来吃，之后，他们把剩下的饭都让人送回家里给女人们吃。他们沐浴后换上干净的衣服才回家。他们还对哈迪姆说：“哎，年轻人！你如果愿意可以在这里住几日。”哈迪姆说：“好吧！我可以在此住几日。”

他们带哈迪姆进到城里，为他腾出一间干净的房间，还派了几个美丽的丫头服侍他。哈迪姆心里想：这里的习俗真怪呀！等我完成那些事，真主让我实现了自己的目的，回到自己的家乡，我也要这样招待客人。

那些美丽的姑娘们都希望哈迪姆能垂青自己，只要哈迪姆愿意，她们愿意满足他的一切愿望，和他尽情地喝酒作乐。但是哈迪姆对任何人都不感兴趣。七天过去了，那些姑娘们来到头人跟前讲述了哈迪姆高尚的人格和善意。

当官的把哈迪姆叫到跟前，十分恭敬地请他就座，说道："哎，年轻人！如果你愿意居住在这个城市里，是你对我们的仁慈，我会把女儿嫁给你。"

哈迪姆说："我现在有一件重要的事要做，所以不能久住在这里。"

当官的说："如果能知道你的事，我们愿和你一起去做。"

哈迪姆恳切地说："我不想麻烦别人。"

当官的说："如果不带我们去，那你能告诉我你要做什么事吗？"

哈迪姆说："一个名叫胡森·巴努的女子提出七个问题，只有正确回答出来的人，才可以同她结婚。王子门尼尔·夏米爱上了她，而且爱得不能自拔，如痴如醉，可他却回答不出她的问题。他因为不能得到她而在森林里流浪啼哭。我碰巧见到他，看见他痛苦万分、不能自拔的样子，实在不落忍，也流下了泪水，最后不由自主地离开了城市，走上了为他寻找七个问题的答案的征途。在真主的眷顾下，我找到了四个问题的答案，现在到第五个问题了。第五个问题是'声音山'的奥秘。我为此已经出来六个月了，但我问的人都说不知道去那儿的路。如果你知道的话，就告诉我，这样就如你和我在一起一样，就如你帮助了我一样，就如你对我施过恩一样。”

当官的说：“我听长辈们说过德干[①]的魔咒。在德干高原的左边有一座耀眼的大城市，迄今为止，没有人在那里见过死人，也没见过墓地，更没见过有人为谁的去世哭泣。”

“我要去那里。”哈迪姆说。

“哎，朋友！我只是听说而已，怎样能找到那里呢？”他说。

哈迪姆说：“指引我来到这里的人会让我找到的。”

当官的听哈迪姆这么说，便在哈迪姆面前放了很多黄金和珠宝。哈迪姆只拿了足够路途所用的，剩下的都分给了乞丐，之后又踏上了旅程。

经过一段时间的跋涉，他来到一座城市，城市的四周见不到一座坟墓。他知道，自己来对地方了，于是走了进去。

当地人问他：“年轻人！来自何处？去哪里？”

哈迪姆说：“我来自夏·阿巴德，要去声音山。”

他们说：“声音山离这里很远，你去不了。”

哈迪姆说：“把我带到这里的人一定会把我送到目

---

① 指德干高原，位于印度中南部。

的地。”

他们说：“你今夜在这里过夜吧！我们有粗茶淡饭招待你。”

哈迪姆接受了他们的邀请，在那里过夜。那里有一个人病了很长时间，他的儿孙便聚在一起杀了他，分食了他的肉。傍晚的时候，留哈迪姆过夜的那个人把他分到的一碗汤和几张饼拿来放在哈迪姆跟前，说道：“外乡人！快点吃了吧！恐怕你一辈子没吃过。”

哈迪姆说：“哎，朋友！不管什么样的禽兽的肉我都吃过，这是什么野兽的肉，我没吃过？”

那人说：“你吃过野兽的肉，但这是人肉，你从没吃过吧？”

哈迪姆听罢说：“你们是食人族，我得远离你们。如果有哪个过路人被你打死，你就想吃他的肉。如果有某个饥肠辘辘的游人来到你们这里，你们就宰了他，分食他的肉！”

那人说：“外乡人！快别说了！要畏惧真主，我们不会打死过路的人，食他们的肉。”

哈迪姆说：“这就奇了，你自己说这是人肉，难道吃人肉的人专吃同族的肉，而不吃外族人的肉不成？”

那人回答道：“你误解了我的意思。我们国家的习俗是：若有人病了，他的部落的人就把他杀了，分其肉食之。这就是我们这里没人害怕死亡，也没有坟墓的缘故。”

哈迪姆说：“让真主诅咒你们的习俗和你们的城市。真主是仁慈的，他会使病人恢复健康。不管怎么说，只要有人生病，你们就杀了他，食他的肉，这一点无论在哪个民族都是不对的，而且太残酷了。你们都是罪人，你们身背无数人的血债！看到你们都有悖教义。”

说完哈迪姆站起身来，走向森林。没走出去多远，他就看见一头老虎饿得趴在地上奄奄一息。他马上打了一头鹿放在虎的嘴边。老虎美美地吃饱了，磕头感谢后走进森林。哈迪姆也吃了点烤肉，来到池塘边，喝了些水，叩谢真主后又往前走。因为找不到野果，他就这样靠打猎充饥。

几天过去了，眼前终于出现了一个村庄，他朝那边走去。当来到跟前时，他看到很多人围着一堆篝火站着。他走上前去问道：“哎，朋友！这个国家叫什么名字？你们是谁？为什么在此点燃这堆柴火呢？”

他们说：“哎，游方僧，走你的吧！你打听这件事干吗呢？我们这里可没有吃的东西给你。今天我们族里死了一个人，他的老婆正跟他一起火葬。”

哈迪姆说:“哎,朋友!你们为什么不埋葬这个死人呢?为什么要让这个可怜的女人陪葬呢?”

他们说:“哎,朋友!看样子,你不是这个国家的人。先生,这个国家是印度,这里的习俗是:妻子很高兴地去陪葬。”

哈迪姆说:“先生们!活人和死人一块火葬,这个风俗不好。”说完他告别了他们,来到另一个村庄,在那里向一个人要水喝。

那个人拿来一杯奶和一杯乳浆[①]说:“如果你想喝稀酸奶[②],我马上送来。如果你更喜欢奶,也没有问题。我把这两种都给你拿来,你喜欢喝什么就喝什么。”哈迪姆先喝了乳浆,之后又向他要一杯鲜奶。

那个人放了一点糖后把杯子递给他,说道:“外乡人!我家里有巴斯玛蒂米饭[③],已经做好了,你如果要吃,我这就去拿来,和酸奶一块吃美极了。”

哈迪姆说:“太好了!太仁慈了!”他不禁在心里为那印度人的热情而感叹。总之,那印度人用盘子拿来一点稀酸奶,哈迪姆美美地吃了,当夜就在那村庄

① 牛奶除了奶油后剩下的部分。
② 酸奶里加水制成,也称为乳清。
③ 是南亚地区产的一种细长且口感好的稻米,适宜做抓饭。

过夜。

清晨，那印度人的妻子过来说：“饭准备好了，吃些吧！在这里住几日，消除旅途的疲劳吧！”

哈迪姆对他俩说：“你们的勇气和对外乡人的热情真是太棒了！太绝妙了！”

他们十分谦恭地说：“我们哪里为你服务了？这些饭食原来是为孩子们准备的。我们给你的饭就是从那里拿来的。如果你在这里待两三天，我们可以尽我们所能为你服务。”

哈迪姆说：“好吧，我为你们在这里待几日吧！”

他们听了很高兴。一个印度教徒在房间里放置了一张很考究的床，在上面铺上干净的床单，又摆上各种美味，说道：“若您能用些，将是对我们最大的仁慈。”

哈迪姆从没吃过这样的美味。他感到心满意足，赞赏地说：“这个国家真是个奇花异草之都呀！只是让活着的妻子为亡夫殉葬，这个风俗不好。甚至烧死人也不是好风俗。”

那个印度人说：“你说得没错。但是男女爱得深切，是情人又是爱人。要是丈夫死了，妻子还活着，即使我们不当天焚烧，她自己也会跳入火海里。如果你在这个城市里稍微住几日，我们会让你看见的。”

哈迪姆在那里住下来。有一天，那里的一位贵族病了几天后死了。他有四个妻子，还有一个儿子。当他的棺材被抬起来时，那四个妻子都穿着睡袍般的长裙，系着红色的麻纱纱丽，脖子上戴着花环，披散着头发站在那里。部落的人跪在她们脚下，说："你们是十足的仙女，你们不应该走。"但是她们似乎没听见。

哈迪姆来到她们旁边说道："哎，仙女的后代！你们不羞愧难当吗？从家里出来走到陌生人面前，还想和死人一起被烧死？"她们微笑着说道："哎，年轻人！我们看到你不会难为情的，我们是死人了，七十种深闺礼节对我们毫无意义。难道我们从没有与那个死人享受过一天的幸福吗？现在他死了，我们失去了他，若还要继续活着，则有悖真爱和仁义。没有他，我们一生都会受分离之苦煎熬。与其那样，还不如一次烧成灰，摆脱一生的痛苦和分离之苦。之后会是怎样，只有大神知道。因为我们担心，魔鬼可别再用骗术在我们心中种下邪念，使我们忘记了老爷[1]，用淫荡的目光看外人，失去自己的贞操。让这样的生活去见鬼吧！"

不管怎么说，她们都不接受哈迪姆的话，像疯子一

① 指她们的丈夫。

样跌跌撞撞来到焚尸场。死者被放在柴火堆上，她们各个面带笑容来到尸体周围，有人把头放在他的腿上，有人把脚放在他怀里，之后焚尸架被点燃。哈迪姆原以为，这些妻子会被熊熊的烈火吓跑。但是他错了，她们高兴地与丈夫一起被烧成了灰。哈迪姆看到这种情景很是震惊，心里一直为她们惋惜。当那些围观的人都回家时，哈迪姆也随着那个印度教徒回来了。

那个印度教徒说："哎，年轻人！你看见了吧！女人都是自愿殉葬的，谁也没有强迫她们，全是因为爱！"

哈迪姆说："你说得对，但是，难道表示爱和忠诚，妻子就必须在丈夫死后与他一同变成灰烬？是因为爱情之火比这个世界的欲火还要强烈？"几天后，哈迪姆辞别了这些朋友朝声音山走去。那印度教徒劝他说："朋友！声音山离这里很远，你到不了那里。"

哈迪姆说："真主是仁慈和无所不能的，他一定会让我到达那里。"说完便出发了。他走遍了村村寨寨，来到了印度北方，看见一座城。当走到近前时，他看到很多人聚集在那里吵吵嚷嚷，大声喧哗着。他走上前问道："朋友！干吗要这么吵呢？"有人说："头人的女儿死了，我们想把她丈夫和她一起葬了。但这位丈夫不同意，所以正为这事争得厉害。"哈迪姆说："你们的头人在哪里？把我带到他那里去。我有话要对他说。”

他们把哈迪姆带到头人那里。哈迪姆一见到他就说：“哎，长辈！你们这里是什么习俗呢？把活人跟死人一块下葬？再说这个可怜的人不愿意，强行埋葬他，你们就不害怕真主吗？”

他说：“朋友！这个年轻人也跟你一样是外乡人，游历到这里，没来几日后就想跟我女儿结婚，最后，他融入了我们之中。我们这个城市有一个规矩：如果男孩和女孩没有成年，或他们之间没有爱意，我们是不让他们结婚的。要结婚必须等到男女青年都心悦诚服地承诺：如果我们之中有人去世了，另外一个人愿意陪葬。发过誓的人，我们才给他们办喜事。我们也对这个年轻人说明白了，告诉他我们的习俗，但他仍爱上了我的女儿。当看到两人心心相印，我便把他们带到当官的那里。当官的对他们说：‘我国的习俗是：老婆死了，丈夫陪葬；丈夫死了，老婆就得与他一起被活埋。’他们听后都同意了，我们这才给他们举行了婚礼。现在他从我女儿那里得到安逸，夺走她的青春，但当她死了，他却不愿意同她一起下葬，不履行自己的承诺。你说这公平吗？这是谁的过错呢？我们根本没有强迫任何人去殉葬，如果我们把他绑了带到墓地去，这才是残暴。你说说，他为什么不履行自己的承诺?”

听罢，哈迪姆走到年轻人跟前对他说：“哎，年轻人！你怎么不按自己承诺的去做呢？人无论活到什么时候，最后都得死。最好证实一下你说的话呀！”

那位丈夫说：“哎，外乡人！你怎么也和他们说同样的话呢？你为什么不说说自己家乡的规矩呢?”

哈迪姆说：“我能说什么呢？你自己承诺的，你不兑现的话不难堪吗?”

那位丈夫说：“他们让我与死人一块下葬，我可做不到啊!”

哈迪姆看到，他若不陪葬，在场的所有人都不会放过他，可他又不愿意陪葬。考虑到这里，他用家乡的方言说：“你放心吧！我一定想办法把你从坟墓里弄出来，现在你就让他们把你埋了吧!”

那位丈夫说：“如果我被埋了，我如何能活着等到你把我挖出来呢?”

哈迪姆一边安慰他，一边对其他人说：“朋友！这个该死的人说，他的家乡的规矩是把坟墓做成小屋子的样子，如果他的坟墓也做成那样，他会高兴地走进去。”

他们说：“这事当官的说了算，我们管不了。他让我们做什么，我们就做什么。”

哈迪姆把他们都带到当官的那里。他们都说：“主人！这个人说什么也不同意陪葬，但他说，要是坟墓修成他们国家那样的，他就同意陪葬。”

当官的问：“他们国家的坟墓是建成什么样的呢？”

哈迪姆说：“先生万福！就像小房子一样，里边能坐上十几个人。”

听罢，当官的低头沉思片刻后抬起头说：“好吧！为他修建那样的坟墓吧！让他愉快地进入坟墓！”

那些人接到命令，立即修建那样的坟墓。哈迪姆背地里对那人说：“你不要担心！我晚上把你挖出来。”他听从了哈迪姆的劝告，对那些人说：“好吧，快点埋吧！你们想怎么埋，就怎么埋吧！”最后，他们把夫妻两人都埋进坟墓里，用一块石头封住坟墓口，然后和哈迪姆一块离开了。

当夜他们招待了哈迪姆，并为他准备了一个干净的房间。哈迪姆等待着夜晚的到来，心里想着如何把那个年轻人救出来。入夜，人们都睡着了。哈迪姆起身朝坟墓走去。但这个国家还有一个风俗：死者的亲人在坟墓边上要守夜三天，不能回家，也不能见女人的面孔。这样，哈迪姆在这三天里没能得到机会。

第四天的夜晚，死者的亲人都回家了。哈迪姆这才得到去坟墓里救那个年轻人的机会。那人在坟墓里躺着骂哈迪姆：“这个小人是骗子，把我这个可怜的人骗进坟墓里。我自己昏了头，接受了他的骗术，认为他的话是真的。嗨！别人有什么错，自己做的承诺自己该承受。”这时，哈迪姆来了，他把脸贴在透风口喊道：“哎，年轻人！我来带你走。”那人没有回答。哈迪姆以为他死了，又喊叫了一遍，仍没有回答的声音。哈迪姆以为他死了，感到很遗憾，不禁流下了泪水。他第三次高声喊叫道：“哎，年轻人！如果活着，回答呀！否则你将终身在这个坟墓里，而我没有失言。”

这时，那人终于听到有人在墓地外向他喊叫，站了起来，来到通风口，说道：“你是谁？在喊什么？”

哈迪姆听见他的声音，拜谢真主，说道：“我就是那位承诺要救你出去的人。”说完他从腰间拿出匕首，挖开坟墓口，把那人救出来，让他吃饱喝足。过了一会儿，哈迪姆说：“你想去哪里，就自便吧！”

他说：“我没有盘缠。”哈迪姆从口袋里掏出几个第纳尔，打发他走了。为了不让别人察觉，他独自来到坟墓，把挖开的墓口封好，又回到原处睡下。没过一会儿天大亮了。他起来对那里的人说：“我得去找声音山，再见吧!”

他们说:“年轻人！声音山离这里不远了。你最好亲自去,但是要记住,离这儿不远处有一个十字路口,你要选择右边的路,才能到达目的地。”哈迪姆告别了他们,经过十个白天黑夜的奔波,在第十一天时,来到十字路口,但他忘记了那些人的忠告,竟向左边拐去。真是遗憾啊！那些人不让他走的路,他却走了上去。过了两天,他看到所有的野兽、鸟虫都跑了。他站在一个角落里观察着,认为可能有狼或者什么野兽在后边,所以鸟兽们才这样拼命地逃跑和躲藏。想到这里,他爬上一棵树,只见一头大象发狂似地跑来,犀牛也慌张地奔跑着。大象、犀牛后边还有一些动物,有面目可怖的、有眼睛如油灯的、有尾巴搁在头上当伞用的,都跑了起来。哈迪姆害怕地想:一定有个大恶魔,使这些动物不论大小都吓得逃窜。我又算老几啊?想到这里他拔出匕首,准备对付即将遇到的怪物。碰巧,那怪物来到树下,闻到人味就大吼一声跳了起来,想抓住哈迪姆撕个粉碎。说时迟那时快,哈迪姆向那怪物砍了一刀,砍断了怪物的双手。怪物倒下去,又挣扎着扑上来。哈迪姆又在怪物的肚子上刺了一刀,怪物的肠子都流了出来。于是怪物倒在地上撒了泡尿,把尾巴泡在尿液里，摇晃起来，而尿液溅落的地方，燃起了大火。当这些尿液溅落在树边时，哈迪姆矫健地跳进了一个水池里。那个怪物死了。当大火熄灭时，哈迪姆纵身一跳，跃出水面，来到树下，拔出那怪物的四颗犹如锋锐的匕首的牙齿，砍断了怪物的尾巴和两只耳朵，把它们都放在剑鞘里往前走。

几天后，远处出现一座城堡。等哈迪姆走到跟前，却是一片寂静，原来城池建在高耸入云的山上。

他走进城池，看到高高的建筑在闪闪发光，市场洁净，井井有条，商店里物品应有尽有，但却不见一个人影。看到这里，哈迪姆心想：一定是魔鬼来过这座城市，这里的人因为害怕才弃下自己的商店逃走了。他心里这样想着往前走，走到城堡边。这里住着国王和国王的家眷，王国的财物也都在这里，大门外坐着三四个仆人。

其中一个看见哈迪姆，说道："多久没有人来了？"另一个说："叫他朝这边来！"于是那个人便喊了哈迪姆。哈迪姆站在一个小窗户下边。国王从窗户里探出头来问："年轻人，你从哪里来？往哪里去？"

哈迪姆说："我是也门人，来自夏·阿巴德，我是为了声音山的事而来。"

国王听了说:“年轻人!你迷路了。你是从左边那条路来的。也许是死亡把你召唤来的,现在你就当作自己已经离开这个世界了吧!”

哈迪姆恳求道:“如果这是真主安排的,我从心里接受。但是说说你的故事吧!你表面上威风凛凛,但是为什么城里没有人烟呢?说真话,你是谁?”

国王说:“我是这座城市的国王。这座城市里,每隔几天会有女妖来一次。因此,无论是庶民还是士兵,无论来自何方的人,都弃我而逃。城市荒芜了,我一无所有。但是这也不是他们的过错,因为哪怕是老虎也无法战胜这个女妖。我只好携带全家老小闭守城堡。我没有力量打死女妖,只好躲起来,把希望寄予真主。”

哈迪姆说:“哎,国王啊!那个女妖是怪物还是大野兽?难道真没有人敢站在她面前?”

国王说:“这女妖的常居地是哥夫山。前不久,女妖开始侵犯这里,每天吃掉三四个人,城市就这样荒芜了。但是直到今日,女妖还没有进入城堡,这是因为城堡四周的壕沟里一直有水。不知道这是什么妖怪?”

哈迪姆说:“国王!祝贺你,我已经在一个森林里消灭了她。真主是有意让我迷路的,我走错了路,走上左边的路，这就有了所有的故事，和有关于这个怪物的事情。”

一听这话，国王从城堡下来，和哈迪姆拥抱，把他带进城堡，十分恭敬地让他坐下来，又让人拿来各种美食摆放在他面前。国王陪同他一块进食，又要来御用水给哈迪姆喝，之后说：“我怎么能相信女妖已经被打死了呢？”

哈迪姆把她的尾巴、牙齿和耳朵从剑鞘里拿出来给他看。国王一看，就拜倒在哈迪姆脚下，百般感激，之后写了谕旨，发布出去：“怪物已经被消灭了，不要害怕，回国居住，过好日子吧！”

几天后，哈迪姆告辞了，并说：“给我派一个向导，告诉我去声音山的路。”

国王说：“哎，年轻人！这座城市会因为真主的眷顾重新生机勃勃。你把这座城市当作自己的城市，在这里居住吧！我让女儿伺候你，你接受她吧！”

哈迪姆说：“不做完承诺过的事就享受世俗的安逸是不义的。”

国王说：“我赞叹你的英勇无畏。”接着他派了一个向导为哈迪姆带路。

没走一会儿，向导说：“哎，哈迪姆！去声音山的路在右边，现在你大胆地去吧！”

哈迪姆告别了他继续前进，几天后，进入另一座小城，那里的人把他带到当官的那里。

那当官的为了表示尊敬，站起身来，问道：“哎，外乡人！你从哪里来？亚历山大[①]曾来过这座小城，之后又是你。为什么来？快说出实情！”

哈迪姆说：“我是波尔泽赫商人的女儿胡森·巴努派来的，她让我打听声音山的事。说真的，为了到达这里，我经历了太多磨难。现在就盼望，如果你知道它的秘密，就看在真主的份上说出来，这是你的仁慈和对外来人的关照。这样的话，我就会摆脱颠沛流离的生活，可以过安逸的生活。”

那当官的说：“声音山的秘密不是随便能说得清的，如果你在这里待上几天，就知道了。”

哈迪姆答应住几日。当官的把他安置在华丽的房间里，房间的地面上铺着洁净的地毯。哈迪姆住在里面，每天有人给他送来两顿美食，那当官的也常来与他交谈。

---

① 亚历山大（前356—前323年），古代马其顿亚历山大帝国的创立者和国王，卓越的军事统帅。公元前336—前323年在位。公元前330年灭波斯帝国。公元前327—前325年远征印度。

有一天,哈迪姆和两百多人坐在一起聊着,谈起声音山来。哈迪姆问道:“那声音山是什么山?”他们说:“主人啊！声音山就是那个每一面墙都高耸入云的城堡,声音从城堡里传出来。”正说着呢,从那个城堡里传出来“亚·阿嘿！亚·阿嘿!”的声音。这时,一个年轻俊美的人情不自禁地跑了起来。

人们对那个人的亲戚说道:“他被声音山招呼去了。”听罢,他们都跑过来,围着他,他却毫无顾忌地径直朝声音山跑去。

看到此景,哈迪姆惊讶地问:“哎,朋友！这个年轻人好端端的突然怎么了？怎么像疯子一样跑,什么也不说,什么也不听?”

那些人说:“他听见来自声音山的‘快来啊!’的声音。”

哈迪姆心里想:看样子,有人召唤他,他才这样跑着。想到这里,哈迪姆跑上前揪住他,说道:“哎,兄弟!不告诉缘由是不义之举。看在真主的份上快说啊！是什么魔咒,使你弃我们不顾?”哈迪姆无论怎么说,他都不回答,摆摆手跑到山脚下。哈迪姆跟在他身后跑着,但是山突然从哈迪姆眼前消失了。哈迪姆仔细地看了看,除了彩色石头外什么也没有。

他感到惊愕，之后跟着其他人回到城里。那些人都回到各自的家，没有人哭，而是互分食物欢庆，之后又忙各自的事情去了。

这时，哈迪姆问：“哎，先生们！你们谁知道他怎么了？”

他们回答：“你不是也在场吗？你看见的也是我们所见的。还问我们做什么？”

哈迪姆沉默不语，他为那个年轻人感到遗憾，泪水不禁流淌下来。

他们说：“哎，男人！我们国家没有为谁去哭或伤心的风俗！如果你想在这个城市里住几日，那就按照我们的生活方式生活吧！否则你就会被赶出这个城市。”

哈迪姆只好忍住泪水，但是心里还是为他感到难过。他们看见他伤心的样子又说：“哎，朋友！你怎么这副心事重重的样子？声音山的情况就是你看见的这样啊！”

哈迪姆说：“我看见什么了？什么也不知道。现在我正发愁，我怎么对胡森·巴努说呢！”

哈迪姆在这个城市里住了六个月，这期间有十五个人去了那座山，之后再也没回来。碰巧那里有一个人的名字也叫哈迪姆。哈迪姆和他关系甚好，成为要好的朋友，两人白天黑夜生活在一起，很多人也与他们交往甚好。突然有一天，声音山的城堡里又传来“亚·阿嘿！亚·阿嘿！”的声音，那可怜的人立即被吸引住了，他的亲人也得到消息，哈迪姆也被叫到那里。

大家都聚拢过来把他围住。这时，哈迪姆心想：他也要去那座山了，太遗憾了，看来我俩的友情要断了，我无论如何不能放他走！我必须和他在一起。该发生的事，就让它发生吧！反正从这里人的嘴里得不到声音山的详实情况。想好后，他就瞅准机会，抓住他的手朝山的方向跑去，并一直在问：“兄弟，怎么回事儿？谁在召唤你呀？”可那人不回答。最后哈迪姆恼怒地说：“哎，忘恩负义的人！我们是什么交情啊，吃同一锅饭，住同一间屋！现在不说一句话就要走，你为什么不张嘴了呢？告诉我！谁在召唤你？你去哪里？”他好像不认识说话的这位是谁，在说什么，而且始终在挣脱哈迪姆的手。他使劲地挣脱，终于把手从哈迪姆的手里挣脱出来。哈迪姆摔倒在地，他朝声音山跑去。哈迪姆站起来追上他，很快两人前后脚到达山下。

哈迪姆一跃使劲抓住他的腰，无论他怎么挣脱，都不能成功摆脱哈迪姆。最后两人跌跌撞撞到达山上。当他们接近城堡时，看见一扇窗户，他们紧贴在一起挤了进去。躲过了其他人的视线。

再说城里那些人。他们替哈迪姆惋惜，回到城里告诉当官的："那个外乡人也跟着上山了。"听罢，当官的生气地说："哎，蠢货！到今天为止，还没有出现过不被召唤就去那座山的人。你们为什么不拦住他呢？你们必须对这可怜人的痛苦负责！"

他们辩解说："主人！我们极力地劝过他，不让他去，但是他不听啊！还说：'他是我的挚友，我无论如何也不能让他一个人去，如果他遭殃了，我也要与他共患难。'"总之，在场的上至官员下至百姓都为哈迪姆惋惜。

再说哈迪姆他们从窗户进去时，四处一片寂静，他们发现自己来到一片空旷地，那里有一眼望不到边的绿地，仿佛地上铺了一块绿色的地毯，只有一处没有草的地方。那年轻人的脚一落在没有草的地方，就摔倒在地，哈迪姆刚想抓住他的手扶住他，他的脸就变黄了，眼睛发直，手脚僵硬。看到这情况，哈迪姆在心里想：这家伙死了。他禁不住泪水盈盈哭了起来，泪水打湿那片地，那年轻人被泪水淹没，接着那块地也变成了绿色。

看到这里，哈迪姆叩头感谢真主，说：“世界是短暂的，所有的人都要死。现在声音山的真相已经知道了，我现在可离开这里了。”想到这里哈迪姆准备离开，但是他转了整整一天，都找不到窗户和城堡。他心想：只有真主知道窗户在哪里、城堡在哪里。他焦躁地七天水米没进，也不想活了。他对自己说：“死神不请你，你自己找死。因为，现在既见不到城堡，见不到山，也见不到城市。”这时他来到一条河边，这是一条汹涌澎湃的大河，根本望不到它的边际。哈迪姆十分忧愁，顺口说道：“主啊！我可怎么渡河呀？除了你还有谁能帮我渡过河呢？”这时一艘小船从对岸驶来。哈迪姆以为是某个船夫划过来的，但船靠岸时，他却没看见人。他十分好奇，感谢真主后上了船。一上船就看见用布包好的饭，他饿极了，立即伸手打开，里边有两张饼和鱼排，还热乎着呢！他正想吃，突然想到，也许这是船夫为自己准备的，吃别人的食物不好。

这时候，一条鱼探出头来说：“哎，哈迪姆！这饼和鱼排都是真主为你准备的。放心地吃吧！不要心存疑虑。”说完沉入水中。

哈迪姆当即吃饱喝足，叩谢真主。这时，刮起了一阵狂风，把船刮到另一侧岸边。哈迪姆嘴里赞叹着真主，走下船来。心里想：通到城里的路在哪里呢？我怎么才能对人们陈述那个青年的真实情况呢？经过七天七夜的奔波，他还没有发现路，也没找到能吃的东西。哪怕能嚼几片树叶也好，但他连一棵树也没看到，他神情恍惚地走着，看见一座山，便朝山走去。

三天后，他来到山脚下，拿起一块石头，定睛一看，发现石头下在淌血。他纳闷地想：这里没有人，我问谁去？最后，他无奈地向山上爬。十二天之后，他爬上山顶。眼前是一片荒地，那里的土、走兽和鸟禽都似深红色的瓢虫一样红。哈迪姆又饥又渴，走了六柯斯，眼前出现了一条翻滚的血河，向四处望去，所有的动物都是红色的，仿佛是血做成的。他焦急地想：我如何才能渡过这条河呢？他无奈地沿着河边走着。饥饿时，就打猎充饥，口渴时，就把蛇脑石放在嘴里。一个月后他到达一个地方，这里除了血河外，没有土地，没有树木，没有鸟兽。他心里想：哎，哈迪姆！你忍受了一个月的痛苦，一直在跋涉，却看不见目的地。如果你就这样转悠十几年，除了血河什么也看不到，可怎么办呢？看来在真主的大千世界中要逞能可不容易。要想挖掘出来他[1]隐藏的东西是不可能的。如果他[2]仍眷顾我，我就是安全离开这里到达目的地的那个人。现在你[3]也没办法了。遗憾的是，那个可怜的门尼尔·夏米正在翘首以望，而你[4]正在灾难中挣扎。可是，我十分不解，胡森·巴努是从哪里知道声音山的？让很多人去寻找，并用爱情来作担保？相信很多人来过这里，但是都无功而返了吧！

想到这里他对自己说："你没有为自己的私欲做事，而是为了一个真主的仆人来的。要对他[5]充满信心，他会把你从苦难中解救出来，使你到达目的地。"这时，他看到河面上仿佛漂着东西，仔细看去，好像是动物或一块木料在河中漂流，当漂到他跟前时，却是一艘小船。他感谢了真主，登上船，发现船上放有饼和鱼排，他毫不犹豫吃进肚里，之后又感谢真主。当船驶向河中时，突然刮起大风，掀起巨浪。哈迪姆十分紧张，他心里默念着真主，最后闭上眼睛躺在船上。而大浪就如火苗般蹿了上来，高达几米。哈迪姆更加不知所

---

① 指真主。
② 指真主。
③ 指哈迪姆自己。
④ 指哈迪姆自己。
⑤ 指真主。

措，他觉得自己就快没命了。

他在惊涛骇浪中经过了七天七夜的颠簸。第八天，船终于靠岸，哈迪姆下了船，小船就返回去了。哈迪姆在岸边走着，心里想：我都不知道，这船是谁送来的，吃食是谁放在船上的。他就这样边走边想。又过了七天，远处出现了一个白色的东西，哈迪姆一愣，走上前看，却是一条清澈透底的河，河水波光粼粼，仿佛有人熔化了银子浇在河里。哈迪姆口干舌燥，坐在河边，把左手伸进河里，当收回手时，发现手上沾满了银子。他想用另一只手把银子从手上弄掉，但是银子却纹丝不动，牢牢地粘在手上。

哈迪姆自言自语地说："这条河真是奇了！如果我跳进去，就会成为银身，那我就会举步维艰啦！"沾在手上的银子让他不知如何是好，他只好坐在地上，郁闷不安，他时而看看左边，时而看看右边，有时把头埋进怀里。这时，有一条船来到河边。他口念"奉至仁至慈的安拉之名开始"[1]，登上船，出现在他眼前的是一盘清清爽爽、热乎乎的甜食。他把盘子拉到自己面前，美美地吃了一顿，然后舒舒服服地睡着了。不知过了多少天，

---

① 穆斯林在做事之前口诵此句。

船靠岸了。他下了船向前走去，但总是免不了看自己的手。四天后，他的面前出现了一座山。他知道，经过一个月的奔波，自己快到达目的地了。之后，他靠打猎和摘野果充饥。当他又走了三天时，他看见一块白黄红绿相间的石头。他向前走，看见到处散落着金刚石、红宝石和绿宝石。这时，他起了贪心，捡起很多宝石放进自己的兜里。又往前走了一会儿，他看到还有质地更好的宝石，就把先前放进兜里的宝石扔了，心里想：如果把这些宝石拿到城里，没有人能买得起。他就这样边走边捡，不知不觉身上的重量使他走不动了。他坐下来，捡最大的红、绿宝石拿着，其他都扔在了那里。之后他又来到一处泉水边，坐下来洗了手脚。这时他发现自己左手上的银子不仅还在，而且连指甲都已变成了银色的。他先叩谢真主，之后说道："哎，真主！那条河流的水使手变成了银色的，这泉水中的真实情况快显露出来吧！这里面有什么秘密？"这时，天黑了，他就在这个地方过夜。

夜里，突然有两个魔鬼从泉水中钻出来，他们的头就像人一样，脚却似大象，指甲像老虎，颜色极黑。哈迪姆紧张地站起来，不知道怎么办。他想：如果逃跑，那就身背耻辱，如果待在这里，也待不下去。看看吧，命运里会出现什么。他想举起剑把他们杀了。他们说："哎，哈迪姆·塔伊！你为了担心自己的生命而要杀了我们，但我们也是真主的仆人，我们并不是来伤害你的。"

哈迪姆收起了剑，低头坐着。之后又担心起来：他们朝这边来会对我做什么呢？于是他又从剑鞘里抽出剑。转念一想：如果我打死别人，对我有什么好处？

这时，那两个魔鬼走近他，说道："哎，哈迪姆！你不害羞吗？贪图这么多宝石！"

哈迪姆说："我拿谁的宝石了？我怎么贪心了呢？"

他们说："你在那个森林里拿的宝石，现在还在你身上呢！"

"哎，朋友！真主的国度宽阔无比，如果我在某个地方拿了点，又能怎样？又不是你的。"哈迪姆说。

他们说："那些财宝是真主为别的创造物放在那里的。"

哈迪姆说："那创造物是什么？他们比人还要高贵，比人还要受到尊敬？人才是最高贵的！"

"实际上，那些宝石是造物者为仙女们放在那里的，她们需要时就可以用得上。"他们说。

"可是，难道人不配拥有这些宝石，将它们戴在身上和使用吗？我拿走这些宝石是为了给人们看看，真主在森林里创造了如此之多的宝石！无论如何不能拒绝他的伟大！”哈迪姆继续说。

那两个魔鬼说：“说得对，你的确不是为自己的贪婪拿的，但如果你想平安回到城市里，就把这些宝石扔了吧！”

听罢，哈迪姆把所有的宝石都扔了，说道：“你们拿走吧！但遗憾的是，这些是我经历了千辛万苦，从那么远的地方带过来的。你们太过分了，把它们从我这里拿走。这是什么行为呀？浪费别人的劳动成果。我又不是偷来的。”

魔鬼说：“如果你想要获得酬劳，那是不可能的，因为，不打招呼就拿走其他人的东西，归自己所有，这是什么行为？不仅如此，你还要为这种劳动的罪过付出代价呢！”

哈迪姆低头不语。他们把最值钱的红宝石、绿宝石、钻石还给了哈迪姆，说：“这些够多的了，拿着吧！”

哈迪姆收起宝石，说道：“真主的仆人！给我指指路吧，我怎样才能回到自己的国家？”

他们说：“哎，年轻人！你能安全来，活着走，你就感恩戴德吧！到今天为止，还没有人从这里活着走出去。现在你不要担心，因为你的寿命还长着呢！前边还有一条宝石河，之后还有一条火河。如果安然无恙渡过，就会回到自己的家乡。不要贪恋任何东西了，这样对你好。如果你为什么东西动了贪心，那就会受到惩罚。”

说完，他们潜入水中，离开了哈迪姆的视线。哈迪姆整夜不停地口念：“安拉！安拉！”清晨时，他站起身来向前走。刚走了一会儿，他又看见一条河，河水是金子般的颜色。他顺利地过了河。几天后，又看见一条河，他很高兴，因为此时他口很渴。等到了跟前一看，河边有无数的珍珠就像石子一样散落着，每一个都有鸡蛋那么大，光芒四射，耀眼夺目，都是无价之宝。哈迪姆一时贪心，想拿走十几个，但想起那两个魔鬼的劝告，害怕地没敢去拿。他坐在河边，看到河水如牛奶和蜂蜜一般，他正口干舌燥，便蹲下去喝了一肚子水。

总之，他顺利通过那里，继续前进。不久，他看到远处有灯光，那亮光就好像是一块金板在闪烁着。他朝那里走去，大概走了一个月才来到跟前。出现在他眼前的是一座烁烁发光的金山，直达天上。他爬上山，令他惊讶的是那里的每棵树都金光灿灿。他在山上走了三天，最后来到一处空地，那地方也是金色的。他继续往前走，看到一座不同凡响的金殿，再走近时，发现门是开着的，里面有一个布满鲜花、结满果实的花园，上万株金子树发出烁烁的光芒，镶嵌了宝石的树叶耀眼夺目。

哈迪姆十分惊讶，赞叹工匠[①]的杰作。他摘下一点果子吃了，又看见一个水池，只见水清澈透底，犹如水晶。他坐在池塘边想：这是谁的花园？它的主人是谁？该问谁呢？这时，有几个仙女穿着闪闪发亮的衣服，戴着各种首饰出现了。她们看见哈迪姆，十分诧异：我们这里是什么地方呀！怎么会有人类出现在这里？哈迪姆看到她们也惊讶了，心想：主啊！你赋予她们的美貌真是无与伦比！这让我想起泽琳宝悉公主，她也是这般美貌。真主啊！快让我们见面！快点展现她的娇容吧！

哈迪姆问道："哎，真主的奴仆！你们是谁？说真话！这地方的国王是谁？快说啊！"

她们说："这个宫殿是娜悉·勒布仙女的。"正说着，娜悉·勒布仙女来了。哈迪姆一看到她，就晕厥过去摔倒在地。娜悉·勒布仙女站在哈迪姆的头边，问

① 指真主。

道:“哎,这是谁啊?快点把玫瑰香露拿来,洒在他脸上!”有一个仙女立即跑去拿来,把玫瑰香露洒在他脸上。

哈迪姆苏醒过来。娜悉·勒布仙女坐在宝座上,她让哈迪姆也坐下,说道:“哎,英俊的年轻人!说真话吧!你来自何处?到这里干什么?现在要到哪里去?”

哈迪姆把自己的经历从头至尾对她说了,又问道:“这座山叫什么?这个地方的主人是谁?”

娜悉·勒布仙女说:“这座山叫作金山,这是夏赫·巴勒国王的地盘,他有一个叫作阿萨的女儿,我是这个女孩的一个侍女。每隔七天我会专门去侍候她。今天轮到我了,我这不就来了?虽然这地方真实地存在着,但它连着哥夫山。远处你看到的就是这个地方的城堡。”

哈迪姆在此地做客四天,吃尽了各种美食和干果,受到了神仙般的款待。第五天时,娜悉·勒布仙女说:“这地方不适合你住,最好离开这里!”哈迪姆离开这个仙境,朝山下走去。十几天后,他下了山走进一片森林里。那里出现了一条金子河,河水就像融化的金子一样,翻滚着,波浪直冲天上。他默不作声地坐在河边想着如何渡过去。

这时，远处来了一艘金船，很快靠了岸。哈迪姆感谢了真主，登上船，在那里有一盘热乎乎的甜食在等着他。他早已饥肠辘辘，饱饱地吃了一顿，他想把手伸进水里，弄一点水喝，但是又担心手变成金子的，于是把手抽了回来，从腋下取出一只水杯，从河里取了水。由于他渴得要命，就想往喉咙里滴下几滴水，但牙齿刚一接触到水，水杯和四颗牙都成金子了。

四十天后，船靠岸了。哈迪姆下船来到岸边，做了感谢真主的祈祷，又往前走。一直走了七天，他遇到很多从没听过和看过的奇闻异事。第八天，他来到了一个石头广场，那里的每块石子都烫人，就像刚从火里拿出来一样。他将就着走了几步，再也没有力气，于是无奈地坐了下来。他的嘴唇因热起了水泡，全身也多处被燎伤。他十分不安地把蛇脑石拿出来放在嘴里，但仍不见好转。最后，他把蛇脑石从嘴里拿出来扔了，躺在地上就像一条鱼似地挣扎着，昏厥过去。他张着嘴，吐着舌，接近死亡。这时，拿走珠宝的那两个魔鬼又出现了，他们把他抬起来，带到甜水池边，给他饮了清凉的甜水。

哈迪姆苏醒过来，睁开双眼看见那两个魔鬼，说："妙啊！朋友！关键时帮助了我。说吧！我现在往哪里走？怎么这样热啊？”

他们说：“再往前有一条火河，这就是热的原因。但这是你必经之路，走吧！凭着真主的力量，你回到自己的家乡吧！给你指路可不是我们的事，但是，我们至少可以让这火小一点。”

哈迪姆说：“凡是你们能做的，别错过！这不失仁慈啊！”

他们给了哈迪姆一颗蛇脑石，说道：“前边就是火河，凡是嘴里含着它的人，火对他无能为力，而且火会凉下来。现在你记住，一过了河，就把这颗蛇脑石扔掉！”

说完这些，他们就在哈迪姆眼前消失了。哈迪姆当夜宿在那里。清晨，他把蛇脑石放在嘴里往前走，三天后面前就都是熊熊的烈火了。他十分紧张，口念一句“真主最伟大”，往前走去。到达河边时，他看到火苗冲向天空，他目瞪口呆地一会儿看着天空，一会儿又看着地上，这时，有一艘小船靠到岸边，他在心里赞叹着真主，并说：“我就是故意把自己投入到火海里的人，但是我不这样做，又能怎样呢？路就在这里，真主一定会帮忙，这是他[1]安排的，而且还想这样继续下去。”他把

---

① 指真主。

自己交给命运，上了船，又把蛇脑石放在嘴里。他看见一盘烤肉和馕，就大口吃起来。

船在行进，哈迪姆害怕得没敢睁开眼睛，他担心睁开眼睛会丢了性命。不久，那小船飘到河中，就像磨盘一样旋转了起来。哈迪姆觉得船马上就要沉没，于是赶忙起来祈祷，把布条绑在眼睛上坐在那里，心里想这次死定了。

托真主的福，三天后，这艘船靠岸了。等他睁开眼，面前既没有火河，也没有船，而是一片令人心旷神怡的森林。哈迪姆下了船，把蛇脑石从嘴里取出来扔了，继续向前走。走出去没多远，就感觉到了也门的郊外。他欣喜若狂地感谢真主，接着朝一个村庄走去。

那里有一块庄稼地，他问一个农民："这是哪个城市的郊外呢？"

农民没有回答，而是一直盯着哈迪姆看。哈迪姆说："哎，朋友！你不是聋子吧？怎么听不见呢？"

农民说："我看你像王子哈迪姆。"

哈迪姆问："你是谁啊？你知道什么？"

农民回答道："哎，年轻人！这里是也门国，哈迪姆是我们的王子。他父亲叫塔伊，是这里的国王。但是王子离开国家已经七年了，只有一次通过泽琳宝悉公主传来口信，多少让人有点安慰。现在他的父母和亲属的情况都非常不好，每个人的身体都令人担忧，尤其泽琳宝悉公主的生命岌岌可危。看看吧，谁知她能否活到他们见面的那一天。”

哈迪姆说：“几天前，我在路上遇到了你们的王子，他安然无恙，你去也门代表他给老少爷们问好，告诉他们：‘哈迪姆去了夏·阿巴德。’”之后哈迪姆又说，“哎，老乡啊！我口渴得要命，拿些水给我喝吧！”

农民很快拿来一杯牛奶和一杯稀酸奶。哈迪姆津津有味地喝了，说：“十分感谢！这么久以后让我看到家乡，吃到这么美味的食物。”之后他站起身来，走向夏·阿巴德。

没过多久他就到了那里，人们跑过去报告胡森·巴努。她走进垂帘后，把哈迪姆叫进来，让他坐在一把金椅子上，说：“好极了！年轻人！你来了真好！快说说声音山的事！把那里的秘密快告诉我吧！”

哈迪姆从头至尾讲述了一遍。

胡森·巴努说：“你说得不错，不过要展现一些物品，让我相信吧！”

哈迪姆伸出满是银子的左手。哈迪姆说：“有一天，我来到了清澈的泉水边洗了一下这只手，除了指甲现在还是银子外，其余沾上银子的部分都被洗掉了。第二个证据是金河的水，把我的四颗牙变成了金牙。”此外他还展示了三颗价值连城的宝石。

胡森·巴努款待了他，把美味佳肴放在他面前。哈迪姆说：“最好，让我带到驿站，和门尼尔·夏米一块吃。”他起身来到驿站，和门尼尔见了面，并和他一起吃了饭，把自己的经历说给他听。门尼尔·夏米对哈迪姆的勇气和意志大加赞赏，并请求他原谅。

哈迪姆在那里休息了两三天，之后沐浴更衣来见胡森·巴努。门卫通报。胡森·巴努又坐在垂帘后，让哈迪姆坐在外边的宝座上。

哈迪姆说：“请说！现在第六个问题是什么？我去寻找它的答案。”

胡森·巴努说：“我有一颗大珍珠，请找来和它一样的另一颗吧！”

哈迪姆说：“让我见识一下。”

胡森·巴努招呼人将珍珠拿来给哈迪姆看。这颗珍珠确实有水鸟蛋般大小。哈迪姆说：“我知道了，你是不会把真的给我作样子的，但是可以做一个完全一样的给我，我按照它的样子，找来和它一样大小的另一颗来。”

胡森·巴努用银子做了一颗假珍珠给哈迪姆。哈迪姆拿着这颗银珍珠来到驿站，给门尼尔看了，并说："胡森·巴努要找这么大的珍珠，我一生也没看见过这么大的珍珠，也从没听说过。真主知道在哪条河里有，哪里产这么大的珍珠。"

门尼尔·夏米说："兄弟，你得先知道哪里产这么大的珍珠再走吧！"

哈迪姆说："没有必要问，真主会把我送到那里的，他既能帮我把困难都解决了，那找到水鸟蛋般大小的珍珠这一事，也必能帮助我。相信我，我一定会到达那条河，一定会把那么大的珍珠带回来。我全靠真主，此外我不相信任何人。"

门尼尔·夏米对他的话只有称赞，不好意思地嘟囔说："休息几日再走吧！"

哈迪姆说："不管怎么说，既然我们确实得去做，那干吗要拖拉呢？"

最后，哈迪姆告别了门尼尔·夏米，出去寻找大珍珠了。

第六个问题

哈迪姆去寻找水鸟蛋般大小的珍珠

哈迪姆从夏·阿巴德出来，走了约五六柯斯的路，来到一处，坐在一块大石头上，心里寻思着：真主啊！这样大的珍珠去哪里找啊？你先显现一下自己的威力吧！也许这样才可能找到它。

这时天已黑，有一对色彩斑斓的鸟在真主的指引下飞落在哈迪姆头顶的树枝上，这对鸟儿的巢筑在离这里很远的魔鬼河。雌鸟说：“虽然这里不缺吃的东西，可我不喜欢这里的水土，我们最好飞离这里。”

雄鸟说：“我本打算在这森林里住几口，但你这样说了，我们明天上午就回家乡吧！稍安勿躁！”

雌鸟又说：“这个人是谁啊？低着头忧愁地坐在这里。”

雄鸟说:“他是也门王子哈迪姆。怎么办呢?我同情他。他这样愁容满面必有原因。他去找水鸟蛋般大小的珍珠不是为自己,而是替真主行善,为了别人。因为王子门尼尔·夏米喜欢上胡森·巴努,她提出七个问题,王子解答不了她的问题,又对她痴心不改,疯疯癫癫地游荡到也门。哈迪姆在森林中打猎时遇见了他。门尼尔·夏米把自己的情况对他说了。哈迪姆同情他,决定为他出去寻找答案。五个问题的答案已经找到,现在该第六个问题了,那就是要找到那颗珍珠。现在这可怜的人坐在树下想着往哪里走,去哪里弄到珍珠,前方的路怎样走,怎样找到大珍珠。只要你发话,我就告诉他前方的路。”

雌鸟说:“动物能施恩于人,真是太好了!”

得到雌鸟的同意后,雄鸟说:“这种珍珠形成的历史太久远了。很久前,有些鸟每隔三十年就在魔鬼河边产蛋。当然现在早就见不着这种鸟了。后来那些大鸟蛋大部分都沉入到这条河里了,有两枚蛋落到国王杰姆·简·古赫尔嘉倪和国王谢姆斯的手里。谢姆斯早就积累了很多财富和珠宝,还建了一座城市,不过这座城市现在已荒芜了。一个偶然的机会使他的财产落到胡森·巴努手里,那颗珍珠也在其中。杰姆·简·

古赫尔嘉倪离世时，他的国家被别人占了，他那怀有身孕的老婆拿着珍珠逃出宫殿，来到一座森林里。一天，她来到魔鬼河边。碰巧，商人马苏德也坐船来到这里。那女人看到船就喊了起来：‘看在真主的份上，把我这个无依无靠的人摆渡过河吧！’商人同情地把她摆渡过河，安置她后问了原因。她说出了一切。马苏德商人认她作女儿，带她来到城里。几天后，那女人生了一个男孩，取名波尔泽赫。当男孩懂事时，马苏德去世了。波尔泽赫继承了他的地位，之后一段时间里，他聚集了很多财产和士兵，还统治了几千个村庄，他是那里的国王。当他去世的时候，先知素赖曼（愿真主赐他平安的[①]）成为国王。他把所有哥夫山周边的山和河，也就是哥夫山、红海、金银河和火河，都划给了魔鬼、仙女、魔法师、暴君居住，并说：‘你们来居住吧！不要去人类居住的地方！’这样，那些地方都由他们居住，没有人烟。慢慢地，那颗珍珠到了赫夏穆·红冠仙女的手里。现在落在那个人和仙女所生的马赫·雅儿·素赖曼尼手里。他居住在波尔泽赫岛，收养了一个美丽的女孩，

① 按伊斯兰教叙述故事的习惯，一般写在伊斯兰教先知名字的后面。

他为这个女孩的婚事定了一个条件，那就是如果有人能说出那颗珍珠的来历，他就把女孩嫁给他。这消息吸引了很多仙人前来应试，但是没有任何一个能说清那颗珍珠的来历，每一个都被打发回去。马赫·雅儿·素赖曼尼不仅博学，而且还拥有古书在手。他读了那些书，了解了这颗珍珠的来历。而那时，大鸟再也没有得到先知素赖曼的下蛋的指令[1]。这样，能变成珍珠的产蛋就中断了，而且也不让人再提起。我看到这个年轻人有胆识又虔信真主，所以说出这个情况。他立下誓言在到处寻找那颗珍珠，相信他能达到目的。”

雌鸟说：“这个可怜的人如何才能到达魔鬼河？那地方位于妖国的边界，此外，他还会遇到很多艰难困苦。”

雄鸟说：“没有羽翼的这个人会得到真主的眷顾到达那里。但是他必须带一些我们的羽毛，因为，当他到哥夫山的时候，会遇到一片无边无际的沙漠。他应该在进入沙漠之前，把我们的红色羽毛烧成灰，泡在水里，抹在全身，才能毫不畏惧地走。这样他身上会产生

---

① 在伊斯兰教传说中，先知素赖曼以智慧著称，谙禽语和蚂蚁语，统帅精灵和飞禽。

一种气味，这种气味会吓跑所有的野兽，他的面孔也会像魔鬼一样狰狞。当他穿越过森林，到达波尔泽赫岛后，再把白色的羽毛烧成灰，抹在身上，然后洗净。之后他会变回自己的本来面目。但是那里的人会把他抓到马赫·雅儿·素赖曼尼国王那里。他应该对国王说出自己的目的。而马赫·雅儿·素赖曼尼国王会对他说，谁把大珍珠的来历弄清楚了，他就把女儿嫁给谁。最好，要详细记住这件事，别忘了！马赫·雅儿·素赖曼尼国王不可能忘记自己说的话，因为他十分恪守诺言，会把自己的女儿嫁给他。”

雌鸟说：“这可怜的人怎么能得到我们的羽毛呢？”

听到这句话，雄鸟扑扇几下翅膀，很多羽毛落在地上。哈迪姆捡起羽毛，十分高兴。之后雌鸟说：“你怎么知道，这个人是为此而来呢？你怎么能知道这么多事呢？”

雄鸟说：“我们家族所有的雄性，对于世界始末都知道得一清二楚，雌性只知道瞎聊，什么都不知道。”

这时，东方发白，这对鸟儿飞走了。哈迪姆站起身来，朝一个方向走去。几天后的一个夜晚，他睡在一棵树下，听见很多动物在叫苦连天：“有哪个真主的仆人能听到我们的诉苦啊？”哈迪姆听罢，心里想：哈迪姆，你也是真主的仆人啊！你应该上前去问问动物们，给予帮助。想到这里，他站起来跑过去，到达跟前时，看见一只狐狸用四只爪子在地上乱抓，大声叫着。

见此情景，哈迪姆非常心疼地问道："哪个狠心的真主的仆人在残害狐狸，让狐狸在这里受煎熬？"

狐狸说："让仁慈的主怜悯你！你凭着勇气和胆略在这个时候来到我身边，关心我的情况。我的情况是：一个猎人掠走了我的丈夫和孩子，我正在为失去丈夫和孩子而伤心欲绝呢！我四处求人帮助我，可没有人理我，只有你来了。你怎么帮我？你是人类，我是兽类，你肯定会捍卫同类的利益。"

哈迪姆说："你这是说的什么话？人类也不都是一样的，有很多心地善良的，也有很多心肠狠毒的。虽然我也是人类，但请你告诉我是谁把你的丈夫和孩子掠走了？"

狐狸说："离这里约六七柯斯的地方，有一个村庄，那里住着一个赶牛车的人，就是他造的孽。但是不知道他伤害我们图个什么。他一定是不畏惧真主的人。"

哈迪姆说："狂风吹掉果实，施暴之人怎么会怕暴虐？这就是他们做的事。你必须告诉我他在哪里，我去把你的丈夫和孩子救出来。哪怕他要我的命，我也会毫不犹豫，因为这是践行真主之路[1]。”

狐狸说：“哎，年轻人！如果我和你一起去，他会连你一块把我们都抓起来。你就会像那只母猴一样。”

哈迪姆说：“怎么回事儿？说一下吧！”

狐狸说：“一只母猴在森林的洞穴里产下几只小猴。有一天，森林里来了一个猎人，当时小猴和父亲一起在洞穴里，猎人用计谋抓住了他们，卖给了一个富人。不管母猴相比其他动物有多聪明和精明，遇到倒霉的一天，丈夫和孩子都被抓走了，她也无能为力。母猴因失去丈夫和孩子而痛不欲生。一天，她无奈地对地主[2]诉起苦来。地主听了，很同情地说：‘这是谁做的伤天害理的事，让她如此哀号？’一个人说：‘母猴的丈夫连同六个孩子都被一个赶牛车的人掠了去，搁在什么地方了。’

地主说：‘现在你快点去把她的孩子和丈夫解救出来。’按照他的吩咐，那个人走了，母猴也跟着去了。母猴和那个人一块儿到了村子里，在猎人的门前高喊。猎人出来了。母猴想上前把他的衣服给撕了，这时，那

① 指为真主做事。
② 母猴一家居住的土地的所有人。

个买了猴子的富人走出大厅说：‘哎，朋友！你怎么欺负她的孩子和丈夫了？’

猎人说：‘主人！几天前我将他们卖给您了。如果您见着可怜，就还给她吧！我把钱还给您。’

富人说：‘现在他们使我很开心，我舍不得还啊，想个别的办法吧！最好既能安慰母猴，又能把他们都留在身边。’

猎人说：‘最好把母猴也抓来，和他们关在一起。’

总之，猎人通过卑劣的手段把母猴也抓来了。当地主听说母猴也被抓了，就派人传口信给富人说：‘把母猴、小猴和公猴都带来！’富人真的把猴子一家都带来了。地主一看，就喜欢上母猴的孩子们，说：‘把小猴留下，把这一对猴带走！’最后，母猴因为想念孩子死了，公猴也因思念母猴和孩子死了。哎，年轻人！你看看，这就是人类的忘恩负义和残暴，我怎么相信你的话？也许你会让我陷入到另外一种灾难中。”

哈迪姆说：“哎，狐狸呀！你放心，我不是那样的人，向真主保证，我绝不会虐待你。你放心地把我带到那个村子里，我让那个人把你丈夫和孩子放了。”狐狸听了很高兴，为哈迪姆的勇气欢欣鼓舞，走在他前面。哈迪姆紧跟在狐狸身后，到了半夜，他们来到那个村庄。

哈迪姆说："你在这周围找地方藏起来，我进村子里找猎人。"狐狸藏进树丛中。

哈迪姆整夜都在祈祷真主，当太阳出来时，他起身来到猎人家门前敲门。猎人开门问道："你是谁啊？这么早来找我干什么？看样子你不是我们村里的人。"哈迪姆说："哎，猎人！我得了一种怪病，治不好。一个医生告诉我，要用新鲜的狐狸血涂抹全身才能好。因为你经常打些狐狸、豺什么的，所以我来找你，如果你这里有几只狐狸小崽子，给我，你要多少钱，我给你多少。"

猎人说："我抓了七只狐狸，你要几只就拿走几只吧！"说完他把那七只狐狸放在哈迪姆面前。

哈迪姆给了七个第纳尔，把小狐狸带到森林里，解开绳索放了。小狐狸还认得出母亲，跑过来依偎在母狐狸身边。母狐狸爱抚小狐狸，之后来到公狐狸身边，但看到丈夫快要走向死亡，她又在地上翻滚，痛苦至极。

哈迪姆说："哎，狐狸！你干吗要这么痛苦呢？"

母狐狸说："今天我头上的皇冠没了，我怎能不痛苦呢？你没听说过吗？男人是女人的保护伞，我丈夫因饥渴快要死了。”

哈迪姆说：“哎，傻瓜！你丈夫的年龄都这么大了，只要孩子们都很健康就行了。你看他浑身无力，连呼吸都有困难。”

狐狸说：“我丈夫因为同我分离和担心孩子才会生命垂危。如果现在医治他，还可以起死回生。”

哈迪姆问：“那要用什么药？我能找到吗？”

母狐狸说：“如果把活人打死，将人的热血滴进他的嘴里，他马上就能恢复元气。”

哈迪姆问：“我怎么能跟人结这么大的仇恨，为了动物打死人？如果你需要人血，说吧，在什么地方有，我现在就找给你。”

母狐狸说：“无论在什么地方，但是必须是热血。”

哈迪姆拿出匕首，割开左手的大血管，说：“哎，狐狸！你需要多少，就来取吧！”

母狐狸把公狐狸带到哈迪姆身边，说道：“你往他嘴里滴血吧！这真是你的仁慈！”

哈迪姆按她说的给公狐狸喂鲜血喝，一直到公狐狸喝饱，终于恢复了原样。哈迪姆把手腕包好，说：“哎，狐狸！现在你同意我说的吧！”母狐狸连同小狐狸都跪在他脚下。

哈迪姆安慰他们后继续向前走。他感到饥饿的时候，就摘森林里的野果充饥，渴了就喝山溪里的水解渴。过了一段时间，他走进另一座森林。那里的阳光灼人，他很快就口干舌燥。他到处寻找水源，远处看似有一眼雪白的清泉，就不由地跑了过去。但是，当他来到跟前时，却什么也没有了，只看见一条蛇盘在那里。

哈迪姆正想转身离开时，蛇说话了："哎，也门年轻人！为何要转身离去呢？你来这里干什么呢？"

哈迪姆看到蛇能说话，紧张地说："哎，真主的仆人！我渴极了，从远处看你的颜色似水，现在看到真主呈现出的杰作了[①]，所以转身要离开。"

蛇说："哎，朋友！你会在这里得到一切东西。放心吧！"

蛇爬走了。哈迪姆在心里想：和蛇说话就罢了，跟蛇走可不好，蛇是伤人的动物。一转念又想：命中注定的，就让它来吧！应该走了。所以他迈着缓慢的步子向前走去。

蛇看到他犹豫不决，说道："哎，苦修者！不要猜疑了，快抬起脚吧！"

---

① 指世界万物的多样性。

哈迪姆毫不犹豫地跟蛇走了。

他们来到一个常青花园，那里气象万千，真是让人心情舒畅。哈迪姆喜上眉梢，他还从没见过这么美丽的花园，这种花园只可能在仙女国里。他四处转悠着走进一间房间，房间的地上铺着华丽的地毯，水池边有一把华丽的椅子。

蛇说："你在这里待一会儿，我转一圈就回来。"

说完，蛇爬进了水池里。过了一会儿，很多小仙头顶着装满金银珠宝的盘子跃出水池，施礼过后，把盘子放在哈迪姆面前。

哈迪姆问道："哎，真主的奴仆们！说真话吧！你们是谁？"

他们说："我们是那个把你带到这里来的人派来为你服务的。这些珠宝是他让我们送来的，你必须接受。"

哈迪姆说："这些对我有什么用呢？我怎么能拿这么多东西呢？我又如何扛走呢？"

这时，又有很多小仙拿着装满珠宝的盘子来了，陆续将盘子放在哈迪姆面前。哈迪姆问："这是什么？"

他们说："是珠宝，作为礼物送给你的。"

哈迪姆说："这些我也不喜欢。"

之后又来了很多小仙，头顶着金银盘子，从泉水里出来，盘子用金银丝线编织的盖子遮住。

哈迪姆问："这是什么?"

他们说："为你拿来的。"

哈迪姆说："很好，客人来了，主人在哪儿?"

这时，那条蛇转身变为一个俊朗的年轻人，在四十个小仙的陪同下走出水池。哈迪姆看到他十分诧异，他想：这个英俊的年轻人是谁?

他向哈迪姆致敬，之后抓住哈迪姆的手，让他坐下，问道："你认识我吗?"

哈迪姆说："可能曾看见过，那就认识。"

他笑着说："我就是那个把你带到这里的人。"

"朋友！你原来是蛇，现在怎么变成人了?"哈迪姆问。

他说："这个秘密吃过饭后就会水落石出。"他让人铺好餐布，又摆上饭。有两个小仙拿着盖上镶有珠宝的盛水罐，替他们洗过手。他们吃了起来，小仙们陆续走了。哈迪姆边吃边想：这么美味的佳肴，我和娜悉·勒布仙女在声音山上吃过。这样看，他肯定是神仙。

吃过饭，侍者拿来了香水瓶、槟榔盒。哈迪姆把香水抹在头上。他在心里不禁感叹道：哎，真主啊！你把这样的美味和香水给了这些神仙，而人类却得不到。这里有什么奥妙，只有你知道。

之后，哈迪姆问主人："之前你的样子是蛇，现在是仙人，这是怎么回事儿？"

他说："哎，年轻人！我是仙界里的谢姆斯国王。我在先知素赖曼（愿真主赐他们平安）时代的某一天在一个花园里散步，突然脑海里闪现一个想法，我干吗不率自己的军队到人类的国家，杀了他们，把国家抢过来？因为那个国家是非常美丽和洁净的。想到这里，我对自己的手下们说：'所有的军队做好准备！明天早晨，我们有行动。'这时天黑了，我便躺下睡着了。第二天清晨醒来时，我和我的军队都变成了蛇的模样。我全天焦躁不安，在地上挣扎着，从早至晚倒挂着，做着请求真主原谅的祈祷。最后，在真主的眷顾下，所有的军队士兵都变回原来的样子，但他们的翅膀都没了。我又恳求真主，这时出现一个声音：'凡是不履行自己承诺的人，他的下场就是这样。'

总之，这个声音每个夜晚都传来。一天夜里，我又虔诚地恳求道：'我再也不敢有这样可怕的念头了。安拉！原谅我吧！'这时我得到命令，再忍受几日。我再次恳求：‘现在让我解脱吧！我再也不生这样的邪念了。’这时又传来一个声音：‘有一天，一位三十岁的也门年轻人会来这里，你一看到他，就会恢复真身。你应该好好地招待他，因为若他为你祝福的话，你就会恢复自己原来的面貌。否则你就会再变回蛇。’总之，从那年我变成蛇算起，我在这个森林里等了你三十年。一看到你，我就知道，你就是那个也门青年。为此，我对你尽心尽意，如果你能为我祝福，那就是你的仁慈。”

哈迪姆说：“那是一句什么话，能使你变回真身？”

国王长叹了一口气说：“我们向素赖曼先知保证过，如果在你到来之后，我们再伤害人，或者算计他们的国家，就让真主对我们发怒吧[①]！从那日起，我们没伤害过任何人。但是有一天我的心里突然又滋生了邪念，结果得到了惩罚。现在，我诚心要悔过，再也不生那样的邪念，你是我的见证人。”

哈迪姆起身，进行了沐浴，穿上干净的衣服，为这些仙人祝福。他的祝福被真主接受了。哈迪姆的民族曾经信仰拜火教，但是现在他只承认真主是唯一的主，

---

① 意为：惩罚我们吧！

他不分白天黑夜地祈祷着。总之他为这些仙人做的祈祷被接受了，他们的翅膀都重新长了出来，国王的外貌又恢复到从前。

之后，国王问哈迪姆："先生！你来这里干什么？还要去哪里？"

哈迪姆说："我从夏·阿巴德来，去波尔泽赫岛。"说完，哈迪姆拿出仿制的大珍珠给他们看。

国王说："你说得对，另一枚珍贵的珍珠在这个岛的国王手里。他的条件是：只要有人说出珍珠由来，他就将女儿和珍珠一块儿交给他。但是你怎么能到达那里？一路上危机四伏，人难以招架。"

哈迪姆说："该出现的就出现吧！我坚决要去！真主是我的守护神。"

国王说："放心吧！我也派些小仙随你去，他们会帮助你。"

说完，他示意其他小仙："朋友！是他把你们从大灾难中拯救出来，你们一起去帮助他吧！"

小仙禀告道："我们愿意去，凡是您吩咐的，我们一定去做。"

国王说："你们把他送到波尔泽赫岛。"

他们一听就都低下头，沉默不语，之后抬起头来禀告说："陛下！到达那个岛可不容易，因为那里的罗刹[1]不会让我们活着回来的。如果陛下打算去那里，我们一定会与您同行，因为一定会有大战，即便有这么多人恐怕也难以成功。"

国王说："哎，勇士们！你们不能忘记他的恩惠，想尽办法把他送到那里。"

听罢，七个小仙说："我们一定在您的庇护下把他送到。但是，如果路上遇到一些难过的坎儿，那时您得出手相助。"

国王接受了，他让人送来一个能飞的篮子，把哈迪姆安置在里面。四个小仙抓住篮子的四条腿，三个小仙跟随。他们就这样往天上飞去，一直飞了三天三夜。

第四天，他们来到罗刹住的地方。小仙们把飞篮放在一棵树下，议论开来，说："我们三天水米未进，最好先休息一会儿，再吃一点东西。"

哈迪姆说："你们是自由的，想干什么，就干什么吧！"小仙们听罢就散了，东奔西跑，只有一个站在哈迪姆身边。

这时有几千罗刹打猎途经这里，看到有一个人坐

① 又译"妖怪"。

在飞篮里，他的身边站着一个小仙，于是两三千个罗刹上前围住了飞篮，六七千个罗刹吵吵嚷嚷地说："这个人类从哪儿来的?"那个小仙看到他们就害怕了，想扔下哈迪姆逃跑，但这时有四个罗刹同他交上了手，他打死了两三个罗刹，然后被他们擒住了。

罗刹把那个小仙，连同哈迪姆都带了回去。罗刹问那个小仙道："这个人是你从哪里带来的，要到哪里去?"

小仙说："这个也门年轻人是谢姆斯国王的好朋友。不要刁难他，否则对你们不利。"

罗刹说："好长时间没见到谢姆斯国王了，一点不知道他的情况。现在他从哪里又露面了?"

小仙叙述了整件事情。罗刹头领低下头说："把这个人类连同那个小仙一起放进井里关着。晚饭后我来吃他。"

罗刹们按照头领说的做了。

再说那六个找食物的小仙回到那棵树下，看到有几具罗刹的尸体，不见哈迪姆，也不见另一个小仙，紧张地互相商议："这些罗刹是哪个妖族的？他们是谁打死的？是谁把那个人和小仙带走了？一定被哪个罗刹弄走了。"

这时，他们发现有一个将死的罗刹，便往他嘴里滴了一点水。他睁开眼睛，小仙们问："你是谁？你住在哪里？"

罗刹说："我来自慕哥莱斯的妖群，一个小仙把我打成这样。慕哥莱斯的妖怪把他连同一个人掠回到慕哥莱斯那里了。"

小仙们便把那个罗刹抓到谢姆斯国王面前，诉起苦来。国王说："呀哎！是谁把他欺负成这样的？那个和你们同去的也门青年哪里去了？"

他们恭敬地禀报说："陛下！我们飞了三天三夜，又饿又累。我们想找点吃的，便把那个人类放在树下，留一个小仙在他身边。我们回来时，发现他俩都不见了，只看见几个死罗刹，无法问清情况。就在这时，我们发现一个半死的罗刹，便弄了一点水洒在他脸上，等他醒过来才知道，他的伙伴抓住他俩带到他们国王那里了，我们也把他抓来带到您的面前。剩下的就听您的吩咐了！"

谢姆斯国王吩咐道："把那小妖带到我面前来！"罗刹被带到前面。谢姆斯国王说："慕哥莱斯现在还活着？他把我忘了？"

罗刹说："陛下！您很长时间没有露面，我今天才从那些小仙那里得知您的情况，要不我都不相信。现在知道了，回来的真是您。”

谢姆斯国王怒火冲天，吩咐道：“军队快点集合！”之后，三万小仙出发去那个罗刹小国。三天后，军队到达城门前，在那里扎营，几个探子去打探慕哥莱斯的情况。探子一接到命令就飞出去了，过了一会儿回来说：“慕哥莱斯在森林里狩猎。”于是国王派了三万小仙向敌方发起进攻。那些罗刹坚守不住，有些受伤了，很多被打死了。最后慕哥莱斯连同他的几个心腹都被抓来，带到了国王面前。

谢姆斯国王说：“哎，异教徒！你忘了我了吧？连国王我现在还活着都不知道！你可能没想到，你把本地区的人抓去关押起来，国王我还能让你活着？好吧，现在把那个人和小仙快点带过来。”

慕哥莱斯说：“我当即就把他吃了，魔鬼能放过人不吃吗？”

谢姆斯国王火冒三丈地说：“哎，厚颜无耻的家伙！难道素赖曼先知没有阻止你们吃人吗？难道你们没发过誓：‘我们不伤害人类，也不吃他们’？”

罗刹说：“那些话都随素赖曼先知去了。”

谢姆斯国王气得浑身发抖，说道：“快堆起柴火，把这个异教徒和他的同伙都烧成灰!”

谢姆斯国王又说:“哎,暴君! 我和那个人很要好,你们若把他完好地送回来,我和你们之间没有任何芥蒂,也没什么可担心的。否则我杀了你!”

慕哥莱斯看到无法脱身,便说:“如果你向素赖曼发誓,我把人带来给你,你就放了我,我现在就把那个人连同小仙一起交给你。”

谢姆斯国王说:“你我之间有先知素赖曼(愿真主赐他们平安),我不会欺骗你。”

慕哥莱斯对侍卫说:“井下关着一个人和一个小仙,快点把他们带来。”侍卫跑去把哈迪姆和小仙放出来,并带了过来。

谢姆斯国王给哈迪姆赐坐,说:“我没说错吧? 路上有很多罗刹害人,他们不会放过你的。”

哈迪姆说:“凡是命运中注定的,逃避不了。不管怎么说,我应该感谢真主。”

之后国王命令道:“不能放了这个被诅咒的慕哥莱斯,立即把他放在火堆上烧死,这样便不再会有动乱和暴虐。”他的话刚说完,慕哥莱斯和那些罗刹就被小仙们投进火堆,点上火。

慕哥莱斯喊道:“你刚才向素赖曼发誓时有这句

话吗？”

谢姆斯国王说：“哎，骗子！因为你在先知面前发誓之后又违背了誓言，你不畏惧真主，如果我也像你一样不兑现誓言，有什么奇怪的？此外，你到处惹是生非，烧死你最好。”他烧死了所有的罗刹，并派弟弟到那里做主事，吩咐他小心管理。之后，他又问哈迪姆准备去哪里。

哈迪姆说：“还是我原先说过的，再说有什么意义呢？不管怎么说，我一定要去那个岛，拿回大珍珠！”

谢姆斯国王吩咐自己的心腹道：“哎！你们中经验丰富的、年长的跟着他去，把他送到后回来。”

四个有经验的小仙站起身来说：“我们一定完成任务。”

谢姆斯国王非常恭敬地送走了哈迪姆。小仙又把他放在飞篮里，带着他飞走了。他们白天黑夜地飞着，很饿的时候，就选安全的地方落下来，吃一些食物后继续飞，就这样过了十五天。

第十六天的时候，他们落在一座山头上。山上有一座房子，这座房子是仙人杜芒王子为波尔泽赫的女儿修建的。杜芒王子深深地爱上了波尔泽赫的女儿，因与她不得相见，长吁短叹，情绪低落。他的哀叹和哭声被哈迪姆听见了，哈迪姆情不禁地问道："哎，朋友！你在为谁这么哭呢？有什么事吗？"说完，他站起身来，走上前去，看见一个长相俊美的年轻仙人在抱头痛哭，他问："哎，真主的仆人！你是谁？为什么在这里呢？"

杜芒王子抬起头看了一眼，发现面前站着一个美男子，他说："哎，男人！你从哪里来这里的？为什么而来？"

哈迪姆说："我为了寻找一颗水鸟蛋般大小的珍珠而来，那颗珍珠在波尔泽赫岛的国王手里。"

杜芒王子笑了起来，说："哎，人！你想得到那颗珍珠是不可能的，因为那个国王提出一些问题，到目前为止还没有人能回答出来。甚至连我们神仙也不能回答出来。那么，你一个人类怎么能做到呢？你又怎么说出那颗珍珠的来历呢？"

哈迪姆说："真主是万能的。说说你的真实情况，怎么这么狼狈？"

杜芒王子长叹了一口气说："我爱上了这个岛屿国王的女儿。我的名字叫姆赫尔·阿沃尔，是杜芒岛王子。我父亲是杜芒岛国王，名为姆赫尔·努尔[1]。在一

---

① 南亚次大陆穆斯林名字通常父名在后，本人名在前。也会有本人名在后，父名在前的情况。本译名就属于这种。

次聚会上，我听到一个人赞美了她的美丽，我不能自控，去了海岛，向她父亲提亲。

他把我叫到殿前，恭敬地让我坐下，把珍珠拿来放在我面前，问道：‘这颗珍珠是哪条河里的？怎样产生的？谁得到了？’我不知道，而且我的长辈们也不知道。我没能回答出来，当时狼狈得无地自容。他把我赶了出去。碰巧，那个令人神魂颠倒的美人坐在阁楼上，露出她皎月般的面庞，当我的目光与她相会的时候，我魂不守舍。可我无能为力，于是无奈来到这座山上待着。由于羞耻，我没脸回到自己的家乡，现在每日在痛苦和长叹中度日，死不了，也见不着自己心爱的人。”

哈迪姆听了之后说：“你放心吧！如果我拿到那颗珍珠，我就把拥有珍珠的人给你。哎，王子！我知道这颗珍珠的来历，你等着瞧吧，看我怎样在你面前讲述它的来历吧！”

杜芒王子说：“我不相信，你就别胡扯了！”

哈迪姆说：“那珍珠没有外壳，那岛屿曾经繁华过，被占领过……好吧！站起来跟着我走吧！”

杜芒王子听出哈迪姆的话外之音，站起来和他同行。哈迪姆问那四位小仙：“你们有这么大的劲吗？能把我俩坐的飞篮抬起来吗？”

他们说："就是像你这样的四个人，我们也能轻松地抬起来，完全不用紧张！"最后，他俩坐上飞篮，小仙抬着他们飞了起来。

路上有一个湿婆[1]神的花园，他们路过那里，便落下来观赏。他们被湿婆看见，湿婆于是命令几个妖怪："快追上去！把飞篮和那些小仙给我带过来！"那些妖怪立即飞过去，把他们都抓了过来。

湿婆说："快说，你们要把这个人带到哪里去？"

小仙们说："我们来自谢姆斯国王的国家。"

湿婆说："谢姆斯国王很长时间没有音信，现在他的国家遍地是蛇。"

小仙们说："你说得对，曾经是这样。但是，在这个人的祝福下，我们都变回到自己原来的样子了，我们的翅膀也长出来了。"

湿婆说："现在你们去哪里？"

小仙们说："去波尔泽赫岛。"

"这位仙人是谁？"湿婆问。

姆赫尔·阿沃尔王子自己说："哎，大神！你忘了我了吗？我是姆赫尔·努尔国王的儿子姆赫尔·阿沃

---

① 湿婆：印度教三大主神之一。

尔王子。”

湿婆说：“王子！你跟着这个人有什么用？走吧！我不能说你什么，因为你是素赖曼仙人的后代。”

说完，湿婆把哈迪姆从飞篮中拽出来。姆赫尔·阿沃尔说：“哎，大神！你忘了对素赖曼许的承诺了吗？小心呀！不要伤害人类啊！”

湿婆说：“他现在在哪里？还恪守承诺呢？我不会放过人类，这么长时间后才得到一个，也让我换换口味。”

姆赫尔·阿沃尔感觉到湿婆看到人都疯了，觉得应该用点手腕。他说：“哎，湿婆！吃一个人有什么意思？只要你听我的话，我给你十个人。把那个人交给我，因为我有事找他做。”

湿婆说：“哎，王子！我和你们家族有关系，把他给我留下！你把刚说的话兑现了，我再把他交给你。”

王子看到拿他没办法，无奈地说：“这个人是我的挚友，把他放在一个安全的地方。如果你伤害他，我会找你算账！”

湿婆说：“好吧！把他放在你喜欢的地方。”就这样，湿婆选择了一个花园，把哈迪姆放在里边。姆赫尔·阿沃尔说：“你对自己的小妖们说，看好他，两三天后我找几个人来和你交换。”

湿婆说:“好啊!”

最后,杜芒王子和那四个小仙一起来到森林里,坐在一个角落里商量起来。王子说:“如果回国搬军队,会来不及,那个该诅咒的一定会伤害他。最好,我们在此等待机会,只要见妖怪们疏忽了,我们就把哈迪姆劫走了事。如果在清晨前我们走出六十柯斯,还有谁能追上我们?”小仙们都觉得这个主意好。于是,他们开始等待机会。

再说,看管哈迪姆的小妖心想:小仙们还能把这个人抢走?他们连羽毛都没有,无法飞行。因为这样想,有几个小妖去打猎了。他们打回来很多鸟兽,煮熟了大吃大喝起来。他们喝得烂醉如泥,昏昏沉沉。半夜时分,他们把大门锁上,然后躺下呼呼大睡起来。他们根本没想到,姆赫尔·阿沃尔和几个小仙在盯着他们呢!

就在妖怪们呼呼大睡时,小仙们把哈迪姆放在飞篮里劫走了。太阳快出来的时候,他们已离湿婆花园一百柯斯远。天大亮时,看到有安全的地方,他们才落下来,吃了点东西,睡了一会儿,接着再飞。那些小妖还不知道,他们关押的人被掠走了,还安生地坐在那里。这边小仙们则披星戴月地飞着,看到哪个地方好,就落下来休息，之后再飞。

等许诺的时间过去了，湿婆说："把那个人带来。"那几个小妖来到花园，却没有发现哈迪姆，于是向湿婆禀报说："那个人不见了。"

湿婆气得火冒三丈，亲自来到花园，发现那人的确不见了。他朝那些小妖大发雷霆："该死的忘恩负义的家伙！一定是被你们吃了，看我怎么惩罚你们！"说完，他命几个小妖："把他们关起来，使劲地打！"

小妖们以素赖曼的名义起誓说："我们连碰都没碰过他，更别说吃了。"

湿婆说："你们撒谎，说什么我也不信！"

再说那些小仙们带着哈迪姆来到魔鬼河。碰巧，湿婆的一个小妖也来到这里。他认出他们来，想抓住哈迪姆的手飞走，被王子姆赫尔·阿沃尔一剑砍断了手。那小妖边跑边说："哎，仙人，你竟为了一个人类砍掉了我的手臂。我现在就去告诉那些小妖们。看吧！我怎么来报仇！"

姆赫尔·阿沃尔听罢说："你是属于哪个妖群的小妖？"

小妖说："我是湿婆群的小妖。"

王子说："去！对湿婆说，是我把那个人带走的，小心点！如果我再从你那里经过，就会把你的城市弄个人仰马翻。”

小妖飞走了。之后，小仙们把哈迪姆带到一片森林附近。他们对哈迪姆说：“我们只能把你送到这里，不能再往前走了，和我们告别吧！”

姆赫尔·阿沃尔说：“哎，年轻人！我不会扔下你，我一定要陪着你。”

哈迪姆从飞篮上下来，同那四个小仙告别，然后对姆赫尔·阿沃尔说：“因为我的原因让你受罪，这怎么行呢？我只想知道怎样才能穿过森林。”

王子说：“再往前仙人也过不去了，因为那里的魔鬼曾经伤害过仙人，甚至要取仙人的性命。仙人曾经同魔鬼厮杀在一起，双方战死上千。都是这些伤天害理的家伙造成的。”

哈迪姆说：“如果我变成魔鬼的模样走过这个森林，如何啊？”

姆赫尔·阿沃尔说：“行啊！我可以全天在天上飞，晚上想落到地面，就落下来。”

于是，哈迪姆拿出红羽毛烧成灰，用水把灰和成稀泥抹在身上，变成了可怕的魔鬼，连森林里的禽兽都被吓跑了。总之，他走了一天，傍晚时，走到姆赫尔·阿沃尔落下来的地方，同他见面。姆赫尔·阿沃尔问道：“哎，哈迪姆，这是什么动物的羽毛？”

哈迪姆说：“珍珠产生的真相，以及之后一颗珍珠落在马赫·雅儿·素赖曼尼手里的情况我早已听过！哎，姆赫尔·阿沃尔！当我从夏·阿巴德出来时，非常忧愁：上哪条河去找这么大的珍珠呢？我怎么能得到它呢？无奈的我坐在一颗树下低头沉思。这时，一对彩色的鸟飞到树上。雌鸟首先在雄鸟面前抱怨自己居住的森林风水不好，之后他们讲述了魔鬼河的故事，并提到我，问我是谁，为什么忧愁地坐着。雄鸟把我的经历、珍珠的产生、如今不能再生出魔蛋的原因都讲了出来，还给了我羽毛。我将把详细情况当着马赫·雅儿·素赖曼尼的面讲，你听着吧！”总之，哈迪姆并没把全部情况对他说，因为他担心姆赫尔·阿沃尔走到前边去忙自己的事，就剩下他一个人了。他心里想：我说这些，至少对他有些安慰，他不会甩了我自己走了，靠着他，我的事也有了希望。

他们说着话，姆赫尔·阿沃尔朝天上飞走了，哈迪姆向前走去。总之，他们夜晚住在一起，清晨时以各自的方式踏上前进的路。一天夜晚，在一美丽的地方，两人都睡着了。苏鲁格萨兹妖群的一个小妖来到他俩身边，看到一个魔鬼和一个仙人睡在一起。

他回去通报魔鬼们。魔鬼们跑来看后，互相商量起来："应该把他带到国王那里。"其中一个说："哎，朋友！干吗要伤害那个无辜者呢？他们不是我们的同类，再说人家也没做错事。也许是别的妖群的，去做什么事，天黑了住在这里。"

其实，姆赫尔·阿沃尔当时还没有睡着，他听着他们的谈话。之后魔鬼们说："应该把他们叫醒问问，他们可能属于波尔泽赫妖群。"有一个魔鬼说："就算是那个妖群的，同你们有什么关系？"

另一个说："国王苏鲁格有一天提过，他很长时间没有波尔泽赫的消息了。你说这样的话，就不怕他知道吗？如果有人把这话传给国王：'这里有一个魔鬼和别的仙人睡在一起，有人看见了没有报告给陛下。'那时你怎么回答？我们会怎么样呢？"

最后他俩被叫醒了。哈迪姆看见两个魔鬼，便用他们的方言问道："你干吗把我叫醒啊？有什么事？"

他们问："你是哪个妖群的？快说真话！"

哈迪姆说："你们没听说吗？有一个人要去波尔泽赫岛，为了这个人，谢姆斯国王烧了慕哥莱斯，抢了他的国家。你们现在必须找到他，把他带到你们国王面前!”

魔鬼问道:“这小仙是哪个仙群的?”

哈迪姆说:“是属于杜芒仙群的。别忘了,把谢姆斯国王打死了慕哥莱斯、占领了他的国家的消息带回去!”

他们说:“你休息吧!我们去找他。”哈迪姆就这样打发了他们。

三天后,他们来到一条河边。姆赫尔·阿沃尔说:“这就是魔鬼河。”他们眼前是一条大河,几乎看不到边,而且河水波浪翻滚,气势冲天。河边是动物的世界,遍地都是大象、骆驼、马、牛、鳄鱼,还有鸭、鹅等各种水禽。动物的体形很大,有的比一般的大象还大。上千只鸟儿,尤其是彩色鸟儿,在山上和小岛上啾唧地欢叫着,扑打着翅膀。哈迪姆在心里感叹:都是安拉的造化啊!眼前的这一切令人信服啊!你[①]的威力哪是智慧能比的?人甚至连想都想不到。

哈迪姆担心地对姆赫尔·阿沃尔说:“兄弟!怎样渡过这条河呢?我们柔弱的身躯又如何能承受这样的波涛呢?”

姆赫尔·阿沃尔说:“真的,飞得再快的鸟儿也没

---

① 指真主。

有力量在七天内飞到对岸，哪怕我变成仙人也没有勇气飞过去，就看你的了。”

哈迪姆说：“不管如何，我们必须去波尔泽赫。”

姆赫尔·阿沃尔说：“让我在这里待几日，想想渡河的办法。”过了一会儿，他说：“离这里几里之外的地方驻扎着博德郎仙群，那个小王国由谢姆享仙人掌管。他们有马，那马能下河游泳，又能上天飞翔。我想到他那里借两匹马来。”

哈迪姆说：“祝好运！”

杜芒王子飞走了，夜间到达那里，见到那里的国王。

谢姆享国王发问：“你来干什么？说吧！”

姆赫尔·阿沃尔说：“我需要两匹马，如果你能仁慈的话，那是最好的。”

国王又问：“你从哪里来？”

杜芒王子说：“从杜芒仙群来。”

国王说：“我认出你来了。你一定是杜芒的王子姆赫尔·阿沃尔。你独自一人来这里干什么？”

姆赫尔·阿沃尔说：“没错！我遇到难事了，很无奈，帮帮忙吧！你的仁慈将照耀我一生。”

谢姆享国王站起来同他拥抱，把他带到马厩里，挑了两匹飞得快的马。王子带着两匹马转眼来到哈迪姆跟前，并说："起来！快点骑上马！"哈迪姆和姆赫尔·阿沃尔各骑上一匹。姆赫尔·阿沃尔说："小心！要抓好缰绳啊！不要松开！"这样，他们一大清早就飞走了。

几天后，他们又饥又渴。姆赫尔·阿沃尔说："我这里有一点干果和一瓶水，想喝就喝，想吃就吃吧！"

哈迪姆吃了几粒干果，喝了几口水，恢复了体力，振作起精神来。又过了几天，他们看见了对岸。姆赫尔·阿沃尔说："兄弟！现在套上缰绳。"话音刚落，飞马落地。

哈迪姆说："哎，姆赫尔·阿沃尔！我听说波尔泽赫岛在河中间。"

杜芒王子说："你我所在的地方，就可以算作是这个岛，但是可别以为我们已经越过了魔鬼河。这不是它的另一岸，它中间还有一个岛，岛内还有几个岛，他们住在最里边。"

"离这儿有多远？"哈迪姆问。

"十天的路程。你为什么不坐会儿再走？我说一件事，你看是否同意。"他说。

哈迪姆说："请尽情地说吧！"这时，姆赫尔·阿沃尔说："我的国家离这里很近，我想回去把军队带来，让你我两人荣耀地进城。”

哈迪姆说：“哎，朋友！你不是想带着军队和马赫·雅儿·素赖曼尼交战吧？”王子说：“当然不是。我告诉你，我们若是这般赤手空拳地进城，谁会在乎我们呢？要是神气十足地进城，在我们到达之前，他们就知道了。不过你别紧张！我一周之内就可以回来。”

哈迪姆说：“留下我一个人待在这里吗？”

杜芒王子说：“有什么关系？这里没有能对你形成威胁的东西。”

哈迪姆说：“再见！一切顺利！”

姆赫尔·阿沃尔立即不见了踪影。哈迪姆见彻底看不见他了，就拿出白色的羽毛烧了，再把羽毛灰用水调成糊状抹在身上。他又恢复了原来的样子。之后他拿起弓箭射杀了一头梅花鹿，清理干净，把肉切成小块，抹上辣椒粉和盐，穿成串，又用打火石打着火，点燃柴火，把肉烤熟吃了起来。吃过饭，喝了水，拜谢真主后，哈迪姆睡着了。就这样过了几天。一天，哈迪姆在森林里游荡时，面前出现一扇敞开的门，里面有一个花园，他径直走了进去。花园里是长满各种果实和鲜花的树木，令他心旷神怡，他决定待在那里。马匹也很顺服，全天在河边吃着青草，晚上自个儿回到花园。

就这样过了七天。第八天，王子姆赫尔·阿沃尔回到自己的岛上，那些小仙们认出他来，跪下便拜。王子安慰他们，并和许多小仙拥抱。之后他去见了父母，问候后，施吻足礼。父母同他相拥后问道："你离开自己的军队跑到哪个犄角旮旯去了？士兵到处找不到你，只好回来。说吧！你的目的达到了吗？得到马赫·雅儿·素赖曼尼的女儿了吗？"

王子低下头说："儿子没听您的话，自找苦吃，经历多年的艰辛和痛苦。说真的，我倒不在意。不过，真主的确没让哪个异教徒吃过像我这样多的苦，更没让人类承受过如此的艰辛。值得庆幸的是，一个人类，一个名叫哈迪姆的人，从夏·阿巴德出来寻找如水鸟蛋般大小的珍珠，在一个森林中与我相遇，当我把自己的情况对他说后，他发誓说：'只要他得到那颗珍珠，就立即把马赫·雅儿·素赖曼尼的女儿交给我。'"

这话使他的父母笑了，说道："到现在你还没脱离傻气和无知，神仙都不知道的秘密，可怜的人类又怎么能知道呢？又怎么能说得清楚呢？又怎么能从马赫·雅儿·素赖曼尼那里得到承诺呢？"

王子说："他是一个可信的人，他是也门的王子，他的智慧超过神仙和魔鬼。他从一对鸟的对话中得知那颗珍珠的奥妙，他在我面前说的和我从马赫·雅儿·素赖曼尼嘴里听到的一样，所以我相信，他十分了解这颗珍珠的来历，我把他带到波尔泽赫岛上了。他真是个怪人，甚至懂得仙界和鬼界的话！”

父母问：“那你回来的目的是什么？”

王子恳切地说：“儿子想把军队带走，像国王般威风凛凛地带着军队进城。”

国王同意了，把几千仙人连同马匹交给了他。王子当即出发，按照承诺的日子回到哈迪姆那里。他让军队停留在河边，自个儿来到哈迪姆居住的地方。可巧哈迪姆不在。他纳闷，难道哈迪姆没履行承诺提前走了。这时他看见哈迪姆的马在吃草，于是吩咐小仙去花园里把哈迪姆找回来。那些小仙进到花园里去找，一个小仙看见一个相貌堂堂的年轻人坐在一棵树下观看着什么，他转身回来，把这个情况对王子说：“我看见一个人坐在那里，真主知道那个人是不是你要找的人。”

王子立即站起身来，拔腿就走。他看见哈迪姆低头沉思着，于是走上前喊道：“兄弟！抬起头来，你在想什么呢？”

哈迪姆抬起头看见姆赫尔·阿沃尔，站起身来同他拥抱，之后两人走出花园。哈迪姆见面前驻扎着一支浩浩荡荡的军队，旁边还有一顶王族大帐，问道："这军队是谁的?"

姆赫尔·阿沃尔说："是您的啊!"说完便拉住哈迪姆的手走进大帐，让他坐在宝座上，说了会儿分别后想念的话，又用带来的食物款待了哈迪姆。长时间没见到如此丰富的食物，哈迪姆把所有的美食都吃光了。接着是歌舞者表演歌舞，总之，彻夜在享受中度过。

清晨时，出发的军鼓敲响了，他们上马出发。消息传到波尔泽赫岛的国王那里，他得知仙人的大军已到跟前，但是不知为何而来，愤怒地和一个头人一起对几千仙人吩咐道："快点去堵住他们的路！别让他们再向前迈一步!"他自己也带着军队迎上前去。几天后，哈迪姆和杜芒王子到达那里，发现一支大军挡在路上，不得前进。密探前来报告，是马赫·雅儿·素赖曼尼派了军队来和他们决战。

杜芒王子派人前去对大军的司令说："我们不是来打仗的，而是来孝敬国王的。"

司令对那人说："你回去告诉王子姆赫尔·阿沃尔，先在那里扎营，他会见到国王的。"接着他派人给国王送去口信。

国王吩咐道："如果是这样的话，就把他们热情地请来吧！安顿在豪华的大殿里！"

总之，哈迪姆和姆赫尔·阿沃尔，还有几个亲信进了城。他们命令军队驻扎在城里的一处花园里。之后，马赫·雅儿·素赖曼尼派一个贵族来见姆赫尔·阿沃尔，这位贵族问道："您来这里有何贵干？"

杜芒王子说："也门王子希望见到国王的尊容，因此，我把他带来了。他为人和善，有修养，长相体面。国王看到后一定会很高兴。"

国王得知这些情况后，先送来了一些礼物，第二天，派人把哈迪姆叫到跟前，赐坐在一把华丽的大椅子上。国王慈祥地问："你来这个国家有何贵干？怎么到达这里的？"

哈迪姆说："真主是仁慈的，想尽办法把我送到这里来。"之后，他把胡森·巴努给他的仿品银色珍珠蛋放在国王面前，说："我的目的是，如果托您的福，能找到另一颗这样的珍珠，就是您的最大仁慈了。"

国王说："另一颗大珍珠蛋在什么地方能找到呀？"

哈迪姆说："我听说，在您的国度里。如果您能施恩的话，我就能达到目的。"

国王说："如果你能完成我的一个心愿，我就将珍珠连同女儿一同送给你。”

哈迪姆低下头沉思了一会儿，站起身来恳求道：“我只需要珍珠，别无所求，女儿是您的，谁想得到她，您就给谁吧！”

国王说：“若你说出珍珠产生的奥秘，我就把珍珠和女儿交给你。之后，你愿意给谁，那是你的权利。”

哈迪姆听罢说道：“把姆赫尔·阿沃尔王子叫来。”

国王立即吩咐人把他叫来，让他坐在身边。这时，哈迪姆开始诉说这颗珍珠的由来。

马赫·雅儿·素赖曼尼低头听着。总之，哈迪姆把从那只鸟那里听到的都说了出来。

国王听罢满意地点头称赞，随即站起身来，走到宫里拿出珍珠。他吩咐道：“把公主打扮成新娘模样，为她完婚。”哈迪姆看见珍珠激动不已。

之后，马赫·雅儿·素赖曼尼让人用珠宝把马匹和大象装饰起来，公主也被打扮得浑身珠光宝气，在穿着华丽袍子的伴娘、好友的陪伴下款款而来，后面还簇拥着很多仆人。当哈迪姆的目光落到她身上时，立即说道：“她是我妹妹。我把她交给姆赫尔·阿沃尔王子，只有她才配嫁给他。你们应该按照这儿的习俗，把他们的婚事给办了，把珍珠给我，让我交给胡森·

巴努。”

马赫·雅儿·素赖曼尼立即命令举行盛大婚礼，按照风俗把女儿嫁给姆赫尔·阿沃尔王子。托真主的福，这对有情人终成眷属。

一个月后，哈迪姆带着王子和公主同国王告别，几天后又回到那条河边。哈迪姆说："兄弟！你从这里踏上回乡之路吧！我从这里返回自己的家乡。"

姆赫尔·阿沃尔说："兄弟！我衣锦还乡，而把你一个人搁在这么危险的地方，这不仗义呀！我想把你风风光光地送到谢姆斯国王那里，我也同他见见面。"不等哈迪姆回答，他便吩咐自己的军队说："快点好好地准备！把妇女们和马队都给送过河去！"说完，他和哈迪姆都骑上了马，抓住缰绳，几天后他们渡过魔鬼河，来到一片森林里。这时，魔鬼们得到仙人大军到来的消息，立即聚在一起迎面站着。

姆赫尔·阿沃尔派了一个小仙上前对他们说："朋友！我们是素赖曼的兄弟，我们并不是来伤害你们的，你们为什么如临大敌？我们去向谢姆斯道喜，因为他终于在遭受了长时间的痛苦后得到解脱。"

对面传来话说："我们也不是来和你们对阵的，是来同你们见面的。"

姆赫尔·阿沃尔把他们的首领叫来见了面。他把哈迪姆藏在一个角落里，之后拿出各种美味佳肴让他们吃，又让他们喝了各种饮料，打发他们走了，然后他俩又出发了。几天后他们走出了魔鬼的地界。谢姆斯国王得到哈迪姆和姆赫尔·阿沃尔到来的消息，亲自带着军队前来迎接。他们在路上相遇，高兴地拥抱在一起，哈迪姆叙说了自己和姆赫尔·阿沃尔的经历。

谢姆斯国王听罢，请求姆赫尔·阿沃尔原谅自己，说："你对我有恩啊！你把这个年轻人平平安安地送到我这里，我正为他愁得白天黑夜不得安宁，甚至都不想活了。感谢真主，是在你的关照下，他安然无恙地回到这里。"

谢姆斯国王把姆赫尔·阿沃尔王子，连同他的队伍安置在花园里，在随后的四十天里，每日为他们举行宴会和歌舞会。总之，招待得无微不至。第四十一天的时候，姆赫尔·阿沃尔王子同哈迪姆和谢姆斯国王告别，踏上了回国之路。

之后，国王对哈迪姆说："哎，也门王子！你经历了千辛万苦和长途跋涉，现在你的国家还很遥远，不过，你放心，我一会儿就会把你送回到你的国家。"说罢，他吩咐几个小仙："现在把哈迪姆放在飞篮上送到也门！"

哈迪姆说:“我不着急回也门,必须先去夏·阿巴德。”

国王立即吩咐把哈迪姆送到那里。

小仙们把哈迪姆安置在飞篮里,踏上了飞往夏·阿巴德的路。他们日夜兼程,实在太困乏时就停下来,稍作休息,接着再飞。就这样,一个月后,他们到达夏·阿巴德城郊。

哈迪姆写了一张便条交给陪同回来的小仙,打发他们回去,自己进了城。人们把哈迪姆的到来通报给胡森·巴努,说他又平安回来了。

胡森·巴努按照老规矩坐在帘帐里,把哈迪姆叫进来,让他坐在一把金椅子上。哈迪姆没有吭声,一坐下就从口袋里拿出那颗珍珠给在座的人看,之后又放了回去,并讲述了这颗珍珠的来历。最后,他取出珍珠交给胡森·巴努。胡森·巴努激动万分,对哈迪姆的勇气大加赞扬。

哈迪姆站起身来,向她告辞,来到驿站同门尼尔·夏米见了面,向他述说了自己的经历。之后哈迪姆牵着他的手说道:“好啦!现在心情好些吧!放心,就快得到她了,现在只剩下一个问题了,托真主的福,我会完成的。”

门尼尔·夏米听了情不自禁地跪倒在他脚边。哈迪姆把他扶起来。总之,两人在一起住了七天。哈迪姆觉得自己身体已经恢复了,便在第八天穿上华丽的衣裳来到胡森·巴努的府邸。门卫进去通报。按规矩他被叫了进去,坐在金椅子上。

哈迪姆说:“现在请吩咐第七个问题吧!”

胡森·巴努说:“现在去寻找旋转澡堂的秘密吧!澡堂怎么会旋转呢?我听说它像磨盘一样在转动着,那人们在里边怎么沐浴呢?你必须弄清楚,把答案告诉我!”

哈迪姆说:“你至少知道它在什么地方吧?”

胡森·巴努说:“在德干的西边。但是不知道它是怎样产生的,也不知道其中的秘密。”

哈迪姆告别了胡森·巴努回到驿站,安慰门尼尔·夏米,说道:“这次旅行回来,我一定会把你心中的爱人交给你,我说话算数。”说罢,他又踏上征途。

第七个问题

哈迪姆出去寻找旋转澡堂的秘密
门尼尔·夏米和胡森·巴努结为连理
哈迪姆回到家乡

哈迪姆出了城，走进森林。几天后，他来到一座城边，看到一口井的四周围着一群男女。他走上前问道："你们在这里干什么？怎么围着这么多人？"

有人说："哎，朋友！当官的儿子疯了，他先坐在井沿上，之后跳进井里，现在已经三天。我们多次往井里放下钩子或绳子去找他，都找不着他。不知道是井里的什么妖怪，把他拖到第七层地狱[1]，还是掉进水里淹

---

① 印度传说中的地狱最后一层，蟒蛇住在里边。也可以理解为地狱。

死了。我们一直没有找到他，又没有人愿意不顾危险下井去找。也许这里面有龙，会把人吞吃了。”

正在说着的时候，落井之人的爸爸妈妈披头散发来到井边，坐在井边号啕大哭起来。他们的哭声就连飞禽在空中也会为之动容，石头也会化成岩浆。看到这里，哈迪姆的心都碎了，他眼泪汪汪地沉吟道：“别难为真主了，应该忍耐！”

老两口听后说道：“年轻人！你说得对！如果能找到他的尸体，把他下葬，至少让我们感到安慰，也能忍着。人肯定是死了。我们求遍所有的人，甚至愿意给上万的卢比，但是没人同情我们的遭遇，没人愿意下到井里。今天我们要亲自下到井里，把他的尸体找出来。别人又怎么会为他人冒险呢？”

哈迪姆说：“别着急！我已经把生命交给真主，正想为别人去做些事，遵照天意，我下到井里把你儿子的尸体捞出来，你们等着我回来。”

老两口说：“年轻人！我们还能去哪里？我们世代就生活在这里。”

哈迪姆说：“你们在这里等我一个月，如果我回来了，再好不过，否则你们该干什么就干什么去吧！”

说到这里，他纵身一跃，跳进井里，潜入水下。等双脚落地，睁开眼睛一看，发现既没有井，也没有水，而是一片空旷地。他向前走，看见一个敞开着的门，里面是一座气象万千的花园，他毫不犹豫地走了进去。只见花园里的各种鲜花争相开放，树木上缀满了果实，香气扑鼻，这一切令他的心都陶醉了。

他心想：什么花这么香呢？为了探寻一下，他在花坛中穿梭着。这时，他看见一队仙女坐在一处，旁边一张华贵的坐椅上坐着一个俊朗的年轻人。哈迪姆赶紧走了几步藏在浓密的树丛里，观察着他们。

其实仙女们看见他了，尖叫起来："这个陌生的人类从何而来？"然后赶紧跑去通报仙女首领，说有一个人藏在树丛里。

仙女首领听见这个报告，立即对那年轻人说："你的又一个兄弟来了。如果你吩咐，我们就把他带到这里，但是，条件是必须款待他。"

那年轻人说："好啊！我也想见见同类，一定是真主派来的。"

仙女首领对两个侍女说："快去把那个人按规矩带来。"

她们把哈迪姆带到仙女首领面前。仙女和年轻人一看见哈迪姆来到跟前，就都站起身来，让他坐在面前，而且十分热情地迎接了他，问道："你是谁呀？叫什么名字？来自何方？"

哈迪姆说："我是也门人士，来自夏·阿巴德，要去旋转澡堂。我名叫哈迪姆。前日碰巧走到一口井边，看见很多人在哭。尤其是，年轻人——你的父母的情况改变了我的想法，我不由自主地走到他们跟前，询问他们为何哭得伤心欲绝。他们告诉我，他们的儿子——优素福第二[①]掉进这口井里不见了。他们心痛欲绝，但是没有任何人愿意看在真主的份上下井把他们的儿子打捞上来。当我听到这些话，我什么也没想就跳进井里，来到这里。到现在我也不能确认，你是他们的儿子，还是别人，但是我确实看见了一个人。"

听罢，那年轻人说："兄弟！我就是那个具有雅各布[②]品质的人及其妻子[③]的儿子。说来话长，一天，我来到井边，看见一个祖莱哈[④]般的美人，这一眼使我神魂颠倒，痴情不能自拔。我坐在那里，她每天在我眼

---

① 优素福：伊斯兰教先知，《古兰经》故事人物，传说他十分英俊。优素福第二，指他美貌的面容仅排在优素福之后。

② 雅各布：一译"叶儿孤白"，又名以色列，希伯来人的祖先，《古兰经》故事人物，安拉的使者之一，即《圣经》中的"雅各"。

③ 指年轻人的父母。

④ 祖莱哈：《古兰经》故事人物，她是勾引先知优素福的埃及大臣的妻子。意为美丽的女子。

前露一面就走了。我对瞬间的相见不满足，这每日的爱让我不能自拔，就像天堂之风一样，在对这朵玫瑰花的追逐中，我来到这座花园。最后，她看到我落魄的样子，对我发了善心，接受了我，满足了我的要求。如今我的生活很安逸，每个夜晚都在尽情的享乐中度过。”

哈迪姆说：“太遗憾了！你在这里花天酒地，而你的父母却生不如死。这公平吗？”

那年轻人说：“现在我这个陷入到爱情中不能自拔的人全由她控制，她让我走，我就回去，安慰父母几天后再回来。”

哈迪姆说：“先等一会儿，让我对她说明你的情况。”说完，他转向仙女首领说：“哎，妩媚的、尊敬的、忧郁者的知己！因为分离而使父母伤心，因为不能相见，父母像蜡烛一样在融化，这样做似乎有失善良和仁慈。最好让这个年轻人回去住几日，让他同父母相见，宽慰他们因与儿子分离而伤透了的心。”

仙女首领微笑着说：“这儿谁拦他了，现在就走吧！他是自己深陷不能自拔才来这里的。我可没叫他来这里，他是自由的，想去哪儿，就去哪儿。”

哈迪姆说：“你站起来吧！仙女首领发通行证了。”

年轻人说："让我走是有条件的。她得保证一个星期有两三天晚上来我这里，让我别忘了她，我才会同意离开。"

哈迪姆低下头，过了一会儿对仙女首领说："看在真主的份上，怜悯他吧！他说什么就接受吧！"

仙女首领眉头紧锁，不悦地说："这不是我们族行事的风格，我不能这样做，我觉得空口说好听的没有用。不要急赤白脸！男女厮混在一起本来就是万恶之源。"

哈迪姆说："如果爱人能稍微同情一下深陷爱情中的人的话，我就说几句。我从一些仙女群那里听说过，同她们有过接触，见过她们的风雅和爱心。你说你们族里没有这样做事的人，我怎么能认同呢？而且通常人类是无情无义和残暴的，而你们仙界却是重情重义的。"

她听了把脸扭了过去，说："这都是胡说，我从心里不接受！"

年轻人说："你说得没错，请告诉我如何消除你的误解！我为你抛弃了自己的家，甚至不顾性命跳进井里，我承受了这么多的痛苦来到这里，即使这样你也不认为我是你的爱人。这真是：

我抛弃生命和财产，
你对此却毫不知晓。”

仙女首领听罢说道：“我听过很多这样的话了，全是无用之词。我只知道，你想得到我，所以我说什么，你就得做什么。”

年轻人无奈地站起身来，说道：“你干吗耽误工夫？你想让我做什么，就快点说吧！”

仙女首领对手下说：“把盛满黄油的锅放在炉子上，油滚了，通知我！”

那些仙女去做了。油滚时，仙女首领抓住年轻人的手说：“怎么样？你如果爱我的话，就跳进去！”

年轻人毫不犹豫地朝锅走去，就在他要跳进油锅的那一刹那，仙女首领发疯似地跑过去，搂住他说：“你对我的真爱得到证实，我相信你。现在，你说什么，我就做什么！”之后，她下令道：“快把结婚大殿装饰起来！妖娆的斟酒女郎在镶嵌宝石的玫瑰酒杯里斟满红酒端来，让我们第二次喝交杯酒！”

她吩咐的时候，所有的准备也就绪了。总之，哈迪姆在奢华的招待中度过了一个月。而坐在井台上的人，也在数着日子，他们说：“如果今天那年轻人不出来，我们都各自回家吧！”

总之，第三十一天时，哈迪姆站起身来，对年轻人说：“我有要事，不能继续待在这里了。你承诺过的，也兑现吧！”

仙女首领答应了。哈迪姆说：“我有一个条件，那就是，你要记住承诺，向素赖曼保证，我才相信。”

仙女首领发誓说：“我绝不违背诺言，你放心吧！”接着她对小仙女说：“把这两个年轻人送出去吧！”

小仙女们纵身一跃，把他们送到井边。所有的人都惊得目瞪口呆。年轻人的父母跑过来跪倒在哈迪姆的脚边。大家高兴地回到城里，热情地款待了哈迪姆，人们尽情地载歌载舞，家家敲起欢庆的锣鼓。哈迪姆在这里做客十四天，仙女首领也按事先说好的，常来常往。哈迪姆看到她的诚实和诚意，心里想：真了不起，她面貌好，又有好德性。俗语说得好，不忠诚的美丽毫无趣味，没有廉耻的眼睛毫无吸引人之处。

第十五天的时候，哈迪姆离开那里，出发走向荒原。年轻人把他送到城外。经过一段时间的跋涉，他面前出现一个小城，小城的外边站着一个老人。他一看见哈迪姆，就说：“你好啊，年轻人！”

哈迪姆说：“您好，老人家！”

老人接着说："哎，游历世界的人！今天晚上到我的寒舍坐坐，吃点食物，是你赏光。"

哈迪姆说："您太仁慈了！"

之后，老人把他带回家，热情地招待了他。饭后，老人问道："年轻人，你叫什么？前去何方？"

哈迪姆说："我是也门人，现在要去探索旋转澡堂的秘密。"

听后，老人沉默好一会儿才说："朋友！是哪个坏家伙派你去寻找这个地方的？首先，没有人知道它的踪迹；此外，凡是去的人，都死在了那里，没有回来的。如果有人打算去那里，就是去送命，因为去那里的路途遥远。听说狮子戈当是戈当城的国王，他在边境设哨所，并命令说：'凡是想来沐浴的，首先把他带到我这里。'不清楚他为什么要把人叫到跟前，那些人是被打死了还是放了。"

哈迪姆听后说："门尼尔·夏米王子爱上了商人的女儿胡森·巴努。他抛家舍业来到胡森·巴努居住的城市，坐在驿站的中间。我为了他承受艰辛，承蒙真主厚爱，几年来我忙于这件事，已经为商人女儿找到六个问题的答案。现在要找第七个，就是旋转澡堂的秘密。说到去找死，看看命运里会出现什么吧！"

老人说："为你和你的父母叫好！你为了别人不惜抛弃安逸的生活去吃苦受罪。不过，我建议你现在把这个想法忘掉吧！从这儿回去，对她说，那是魔法，没有人知道，也找不着它在哪儿。"

哈迪姆说："真主宽恕！我怎么能说谎呢？这样对那个可怜的人不公平，他生命垂危，仅因这唯一的希望而苟延残喘。如今马上就要喝到情人递来的美酒而重生，如果我这时找借口退却，我怎么向真主交代呢？因为，凡是决定紧跟真主的人不说谎话，那些在信奉真主的路上抛家舍业的人，不达目标誓不罢休。"

老人说："哎，年轻人！珍惜自己的青春吧！去那里就等于离开这个世界。如果不接受我的劝告，你会后悔的，就像青蛙不接受家族的劝告，后来后悔一样。"

哈迪姆问："怎么回事儿？"

老人讲了起来："在叙利亚那边有一条河，河里住着很多青蛙。一天，一只青蛙对族中亲友说：'我想离开这里去外边旅行，移居到其他河里，因为旅行中受益颇多。托钵僧会心满意足，贫穷者会富有！不管怎么说，在这地方谁也得不到财富，不付出艰辛是得不到好东西的。'

其他青蛙说：'哎，傻瓜！打消这个念头！把它完全忘记吧！你根本得不到安逸！不仅白费力，最后还只能为自己的所作所为而后悔。’青蛙不听家族的劝告，带着亲属和妻室朝另一条河迁移。这些动物在陆地上走可不容易，但青蛙蹦蹦跳跳，高兴地走着。突然，青蛙遇到一眼泉水，里边住着一条蛇。这条蛇之前吃了很多青蛙，这几天没进食，正饥肠辘辘。蛇看到这些青蛙，就扑了过去，将青蛙逐个吞噬了。那只青蛙拼命地逃回原来的河流里，但老婆孩子都成了蛇的腹中之物。其他青蛙咒骂道：‘哎！傻瓜！瞧你做的好事！白白葬送了全家。说说吧！你遇到了什么？’那家伙失去了妻儿，低着头，为自己的所作所为后悔莫及，默不作声地坐在那里听着大家的数落。其他青蛙在那儿不断地斥责着他，他不敢还口，不敢回答他们的提问。总之，不听老人言，吃亏在眼前。

好吧！年轻人！接受我的劝告，从这里回去，不要胡闹了！因为没有任何人到过旋转澡堂。你干吗要发疯呢？快清醒一下吧！”

听了他的话，哈迪姆回答道：“哎，长辈啊！你说的这一切，都是为我好，但是涉及到为真主做事，反悔不好，因为，这太不诚实了。我期望托真主的恩惠让我来实现那个年轻人的心愿。看在真主的份上，把你知道的通往戈当城的路告诉我，让我赶快出发。”

老人看到哈迪姆决心已定，不可动摇，就随他一同往前走。老人走出城后说：“哎，外乡人，你朝右边走，前边会经过很多大小城市，之后会看见一座山，山下有千万种灾难在等着你。若你能安然无恙走出来，你会看到一片大荒原，在那里你会看见真主的威力①，稍微再往前走一点，会出现一个十字路口，你要向左边走。那条路清静而令人心旷神怡，能到达戈当城。虽然右边的路近些，但那条路危机四伏。”

哈迪姆说：“短命人不能长寿，人不会无缘无故死去。再说我干吗要舍近求远呢？”

老人说：“常言道：

走直路，不要看它有多远，
哪怕是仙女的寡妇不能娶。

没到死期，不会死，
万不可往龙嘴里钻。

---

① “真主的威力”的含义很广，指一切人不能做到的事物，这里指真主造就的世界万物。

好吧！如果你不采纳我的忠告，后果会很难堪的。”

总之，哈迪姆不顾他的劝阻出发了。几天后，他面前出现了一座城，从里面传来阵阵锣鼓的声音。他心想：今天这里聚集这么多人，是不是有人在举行婚礼呢？他又看到一顶顶帐篷支在那里，地面上铺着洁白的地毯，到处都坐着人。每个人群前都有人在敲着锣鼓，还有人在边歌边舞。炉灶上的大锅冒着热气，煮着热气腾腾的美食。

看到这里，哈迪姆问：“哎，朋友们！今天这里有人结婚吗？”

他们说：“这个已经是我们这个国家多年来的习俗了，每年不管是穷人还是富人，国王还是大臣，都把自己成年的女儿打扮成新娘，喷上香水和香精，让她们坐在帐篷里，之后森林方向会爬来一条大蛇，变成貌美的少年，在各个帐篷中间穿梭，看每一个姑娘，凡是喜欢的，就带走。我们恐惧他，但也只能遮住脸操办婚事。每家都担惊受怕，唯恐他会看上自家的姑娘。今天你看这里锣鼓喧天，明天看捶胸顿足吧！每年，一天的婚庆，七天的悲哀。我们无助啊！怎么办呢？傍晚时，规定的时间就要到了，总有哪家要倒霉。”

哈迪姆在心里想：这一定是魔鬼干的，不是什么蛇。他对他们说:“哎,朋友们!你们遇到大难了!”

他们说:“我们又能做什么呢?我们没有办法呀,命中注定的躲不过!常言道:‘挨石子打,还遇到个大个的。’我们还没遇到替真主把我们头上的灾难消除的人。”

哈迪姆说:“但愿真主让我在今天夜间驱除这个恶魔。你们一定要有信心啊!不要有疑虑!”

这些人把这些话对首领说了。首领一听,立即把哈迪姆带到国王面前。国王当面听了他的讲述,之后让哈迪姆坐下,说:“哎,年轻人!你知道这是什么灾难吗?这里面有什么秘密?”

哈迪姆说:“很显然他是魔鬼,想制造恐慌。他放弃好的德行,想出这样伤天害理的事。”

国王说:“年轻的勇士!如果你能打死这个魔鬼或者让他远离我们的城市,我、我的士兵和人民都臣服于你,而且一生感恩于你。”

哈迪姆说:“我做过的事,都是为真主而做,我马上要做的事,也是为了真主而做。如果将来还做这些事,也不是为了有恩于某个人。但是我下面对你说的话,你要认真照办!”

国王说:“洗耳恭听!”

哈迪姆说："魔鬼来的时候，会把喜欢的女孩带走，那时你们对魔鬼说：'先生，你可以带走她，但是至少容我们说一件事，那就是，我们的一个首领在离开很长时间后回来了，我们都是他的手下，没有他的发话，我们不能把女孩交给你。如果我们不将女孩交给你，那是我们的错，你要是发火了，一年里就能毁掉我们的国家。但是他若生气了，一眨眼就会让国家成为灰烬。'"

国王把哈迪姆留在宫殿里一整天，傍晚时，蛇要来的事闹得人心惶惶，人们对哈迪姆说："哎，年轻人！那害人精要来了。"

哈迪姆对国王说："让我也看一眼。"说完他站起身来，走出宫殿，看见一条巨蛇昂着头从天而降，长得看不见尾，就连魔鬼也不敢与之相比。人哪有胆量抬头看他一眼？他所经之地的石头、树木都被碾碎成粉末。哈迪姆看见他的架势，说道："让安拉保佑你[①]，只有你能消灭他。"

这时，那条蛇来到附近，使劲地摇动自己的尾巴，所有的人低下头匍匐在地。之后他环视一周，又在地上翻滚一下，变成了一个相貌堂堂的人。人们都站起

① 指哈迪姆自己。

身来恭敬地问好，国王来到跟前把他带进宫殿，让他坐在一把镶嵌宝石的椅子上。

他一屁股坐下，说道："都把自己的女儿带来给我看看！"

国王说："遵命！请看！"

他走出宫殿，把所有的头人、商人还有穷人家的女孩子一一看过，但是没有喜欢的。他转过身来，回到国王的宫殿里，走到公主坐的地方，看过后对国王说："我喜欢她，交给我吧！"

听了他的话，国王说："有一个首领好久没来，最近来了，现在没有他的命令，我们什么也不敢做，否则国家瞬间就会被毁掉。最好，现在把他叫来，他让我们做什么，我们就做什么。"

魔鬼低下头说："他去哪里了？今天怎么来了？好吧，把他叫来吧！"

哈迪姆就在宫殿前站着呢，一喊他，他就站到他们面前。

魔鬼问道："哎，年轻人！长期以来，我出入这个城市从没见过你。今天你从哪里来的？说实话！你是谁？为什么误导我的顺民，想毁掉这个国家？"

哈迪姆说："我不在国内时，你要他们做的，他们都接受了。如今这个国家的主人回来了，这儿的事由我管理。我的主张是，只有接受我们祖先留下的风俗的人，我们才能把女儿嫁给他。”

魔鬼问：“什么风俗？快说吧！”

哈迪姆说：“我这里有一颗蛇脑石，我把它放在水里磨擦一会儿，之后把水给你喝。”

魔鬼说：“我喝。”

哈迪姆把那枚熊大王女儿赫拉斯给的蛇脑石从衣兜里取出，在一点水里磨擦起来，再把水给了魔鬼。魔鬼不知道这水是他不能喝的，喝了之后他的魔咒就会消失。他一口喝了，然后立即忘记了魔法。不仅如此，他还说：“还有什么风俗，我也来试试。”

哈迪姆说：“第二个风俗是：你钻进一个大袋子里，我们把口给扎起来，之后你若能出来，我们就心悦诚服地把女孩交给你。出不了这个袋子的话，罚你拿走上千的红宝石，还有两千颗钻石和一颗产在仙女国里的水鸟蛋般大小的珍珠。”

那家伙忘乎所以，立即说：“快点把袋子拿来。”

哈迪姆拿来一个大大的口袋放在他面前，说：“开始吧！”

他钻了进去。哈迪姆把袋子口结实地扎好，口诵

“比斯米拉”,之后对他说:“出来!”

但是,用真主名字的威力扎住袋口,会使这袋子重于大山,无论魔鬼使多大的劲,都出不来。

这时,哈迪姆对人们说:“现在在袋子的四周架起柴火,点火烧死他!”

火点起来了。魔鬼不断地喊着:“我被烧着了!我被烧着了!”但是没有人理会他的叫喊,最后,他被烧成了灰。

之后,哈迪姆对人们说:“现在,你们在地上挖一个坑,把他埋了,都回家休息!真主把他从你们头上搬掉了,否则,只有真主知道,现在你们的情况会怎样,那孽障会怎样对你们。”

国王看到这里,对哈迪姆佩服得五体投地,城市的居民都拜倒在他脚下。国王给了他很多金币,又让人拿来很多衣服和珠宝放在他面前。

哈迪姆说:“我不需要这些,真主给了我一切。如果你同意,就把这些给忙于真主的事业的游方僧们,你会得到好报。凡是为真主献身的人,不拿任何回报。”

国王当即把游方僧、穷人和需要帮助的人叫来,把这些物品分给了他们。他留哈迪姆在那里做客三天。第四天,哈迪姆同他们告别,继续前进。不知又过了多少天，他来到一座山脚下，也就是那个老人提到的山。稍作休息后，他开始攀登这座山。当他爬上半山腰的时候，眼前出现了一片树林，树上长了很多奇花异果，他就靠着吃各种果实走了几天。当他走出这座山时，面前是一个十字路口。他站在那里想着那个老人对他说的话，朝右走，路上会有很多灾难，不要走那条路。他心里想：我应该按照他说的走。便朝左走了，可他朝左刚走了一会儿，又觉得走这条路没有什么收获，最好朝右走，真主定会暗中帮助，不会遇到任何灾难；如果遇到，有真主的庇护，他也会安然无恙的，假如为真主丧生，来世也会得到好报。

想到这里，他又转身朝右走去，不久，眼前出现一片长满荆棘的野生洋槐树林。他口念“真主保佑”迈开步子走了进去。在穿过这片野生洋槐林时，每迈一步都困难重重，只有路途并不遥远稍许使他感到安慰。荆棘把他的衣服割成碎片，他浑身被刺扎得鲜血淋淋，脚底也被刺得千疮百孔，脚面红肿，难以行进。他有气无力地说：“那位长者说得对，我这个倒霉鬼不接受他的话，自找苦吃。”他担心起来，不知前方的路上还会有什么样可怕的树林，到那时可怎么过得去。还好，他战胜无数的艰辛和困苦走出了这片树林。但前边又出现了住满蜥蜴的树林。这些蜥蜴闻到人味，都跑来要吃他。哈迪姆看到面前有上千只蜥蜴，大的有豹子和狗那么大，还有数百只狐狸和豺狗般大小的[①]。哈迪姆害怕了，浑身颤抖，他知道这些野兽肯定是来吃自己的，但是他毫无办法。

就在蜥蜴爬到他身边时，一个满面红光的老人出现在哈迪姆右边，说："哎，年轻人！你不接受长辈的建议，后悔了吧？"

哈迪姆说："我做错了事，为自己的过错感到羞愧。"

老者说道："你把赫拉斯的蛇脑石拿出来砸在地上！那些动物就会消失不见。"

哈迪姆当即把蛇脑石从口袋里取出，摔在地上。那些动物先变成黄色，然后变成黑色，最后由绿又变红。那些蜥蜴都发疯似地互相撕打起来，三个时辰后都死了。哈迪姆看到这情况吃惊地说："主啊！那些动物们做了什么罪大恶极的事？你把他们都打死了，而且消失不见了。一定是这颗蛇脑石起的作用，应该感谢真主，是他在关键时刻派来了这位圣徒，告诉我这个

① 原文把豹子和狗看作同样大小，实际上狗和豹子大小不一样。南亚次大陆的豺狗体型较小，和狐狸作比较较为合适。

秘密，把我从灾难中拯救出来。要不这些野兽会把我撕成碎片。”他又仔细看了看，一个活的蜥蜴都没有了。他想拿起蛇脑石，但是又一想：万一拿起时动物们活过来，把我给吃了，那我的生命和辛劳就毁于一旦了。我不能着急，应该忍着，等他们的肉腐烂，骸骨露出来后再拿。

过了一会儿，哈迪姆拿起蛇脑石继续往前走。过了一些日子，他走过遍地都是合金石子的荒滩。那些坚硬的小石子扎破了他的鞋，刺破了他的脚，他的双脚伤痕累累。他把衣服撕成碎片，放在鞋里垫着。

这时，他心里想：哎，哈迪姆！在这个世界上再也找不到像你这样的傻子了。长者多次劝阻别朝右边走，真主赋予人聪明才智，就是让人识别对与错，好好地做事，每一步想好了再迈出去。而你同他分手后先是朝左边走，之后倒霉鬼催得你放弃了那条路，朝右边走了。好吧！现在后悔也没有用，面临的，就忍受吧！继续往前走吧！真主能给你做主。最后，哈迪姆经历千辛万苦走出了那片荒滩。他口诵“一切赞颂全归真主”，坐在一处，脱掉鞋一看，脚都被扎成了筛子，合金的小石子塞在每一个小洞里。他取出这些小石子，用布把脚包好，穿上鞋，一瘸一拐继续往前赶路。他心里高兴，觉得终于摆脱了灾难，但他不知还有一个灾难在前边等着他呢！

他往前走进另一片树林，那里的蝎子闻到人味跑来。很多蝎子有猫般大小，还有的有狐狸般大小；它们的尾巴如同豺狼的尾巴，腿如鸡腿那么粗，脖颈像木板那么宽。哈迪姆看到后，吓得浑身颤抖，神志不清，手足无力。他朝四周望去，发现曾帮助过他的那位老人又出现了。他抓住哈迪姆的手说："放心！不要失魂落魄！不要失去信心！"

哈迪姆说："哎，圣贤啊！我可怎么办？我浑身无力，怎能对付那些若用毒刺扫石头，石头也会粉碎的蝎子呢？"

老人说："不要担心！把那颗蛇脑石扔到蝎子面前的地上，看看真主展现出的奇迹吧！"

哈迪姆想掏石头，但手抖得根本无法取出，最后那个老人帮他取出蛇脑石放在他手上，他口诵"奉至仁至慈的安拉之名开始"，将蛇脑石朝地上摔去。

蛇脑石一落在地上，地面就像蜥蜴一样开始变色。当变成红色时，蝎子们打在一起，一只的毒刺蛰在另一只身上，蝎子们的肚子都破裂了。哈迪姆站在那里看着，那些蝎子一直打了三天，最后都死了。

第四天，哈迪姆拾起蛇脑石，口念“感谢真主”后又出发了。几天后他眼前出现了一座大城，他走了进去，那里的人看见一个陌生人进来，走到他跟前问道：“哎，年轻人！你来自何方？”

哈迪姆说：“我从右边的路来的。”

他们吃惊地问：“你怎么能活着呢？你没遇到那些蜥蜴和荆棘、石子和蝎子吗？”

哈迪姆说：“朋友们！我遇到了，而且深受其害，但是有安拉的帮助，我把那些蜥蜴和蝎子都收拾了。现在那条路除了矿物石子和荆棘，没有任何蜥蜴和蝎子了。”

在那里经商的商人听了哈迪姆的话，都准备走右边的路出去。有这么近的路，路上的毒物都被清理干净了，谁还绕远路呢？如果商人常来常往，这个城市也会繁荣起来。商人们捆绑好物品便出发了。

当国王得知商旅队听了一个游客的话，走了那条原先满是矿物石子、荆棘和毒物的路，便下令让很多的听差紧随他们，把路况的真实情况看个究竟，禀报上来。他还把哈迪姆叫到身边，说道：“游客！你战胜了一路上的险情，在这里休息几日，我们可以成为好朋友。之后，你想去哪儿，再走吧！”但是他心里却盘算着，如果是真的，我就招待你，否则你就等着上绞刑架吧！

他出于这个目的把哈迪姆留住了，为防止他逃跑，还在周围布置了很多卫兵。

那些派去侦察的人一直跟在商旅队的后面，他们看到商旅队在几处歇息的地方没发生任何事，而且商旅队安然无恙地走过了本来布满蜥蜴和蝎子的丛林，就转身往回走了。没过几天，他们回到城里，禀报国王："那个游客说的都是真的，路上的确没有任何可怕的蜥蜴和蝎子了。"

国王让人四处张贴告示："现在那条危机四伏的路已经没有危险了，可以想什么时候走就什么时候走。"国王请哈迪姆原谅，并说："年轻人！我错了，你原谅我吧！"之后，在他面前放了很多珠宝。

哈迪姆说："我没发现你做错了什么事，因为，自从我进入你的城市，我一直过得很安逸，又有什么原因让你求我原谅呢？"

国王说："你不知道，我表面上展现出友好，实际上派了很多人监视你。我没让你去任何地方，一直到侦察的人从树林回来。如果证明你撒谎了，我就在城外绞死你，不让这个传言四处传播。"

哈迪姆说："这正是国王的公正，你这样做，弘扬了正气，灭了谎言的威风。你不用解释了，我也没说谎，因为这不是好人做事的方法。你也不要为此事自责，因为正直的人应该是这样的。让真主保佑你，你的国家会永远掌控在你手里。你给我的这些礼物，对我有什么用呢？我没有搬运队，我自个儿无法把它们带走！"

国王说："你放心吧！我会找人为你搬运，再派几个人护送你，一直到把你送回自己的国家。"

哈迪姆请求他："我有一件要紧的事，不做完，我不能回家。我要去一个地方。"

国王问："什么事？如果我们知道，我们也可以帮你。"

哈迪姆说："这是先知的仁慈，不过，除了真主，我不想求助于任何人。但是，你可以为我找个认识通往戈当城的路的向导，这也是对我的恩惠。"

国王问道："你去那个城有什么事？"

哈迪姆说："听说旋转澡堂就在那里，我特别想看看。"

国王说道："哎，年轻人！快打消这个念头吧！凡是去那里的人，都没有活着回来。你干吗要去送死呢?”

哈迪姆说:“要发生的事,就让它发生吧!我应该去,我一定要搞清旋转澡堂的秘密。”

总之,尽管国王千方百计阻止他,他就是不听。无奈之下,国王派了两个人给他做向导。

哈迪姆告别国王出发了。他们出城走上了通往戈当城的道路。几天后,他们到达一个地方。向导说:“我们只能送您到这里,这是戈当城边界,在这里告别吧!”

哈迪姆告别了他们,继续前进。当走到近前时,戈当城的人看到他,说:“哎,年轻人!你从哪条路来的?”

哈迪姆说:“我从那边来的。虽说一路上困难重重,但是仁慈的真主为我扫清了障碍,解决了各种艰难困苦,把我平平安安地送到这里。”

听罢,所有人对他的回答都感到满意。哈迪姆进入戈当城,住在驿站。一天,他把两颗堪称无价之宝的珍珠和两颗价值连城的红宝石放进一个小盒子里,带着来到国王殿前。

守卫们赶紧向队长禀报,说有一个游客从外地来到这里。队长报告给国王哈尔斯,国王让队长把情况再了解清楚一些。

队长问哈迪姆:“你从哪里来？姓甚名谁?”

哈迪姆说:“我是一个商人,来自夏·阿巴德,想在这里谋一份差事。”

队长禀报国王说:“有一个谈吐文雅的年轻商人从夏·阿巴德来,想见陛下。”

国王哈尔斯下令说:“传他进来吧!”

队长把哈迪姆领进大殿。哈迪姆站在大殿行皇家大礼,并恭敬地献上宝石。国王看见这些璀璨夺目的宝石,脸上绽开了笑容。他给哈迪姆赐座,询问他的情况。

哈迪姆说:“我一直在经商,后来觉得现世是渺小和短暂的,便放手不干了。也不再去面见国王,而是开始旅行。听说陛下受到百姓的拥戴,我就跑来了,因为见到这样公正的国王是今世来世的吉祥。”

国王哈尔斯听了他的话,非常和蔼地说:“哎,年轻人！在这个城市里住几日,我们好好地聊聊天,这就是我的礼物。”

哈迪姆答应道:“的确,我们难得能在一起待几天。不过,国王的公正、友善使我觉得在此多待几天更好,我接受您的邀请。”

国王说:“你下榻在什么地方?”

哈迪姆说："在商旅队的客栈。"

国王对侍从说："简单地收拾一间房子出来，把他安置在那里！对掌勺大厨说：一天两顿饭，送给他七道有特色的菜。多派一些侍从为他服务！"说到这里，他看了哈迪姆一眼，接着又说："年轻人，我其实想让你来这里与我同住，你的到来使我们的宫殿蓬荜生辉，我想聆听你美妙的叙述。"

就这样，哈迪姆在国王的宫殿里住下了。他与国王谈天说地，十分投机。一晃过了六个月，可哈尔斯国王对哈迪姆仍十分依恋，哪怕有一天没见到他，也无法忍受，要立即打发人来叫他。总之，他们成为最好的朋友。国王常常在朋友们面前称赞说："如果他能在我的城市里定居，我们可以成为好朋友，谈天说地。"他们也说："陛下，您说得对，这个人言谈举止如此之佳，他最适合每日陪着陛下。"

有一天，哈迪姆看到哈尔斯国王心情很好，便送给他几枚无价的红宝石和绿宝石。国王说："年轻人！我从心里感谢你。但你为什么要多次使我羞愧呢？我真不好意思。你在我这里陪着我，却没向我提出任何要求。现在我想问你：你需要什么？别客气，说吧！我不会吝惜，会立即给你。"

“您就是我的一切，我不缺少任何东西，外来人不需要华丽的世界。”哈迪姆说。

“这不是什么大事。”国王说，“我的整个国家都是你的，你想要什么，不需要问就拿吧！你要给谁也是你说了算。有什么事就让我的人做，他们都是你的手下，他们没有理由拒绝你。”

“祝您长寿！祝王国千秋万代！”哈迪姆说，“我心中的愿望基本都实现了。不过现在还有一个未完成的愿望，使我至死不能合眼。”

“什么愿望？如果你愿意，我把女儿交给你，国家和财物又算得了什么？”国王说。

哈迪姆低下头，说道：“我把陛下的女儿看作自己的姐姐，我没有这个想法。我的想法是别的，您同意的话我再说，我怕说了会遭到别人的耻笑。”

国王再次仁慈地发话：“哎，朋友！我感谢你的情操，如果想要宝座，我现在就给你。除了王后，你要什么都行。”

哈迪姆双手合十说道：“您这是说的什么话？她就像我的母亲，您的宝座也千秋万代。我的愿望是别的。”

这时国王哈尔斯说：“兄弟，看在真主的份上，快说吧！急死人了！那是什么愿望？”

“您得许诺，我才说。”哈迪姆说。

国王当即发誓。

哈迪姆开口说：“我想看看旋转澡堂。如果您吩咐，我就去看看，以解心中的疑惑。”

国王听后面带愁容。哈迪姆问：“怎么，有什么为难的吗？我服从于您，您说什么，我就做什么。”

国王抬起头来说：“朋友！我怎么会不为难呢？我是有些担心。首先，我曾发过誓，不让任何人去旋转澡堂，如果允许你去，我就违背了自己的承诺；第二，像你这样英俊又风度翩翩的年轻人会丧命，那是残暴之地；第三，迄今为止还没有一个像你这样的人回来过；第四，如果我把你打发走了，我怎么忍受分离之苦呢；第五，如果我不允许的话，就违背了刚才的许诺，因为国王的话是一言九鼎的，背信弃义若被传出去，就再没人相信我的话，会影响王国今后的事务。”

哈迪姆说：“我相信真主，但愿真主让我尽快再次出现在您面前。不要担心我，让我去，我不达目的誓不罢休。因为门尼尔·夏米王子爱上了波尔泽赫商人的女儿胡森·巴努，她提出七个问题，但是门尼尔·夏米王子解答不了。我同情他，答应为他找到答案，而且保证不找到所有问题的答案决不罢休。现在已经找到六个问题的答案，只剩下一个问题了。我希望陛下让我去那里，了解所有的情况，回去后向胡森·巴努讲清楚，之后把她交给门尼尔·夏米王子，让那个痴情人在经历了长时间的思念后得到她。”

“年轻人！”国王说，“我赞赏你的勇气和你父母的仁慈，你为别人的事承担如此多的痛苦，甚至不惜牺牲生命。但是去过那里的人没有能回来的，很多王子、商人都去了，没有任何人能安然无恙回来。很有可能他们也是真主派去的。”话锋一转，他又说道，“说吧！你是哪个城市的人？姓甚名谁？”

“我是也门人士，名叫哈迪姆。”

这时国王站起身来，同哈迪姆拥抱，并赐他坐在自己身边，接着说：“从你的额头上可看出你是王族的后代，你已声名显赫，你的名气还会更大，甚至会出现以你的名字说出的谚语，将来凡是出现你这样品性的人，就会被称为你的第二。”接着他对大臣说：“给旋转澡堂的守门人萨芒·阿拉克写一份手谕，让他带去！”

之后他站起身来，再次同哈迪姆拥抱，同时长叹了一口气，眼眶有些湿润。他又派了很多人护送哈迪姆前行，并一直目送哈迪姆。直到哈迪姆的身影消失，国王才心情沉闷地回到宫殿。

哈迪姆离开城市，走进树林，一路上同那些陪同他的人谈天说地，边走边聊。十五天后，旋转澡堂出现在视野里。哈迪姆问："这是城堡还是山？你们看像什么？"

他们说："这就是澡堂的大门，看上去就在跟前，其实还要走七天才会到达。"

第七天的时候，他们到达澡堂门前。哈迪姆看到山坳里驻扎着一个军队，于是问道："这是谁的军队？"陪同人说："是旋转澡堂的军队。"

哈迪姆走进军营，而那些与他同行的人大多在这里有亲戚，他们见面问好，还询问哈迪姆一行来这里的目的。

陪同人说："国王让我们护送这个也门青年，还给守门人写了手谕。"

哈迪姆走进萨芒·阿拉克的帐篷，寒暄之后，把手谕交给他。他站起来同哈迪姆拥抱，把手谕先放在头上，然后吻了手谕上国王的玉玺印，之后打开看了一遍，上边写道："我答应了这个也门年轻人进旋转澡堂的请求，所以派人送他到你那里。如果你能说服他回心转意，就打发他回来，那我会很高兴和很荣幸。如果他无论如何不接受，就把他安全地送到旋转澡堂。但是一定先争取把他劝回来。”

萨芒·阿拉克看完手谕后，立即站了起来，恭敬地给哈迪姆让座，十分友好地款待了哈迪姆。他按照国王说的劝了几天，但是哈迪姆决心已定，毫不动摇。哈迪姆给他的回答是：“快别有这样的想法了！我连国王的劝告都没听，又怎么会接受你的呢？请不要再折磨我了！最好快点放我走。”

萨芒·阿拉克看到哈迪姆对他的劝告置若罔闻，无法留下他，便无奈地禀报国王说：“这个年轻人对自己的目的锲而不舍，不接受任何人的劝告。现在您吩咐吧，我一切照办。”

国王读到这封信时，感到十分遗憾，泪水浸满了眼眶。最后他无奈地写了回信：“如果他不接受，就算了吧！让他走吧，也许他的寿命已到，去澡堂只是个借口。”

那边萨芒·阿拉克正在等着结果，哈迪姆却着急要走。这期间每当哈迪姆提出要求，他们就找托词阻拦他。就在这时，国王的手谕来了：不要拦着他了！让他上路吧！尽管如此，萨芒·阿拉克还是试图劝他：“朋友！现在还没发生什么，还来得及返回，如果珍惜生命，就放弃去那里的打算。否则，你不仅会后悔，还会失去生命。”

哈迪姆说：“这太过分了。看在真主的份上，别逼我了！让我去吧！”

萨芒·阿拉克无奈地站起身来，把哈迪姆领到澡堂的大门前。站在那里后，他又劝了劝，还是没有用。

哈迪姆一生也没见过这样大的大门，他抬头仔细看了一遍，上边用古叙利亚语写着：“此魔鬼城建于科莫勒斯国王时期，它将永存。凡是中了魔法的人，不会活着出去，会在花园里游荡，忍受饥渴，吃着水果，直到生命终结，也没有可能出去。”

哈迪姆看了上边写的字，已经明白了，他想：这里的秘密都写在门上了，进去毫无意义。他想往回走，但转念又想：如果胡森·巴努问起里边的事情，我说什么呢？只会羞愧难当。不管怎样，该出现什么就让它出现吧，我应该进去看看。之后，他告别了他们。

他自己走了进去。刚走了十几步，他回头一看，已看不见任何人，也看不到门，眼前是一片荒野，此外什么也没有。他很纳闷，自己还没走出十几步，门就不见了，而且连个影子也没有。于是他寻找起门来。他一直在寻找着那扇门，但就是看不见。他心想：澡堂只是一个借口罢了。就在这时，他的脚踏进死亡深谷里。要从深谷活着出去很难，他四处张望，在惊慌中摸索着往前走。几天后，他找到了一条路，刚走出去不远，就看见一个人的影子，他心想：前边一定有人家。他朝那个方向走去。那个人也朝他走来。等到了跟前，那个魔鬼般的人向他问好，从腋下拿出一面镜子放在哈迪姆手里。

哈迪姆拿起镜子看到了自己的脸，问道："澡堂离这里很近吗？难道你是理发师，所以给我看镜子？"

"那当然了。"那人说。

"你离开澡堂去哪里？"哈迪姆问。

那人说："我是搓澡人，我看见人就拉着去澡堂搓澡，之后，就等着给赏。如果您也吩咐我，就请跟我去澡堂，这样我心中的芥蒂就会消失，您的出现会让我有所收获。"

哈迪姆说："好吧！我因一路风餐露宿，身上积了不少的灰尘，正想着好好洗洗。不过，是你一个人还是有别人帮我搓澡？"

那人说："还有别人，但今天轮到奴仆我了。"

这样，哈迪姆走在前，理发师满脸堆笑地跟在后边。走出去两三柯斯的时候，哈迪姆看见一个同天连在一起的圆顶屋，他走上前。这时，理发师走进澡堂，把哈迪姆也叫了进去。哈迪姆一进去，门就关上了，他紧张地朝后看去，门虽然被关上了，但是还看得见。他抱着只要想出去就能出去的想法，继续往前走。最后理发师把他带到水池边，说道："你自己进去，我往你身上洒水，为你搓澡。"

哈迪姆说："我脱掉衣服，再进入水池里。不过不能没有围身的浴巾啊！"

理发师拿出一条干净的围裤[1]给了他。哈迪姆系好后，把衣服脱下放在水池边，自己进入水中。之后理发师用一只精美的大盆装了热水，交给哈迪姆，哈迪姆把水倒在头上。理发师又灌满了一盆水交给他，他再次从头上浇下来。第三次，当他把水浇在头上时，听到了咔嚓一声，然后整个澡堂漆黑一片。过了一会儿，黑暗消失，哈迪姆发现既没有理发师，也没有澡堂，而是出现了一个石刻的圆屋顶，整个院子里都是水。

还没过一会儿，水就涨到了哈迪姆的小腿那么高。他无奈地四处看去，就一会儿的功夫，水又涨到他的膝

---

① 乌尔都语为"楞柯"，即印巴男子沐浴后围在腰间到小腿的一块布，农村男人平时常用，它具有凉快、透气的特点。

盖那么高。他紧张起来：主啊！水在不断地上涨，看样子很难出去。他感觉自己快被淹死了。情急之下，他朝门走去，但四面都是墙壁，找不到门。这时，水已经淹到他的头顶，好在他会游泳，于是游了起来。他在心中对自己说：人们走不出这个澡堂，是因为游着游着便会四肢无力溺水而亡。如果我找不到出去的门，也会因游不动被淹死。哈尔斯国王那日阻止我，我没接受，遗憾的是我要白白送命了。又一转念，他重拾了信心：真主是解决问题的，不要害怕，有心胸的人永远会成功。因为你[①]不是为自己的安逸在忍受这些灾难，而是为了点燃那些心灰意冷的人的生命在不惜牺牲自己的生命，你应该高兴才对！哪怕有上千人为了真主的事业而死，那也不应该难过。

总之，他就这样对自己说，来安慰自己。过了会儿，水已经涨到圆顶屋的顶端，他的头都挨着屋顶了。他十分疲惫，手脚麻木。眼看就要沉下去的时候，他突然看见一条悬挂着的铁链。他赶紧用双手抓住铁链，好让自己喘口气。可这时咔嚓声又出现了，接着他发现自己在圆顶屋的外边，站在森林里。他四处张望，除

① 指哈迪姆自己。

一片开阔地外再没有什么东西了。他心中高兴：最终我摆脱了灭顶之灾，从魔法中逃脱出来了。

他又往前走，跌跌撞撞走了三天，眼前出现了一座金碧辉煌的建筑。他估计里边该有人住，就朝那里走去。等走近时，他看到一个令人心旷神怡的花园，心想：谁建的这美丽如画的花园？这里一定会有人居住。走到跟前时，他发现门敞开着，便走了进去。刚走了几步，转身一看，门又不见了。他疑惑地想：这是怎么回事儿？经历了千辛万苦，现在还没走出魔法圈。最后，他无奈地走进一个大院里，只见那里的树上缀满了各种各样的果子。他本来就饿，于是摘下果子吃了起来。但不管吃多少，也没有饱腹感，大概吃了有一百门，还是没吃够，倒是感到有些疲劳了。他再次在院内转悠着，看着美景，来到有十二个拱门的楼宇前。那里有很多上身裸着的石头人伫立着，石头人的下身都系着围裤，那围裤也是石头做的。他吃惊地想：这里有什么秘密呢？我怎么能解开这个秘密呢？正想着时，有一只鹦鹉叫了起来："年轻人！干吗站着？来这里的人，都会丧失生命。"

哈迪姆一抬头，看到笼子里养着一只鹦鹉，楼宇的大厅上写道："哎，真主的仆人！别想从这个旋转澡堂活着出去，这是国王科莫勒斯的魔咒。有一天，科莫勒斯国王出去打猎，经过这里，突然看见地上有一颗钻石，于是拾起来。他找人来称，发现它重达三百马思伽尔[1]。他震惊地问御医：‘能否找到第二颗？’

他们禀报：‘从阿丹起到现在，没人看见过这么大的钻石，也没人听说过。’

‘那应该把它珍藏在这里，别让人拿走。’国王说。

在作出决定后，他就修建了具有魔力的旋转澡堂，让鹦鹉把钻石吞下，关进笼子里，挂在这里。又在镶嵌宝石的椅子上放上剑和弓，如果有人进入这个魔法后又想出去，就必须拉起弓箭，朝着鹦鹉的脑袋射一箭。如果射中，他就可以走出魔法，得到这颗钻石；否则，就会变成石头。”

哈迪姆读过这段文字后，朝那些石头人看去，他们矗立在那里，纹丝不动。这时，他在心里对自己说：哎，哈迪姆！如果你走不出这个魔法，就会把自己生命留在这里。最好，快点站在石头人的队伍里，沉默不语！凡是躲过了劫难的人，活着也要受一辈子的煎熬，

---

① 伊朗的重量单位，约重四个半玛沙，一个玛沙相当于一克。

用什么办法也走出不来[①]。门尼尔·夏米的生命会在等不到你的归来中消失。这一切都是活着的麻烦，最好不要活了，变成石头，就会摆脱所有的烦恼，真主是解决问题的，你自己的事自己做。

他想到这里，坐在椅子上，口诵“奉至仁至慈的安拉之名开始”，拿起剑和弓，把一支箭插在弓上。这时鹦鹉突然躁动起来，箭射歪了，射到笼子的上方，哈迪姆从脚到膝盖都变成了石头。鹦鹉还挂在那里，说道：“哎，年轻人！走吧！从哪里来回哪里去！这里不适合你。”

哈迪姆从那里跳起，拿着箭和弓朝后退了一百步，他的脚沉重得抬不起来，他沮丧得眼眶里涌出泪水。他想：我这是怎么了？我经历了这么多的艰难才到达这里，现在我若挣扎着死去，还有什么意思？还不如再射一箭，加入到那些石像中去。想到这里他又射了一箭，但又没射中，他的腰部都变成了石头。鹦鹉又说话了：“哎，年轻人！离开吧！你不属于这里。”

哈迪姆不由自主地又向后跳出两百步远，移到石像附近。他大哭起来，说道：“哪有像我这样无能的人，

---

① 指走不出“旋转澡堂”。

总把箭射偏?”之后长叹了一口气说,“哎,哈迪姆!别用将死的眼睛看,最好在眼睛上绑上布条,心念真主,把箭囊里剩下的唯一的一支箭射完算了。因为,现在活着比死还难受。”

这样,他盯着鹦鹉,在自己的眼睛上绑上布条,说了句“真主伟大”后又将箭射了出去。鹦鹉的灵魂立即就出窍了,滚出鸟笼。这时,突然乌云密布,电闪雷鸣,整个天空漆黑一片。哈迪姆还来不及想,就在一片喧哗中昏厥过去,但他的意识告诉自己:我已经成为石像了。过了一会儿,电闪雷鸣消失,乌云消散,太阳出来了,哈迪姆睁开眼睛,看到自己在石像群边。等意识完全恢复,他定神一看,澡堂不见了,没有花园,没有椅子,没有鸟笼,没有鹦鹉,但是地上有一颗钻石,闪着璀璨的光芒。

哈迪姆站了起来,跑过去拾起钻石,叩谢真主。那些石像也都恢复了人形。他们看见哈迪姆,说道:“哎,年轻人!你怎么能安然无恙呢?那花园去哪里了?澡堂怎么了?”

哈迪姆叙述了自己的整个经历。他们跑过来跪在他的脚下,说:“从今日起,我们都是您的奴仆,我们一生忠诚于您。”

哈迪姆安慰他们，并带着他们朝戈当城出发。但是他也不清楚戈当城在哪里，他们应该朝哪个方向走，不过，之前指路的真主一直在指引他走上正确的道路。

他们走了一会儿，便看见那个进入时的大门。他们走出大门，看见萨芒·阿拉克的军队。他们也发现了哈迪姆，走过来。萨芒·阿拉克看见他，十分热情地同他拥抱，赐他坐在一把金色的椅子上，并按照皇家礼仪为他举行宴会。

吃过美味佳肴和槟榔后，哈迪姆讲述了澡堂的情况。他在那里住了三四天，然后他带着自己的人出发走向戈当城。几天后，他进入戈当城，见到哈尔斯国王。国王十分热情地迎接他，赐坐在自己身边，并询问这一段经历。

哈迪姆把澡堂的情况一字一句地叙述出来，并把钻石放在国王面前，说："陛下过目。但是，为了让胡森·巴努相信，我想给她看看，然后我再把它送回来。"

国王十分高兴，说："愿真主赐予你好运！"

哈迪姆说："这些可怜的人是和我一起来的，我们都曾经变成过石头。他们大多数是贵族和商人的孩子，现在缺少物品和坐骑。我希望，承蒙您的关照，给每个人一匹马，再准备一些盘缠和路上需要用的物品，这样他们就能回到各自的国家。他们也会为陛下祈福。”哈尔斯国王接受了哈迪姆的建议。

之后哈迪姆告别了他。国王按哈迪姆所说，给了那些人坐骑和旅途用品，客客气气打发了他们。哈迪姆经过几个月的奔波，又神气十足地回到夏·阿巴德。

人们认出他来，通知胡森·巴努，说道：“那年轻人带着旋转澡堂的秘密，神气十足地回来了。”

胡森·巴努对侍卫说：“代表我向他问好，如果此刻不麻烦的话，请他立即到我这里来！”

侍卫跑过去把胡森·巴努的口信传达给哈迪姆。哈迪姆立即随着侍卫来到宫殿。胡森·巴努还是按老规矩，把他叫进来，让他坐在一把镶有珠宝的椅子上，询问了情况。

哈迪姆耐心地把情况一五一十地告诉了她，随后把钻石拿出来展示了一下。这时，胡森·巴努低下头，羞愧难当得直冒汗，沉默不语。

哈迪姆说：“我已完成我的承诺，现在该你兑现你的承诺了！”

胡森·巴努慢慢地，而且语气和缓地要求说：“我已经是你的了，你想干什么，就做吧！把我许给想要我的人！如果想留我在身边，我也乐意，你有权利。”

哈迪姆说："凡是你说的，我已做完了。凡是我说的，请兑现吧！我不是为自己而忍受如此大的艰辛和痛苦，而是为了门尼尔·夏米王子。你必须接受他，因为他为你已经忍受了很长时间的折磨，如果不能与你相见，他的生命会枯竭。给害相思之苦的人饮一些果露也好啊！如果再节外生枝的话，不仅违背天意，而且常人也会认为极其不妥。"

胡森·巴努说："现在，你就如同我的父亲，你认为怎么对我合适，就办吧！如果你将他配作我的丈夫，我没有理由拒绝。"

听罢，哈迪姆派人告诉门尼尔·夏米，让他穿上婚礼服，好好打扮一番，十分光鲜地出现在大家跟前。

过了一会儿，王子十分体面、神气地来了，哈迪姆让他坐在金碧辉煌的椅子上。胡森·巴努在帷幕后探头看了看王子，立即爱上了他。她低垂着眼帘，害羞地站起来走到另一个房间。

哈迪姆把门尼尔·夏米带到驿站，他们彻夜呆在那里。清晨，胡森·巴努把一间豪华的大房子空了出来，让哈迪姆和门尼尔·夏米住进去。

鼓乐班子被请来了，结婚的各种准备开始了，一片喜气洋洋的景象。几天后，哈迪姆派人送来了王家才配用的纹手礼[1]时用的干果、糖果、槟榔包、化妆品等。又过了一天，女方又送来涂抹用的散沫花。清晨，婚礼准备就绪。只见房间的地毯焕然一新，迎亲队的人各个身着闪光发亮的衣服，表演队陆续到来。沿路璀璨夺目的装饰灯直通到新娘的宫殿，一串串烟火群也在各处安装妥当，地面上无数的小灯笼闪烁着。半夜时分，门尼尔·夏米十分气派地骑上马，前去迎娶胡森·巴努。真可谓：

新郎骑上迎亲的骏马，戴着镶嵌珍珠的花环。
待会儿骑上骏马，凤凰的两侧是孔雀羽毛扇。
他是宫灯面前镶嵌的翡翠，他痴情绿色八哥。
经过上千磨难生命还在，喜庆使他精神焕发。
听笛子的美妙音乐，也仔细听那艰辛的经历。

由石榴树装点的路，在果实和鲜花的映衬下，即使十四夜晚的月亮也会显得暗淡无光。繁星的光芒使黑夜变成白昼。总之，所有的烟火、璀璨的光芒、众多的

---

① ساچق 和 منہدی 这两个字都是"纹手礼"的意思，指一般在迎亲的前一天，新郎家把干果、糖果、槟榔包、化妆品、纹手用的染料等礼品送到新娘家的仪式。迎亲当日新娘进行纹手礼仪式。

迎亲人，这一切都是语言无法表达，笔墨也无法书写的。现赋诗一首：

迎亲队踏进新娘家，
那情景让我如何详述。

这里[①]的欢庆气氛比那里还要热闹，乐器奏起来，舞蹈跳起来。首领们纷纷前来祝贺，他们把新郎手把手地领进来，安置在豪华的椅子上。哈迪姆坐在新郎身边的一把椅子上，心情非常好。而迎亲队的人都以自己的方式参加了婚礼。这真是：

新郎官安坐在婚椅上，
和他的同伴坐在一起。
舞女飞起一个个媚眼，
她展现出千万种妩媚。

总之，舞蹈的热烈，歌声的回荡，简直无法用语言叙述，除非亲眼所见。

---

① 指新郎的家，这里指门尼尔·夏米临时的家。

这时，宗教法官来了，为他们主持了婚礼。众人纷纷上前祝贺。之后，开始分发果汁、鲜花手链和槟榔。新郎被众人带到门庭。有几位贵夫人，包括新娘的奶娘都来了。她们口诵“奉至仁至慈的安拉之名开始”以后把新郎领进屋里，安坐在新娘的身边。新娘穿着婚礼服，全身珠光宝气，浑身散发出扑鼻的香气，神态自若地坐在鲜花丛中。王子在面纱[①]里看了她一眼，闻到她的香气，有些怔住了，等举行看镜子[②]仪式时，他昏厥过去。奶妈紧张地跑出去，拿来玫瑰香露喷洒在他脸上。过了一会儿，他才苏醒过来。他口念感谢真主，又千恩万谢哈迪姆。之后的所有仪式都在喜气洋洋的气氛中进行。王子把公主搂在怀里，坐上轿子，在热热闹闹的鼓乐吹打声中进入官邸，之后四天没出门。

第五天的时候王子才露面，他拜倒在哈迪姆的脚边。哈迪姆热情地同他拥抱，致以祝贺，并说要告辞。门尼尔·夏米恳求他多住几日。哈迪姆欣然接受，他受到最高规格的款待。

---

① 面纱：一般指穆斯林妇女遮住脸庞的薄纱。这里指结婚的一种礼仪，即在举行婚礼时，男女双方对坐着，在男女方头上盖一块大的方形薄纱。

② 指镶嵌在戒指上的一块小镜片。在举行结婚仪式时，男女双方在这块小镜片上看到对方的面容。

最后，哈迪姆微笑着说：“兄弟！让我走吧，否则可不公平啊，替我想想吧！”这样，哈迪姆才踏上回国的坦途。

哈迪姆很快回到自己的家乡。国王得到他要回来的消息，派大臣前去迎接。随后哈迪姆被极其隆重地接到国王面前。哈迪姆跑上前去同父王拥抱，又跪伏脚下。国王把他扶起来，拥抱了他，吻了前额，接着带他进入宫殿。他十分恭敬地拜见母亲。母亲为他做了从头到脚的驱邪礼，他向母亲施了吻足礼。母亲扶他起来，同他拥抱，思念儿子的心总算满足了。

后宫里祝贺声不断，城里一片祥和的景象，家家户户乐声阵阵。国王按照身份和等级赐给每个人衣袍，让穷人各个变得富有。哈迪姆重新同泽琳宝悉公主举办了结婚仪式。

之后所有的人都感谢了真主，过上安逸逍遥的生活。国家兴旺，每个人都心情愉悦。

国王坐在朝堂上，对大臣们说：“世界上还有这样有德性的人，他为了别人抛弃舒适的生活，为别人受尽苦难。事实上，今世来世的好人是那些不在乎生死的人，因为生死对他们来说都一样。”国王说过这几句话后就让位给哈迪姆，自己过起隐居的生活。

总之，经历了十年零七个月又九天的旅程，哈迪姆周游了七个地域和国家①，使门尼尔·夏米的心愿得以实现。最后门尼尔不在世上，哈迪姆也不在世上，只留下一个供大家来听的故事罢了。有诗为证：

塔伊在何方？哈迪姆在何处？
只有他的美德传颂在人世间。

此故事的趣味在于它的历史，
我在心里把它看作十分难涩，
年轻的托钵僧称它十分久远，
我何不称它为“聚会的点缀”。

（终）

① 古代波斯人认为世界上只有七个国家，包括阿拉伯、波斯、土耳其斯坦、中国、印度、埃及和希腊。